木匠世家

【第二部】

赣州阿鹏　著

SPM 南方传媒 | 花城出版社

中国·广州

图书在版编目（ＣＩＰ）数据

木匠世家. 第二部 / 赣州阿鹏著. —— 广州：花城
出版社，2023.4
ISBN 978-7-5360-9957-9

Ⅰ. ①木⋯ Ⅱ. ①赣⋯ Ⅲ. ①长篇小说－中国－当代
Ⅳ. ①I247.5

中国国家版本馆CIP数据核字(2023)第049220号

出 版 人：张　懿
责任编辑：夏显夫
责任校对：李道学
技术编辑：林佳莹
封面设计：庄海萌
书名题字：廖盛明
封面题字：吴卫华

书　　名	木匠世家·第二部
	MUJIANG SHIJIA·DIERBU
出版发行	花城出版社
	（广州市环市东路水荫路11号）
经　　销	全国新华书店
印　　刷	广东鹏腾宇文化创新有限公司
	（广东省珠海市高新区唐家湾镇科技九路88号10栋）
开　　本	880毫米×1230毫米　32开
印　　张	10.125　　1插页
字　　数	255,000字
版　　次	2023年4月第1版　2023年4月第1次印刷
定　　价	55.00元

如发现印装质量问题，请直接与印刷厂联系调换。
购书热线：020-37604658　37602954
花城出版社网站：http://www.fcph.com.cn

播火者，照亮的不仅仅是你我，

还有梦想和诗的远方，未来和整个世界！

——题记

目　录

第一章

天气一天天变冷，年关近了，枫林坳的田野呈现出了一年中最萧瑟的景色。

稻子已经割尽了，那一丘丘的田块裸露出扎眼的禾茬，也有一些被翻垦了过来，一垄一垄的黑土被浅浅的水浸泡着，等待着土地主人在适当的时候前来耕种，至于是栽种油菜、豌豆，还是其他菜蔬，这由着自己的喜好，可谓种瓜得瓜，种豆得豆，耕耘总会有收获。

多么诱人的土地啊！土厚、无沙，富含培育作物生长的有机质，一年年，从春到冬，那变幻的色彩，斑斓锦绣，如同七彩的图画，成为天底下最美丽的风景。

黎宗文在家里干了两天零七碎八的活，又出去收了两天债，该收的收到了，其他的暂时收不到，总共收了一半多一点。想想，就先放一放，大部分是黎家庄的人，见面相熟，都沾亲带故的，不好逼得太紧。

忙碌了一阵，黎宗文准备出去一趟，去一下圩上和城里，走一走，看一看，看看家乡的变化，考察一下市场，顺便也散散心，放松放松。

刚想出门，见叔叔广胜闯了进来，风风火火的样子。

宗文叫了一声叔，而后匆匆想出门。

广胜左看右看，问："你爸呢？"

宗文刚想回话，只见广发也从院门踏了进来，神神秘秘的样子，带着几分兴奋，后面还跟着宗文的舅舅蔡二旺。

"什么事？"

广发瞥了弟弟一眼，他知道广胜通常是无事不登三宝殿，都是些令人挠头的麻烦事。

"那个，大哥，你最近手头方便吗？"

庭院里，广胜嗫嚅着，小心翼翼地探问，脸上还堆着笑。说完又看了二旺一眼，有外人在旁，显得不好意思。

二旺昂头看天，听都不想听，一副事不关己，高高挂起的样子。二旺最近富起来了，有点傲，不太将"一般人"放在眼里，显然，这广胜属于"一般人"。

自然，二旺也没有跟广胜打招呼。几个月前，广胜做起了村里的会计，不是卑微的小木匠了，木匠活只是业余行为，偶尔客串一下，借以娱乐和怀旧而已。

村里村外都知道自己是木匠世家，如果一当上小干部就彻底抛弃祖传手艺，有点说不过去。再则，经济上也"损失"不起，说实话，村干部那点工资实在是杯水车薪，区区的五六十块钱简直不够一家人塞牙缝。

最后一句话是二旺说的，纯粹吃不到葡萄说葡萄酸。

二旺自己没文化，初中都没读完，显然，村里根本进不去，他看到广胜穷了吧唧的一下子成了村干部，心里有点不平衡，哼哼两声，很是不屑，其实他明白，自己根本不是那块料。

"怎么啦？你又想放高利贷？"

广发眼一睁，毫不客气地问，他想起上次曹德贵的事就有气，心想，上次追债你都掉水沟里了，冷水没泡够，又想重演一次？

"不是，我是想，想搞点其他的，那村里……"

黎广胜打量了二旺一眼，欲言又止。

二旺看在眼里，面色淡淡的，忙起身告辞："姐夫，我出趟圩上，有点事，你们聊吧。"

说完起身出门了，一会儿屋外传来摩托车启动的声音，轰隆隆，越来越小。

广发说了声："坐一下哇！那么急做什么？"

见对方急匆匆离去，就没再反应了，心想，嘿！有事，有屁事？！又是去街上找麻将馆的那个少妇肖秀芹厮混了吧？

他知道二旺和肖秀芹最近打得火热，以前还会背着下人，注意点"社会影响"，现在却大摇大摆，大张旗鼓的，无所谓了。

广发想二旺老婆钟莲娣也是个死佬，今年秋天，在二旺的大力支持下，家里开了个小杂货店，搞了一台麻将桌，能收个仨瓜俩枣，乐得笑呵呵的。每天忙于收钱，别的事都不管了，既不想听，也不想问，更不想打探究竟。

更有甚者，有些好事者在她耳边吹风，那是一个无聊的长嘴村妇花喜鹊，叽叽喳喳，撺掇说："你二旺都跟肖秀芹钻一个被窝了，还不去看看。"

她却无动于衷，两眼放光，死盯着麻将桌，一边往兜里揣钱，一边乐呵呵地享受着二旺给她带来的"幸福生活"，懒洋洋地回一句："我的男人我知道，不要说没有，就是有，这年头，也没什么大不了的。只要他顾稳这个家，别的我都不想去管，解放前，那些地主老财三四个老婆的多的是，只要有钱，那还不照样过？"

气得花喜鹊差点背过气去，只好拎起两包盐、一包味精，还有小兜散称花生，灰溜溜地离去了。

众人一看，连伶牙俐齿的花喜鹊都吃了亏，得了吧，别狗拿耗子多管闲事了，该干吗干吗去，人家家庭内部事务，我们外人瞎掺和，实在是多此一举。从此，村里人睁只眼闭只眼，无人再搭理此事了。

这边广发家中，广胜眼巴巴地等着大哥回话，见广发心不在焉地进了堂屋，忙跟了进去。黎宗文本想出去，他看着叔叔神神秘秘的样子，似乎有什么"故事"，也滞住了脚步，不由自主地跟进了堂屋。

宗文搞了些茶水，他爹大模大样坐在上席上抽着烟，神情漠然，等着广胜给他汇报工作。

广胜喝了一口茶，看了广发一眼，忐忑地冒出了一句："那个，哥，我刚刚在村里得一个重要消息……你有没有现金？先借我一点，我马上要进城去办一件事……赶紧，我很急呢！"

广胜坐立不安的样子。广发却不动声色，继续吱吱地抽着廉价的纸烟，抽得一屋子云雾缭绕，像烧了湿柴火的小厨房。

宗文看不下去，笑着搭腔道："嘻嘻，叔，你是不是发现了什么新路子，来钱快的？要不干脆我们合伙干？"

广发这下来劲了，抬起头，冷冷地瞥了广胜一眼，嗤一声笑出声来："切，路子，还路子！……"

后半句他没说出来，心想上次他叔掉水沟时宗文还在广东，要是现场看到他狼狈不堪的样子那才叫好呢，这叫有"教育意义"，言传身教比老师上台讲课有用得多，不踏实的东西！整天胡思乱想，专干点不靠谱的事，他心里暗暗骂了一句。

宗文看着尴尬的场面，心里不爽，一边是畏畏缩缩装孙子的叔叔，一边是爱答不理充大佬的父亲，他在边上如坐针毡。突然，他不满起来，训了父亲两句："爸，一家人说话和和气气，有事就多商量，你老�拉个脸做什么？"

这当头一炮轰得广发醒悟过来，他用脚踩灭了烟头，坐直了身体，收起冷脸，招呼宗文道："米缸里还有半碗炒黄豆，拿出来，干掉它。"

宗文端出炒黄豆，给三个碗添上茶水，眼睛直直地看着他爹。广发脸上舒展了一些，解释道："哦！我刚才在想二旺的事，整天麻将馆里勾勾搭搭，什么人哪?!"

广胜对这个事不感兴趣，嘴角嗫嚅了下，不知怎么回复，最后随便附和了声："是呀是呀。"

广发催促道："快说哇，什么事，你不是讲要钱？要多少？"

广胜把脑袋探过去，压低声音，神神秘秘地说："哥，我听到一个很重要的消息，镇里要组建一个家具产业办公室，准备将龙游乡的家具产业发展起来，这下机会来啦!"

广发心里震了一下，他不解地问："奇怪了，前几天杨延庆到我这里坐了一个上午，他怎么没说呀？"

"是县里家具产业局的杨局长吗？"

广胜知道一些，不敢肯定。

"是呀，我初中同学，前几天专程来家里，喝茶刮白一个上午，东拉西扯。说起发展家具产业，一套一套的，他怎么一个字都没有透露啊？"

广发有点不太高兴，觉得被人闪了一下，心里拔凉拔凉的。

"这有什么？单位的事，没到正式公布哪里敢随意透露，这是有组织原则的，哪好东讲西讲，泄露秘密，搞不好要犯错误的。"

说到这里，广胜拿出大队干部的派头，昂起头，挺直腰杆，一番慷慨陈词，气场强大了许多。

广发被震住了，不由自主地点点头，"哦"了一声，陷入漫漫的沉思之中。

没等他想灵清，宗文眼珠子一转，精神活了起来，兴奋地补充道："麻雀虽小，五脏俱全，这个家具办应该会有点用，等家具产业慢慢发展起来，可以管好多事，到时候权力大着呢!"

"是啊! 是啊! 所以，我想去活动活动，争取搞到这个主任来当当，哥，我们黎家几十年没人当官了，低威落志，在村里说话都没人听，唉，丢尽了脸!"

提到钱，那边广发又吧嗒吧嗒抽起了烟，烟气重新在桌上弥漫起来。这是他思考问题的一种习惯，也许，抽烟有助于灵感的激发。

"哥，你能不能借我一万块钱？我最近手头有点紧，村里工资低，还耽误事，业余做点木匠活还老是欠账，嘻！前几天，我小舅子结婚，好说歹说借走个五千，前段时间感冒，花了我一百多……"

广胜滔滔不绝地讲了一大堆，诉说着无边无际的苦难经，好像整个枫林坳的苦难都压在了他一个人身上。

广发听了烦腻，拉长个脸，一挥手："行行行！生活的事，你自己把握好，一万块钱我有，但那是准备办厂子用的，东拼西凑来的，你什么时候还我啊？"

说到还，广胜一下又蔫了，他对自己那点收入明显底气不足。两兄弟对比，广胜没有广发能吃苦，他老婆肖金妹也没有嫂子蔡桂花能干，坝上那几块菜地基本处于半撂荒状态，蛙声一片，长满了杂草，夹在蔡桂花整整齐齐、郁郁葱葱的菜地中间分外刺眼。

她唯一爱好是打麻将，吃过饭，饭碗一撂，东家窜西家，到处呼朋唤友开赌局。

别人一问她："金妹，你干部家属还打麻将？"

她嘻嘻一笑："什么破干部，村里算什么干部？搞泥巴的，比老表还老表，打打麻将有什么？这是一种文化生活，一种娱乐。"

"你看看，肖金妹，这个薄嘴唇女人，干农活不行，一张嘴还挺能说呢，哪里冒出来的怪胎？"

上面那句，是广发的牢骚怪话。

对肖金妹这号人，他是百分之百反对，百分之二百反感，几乎到了老死不相往来，走路见到都要绕道的地步。

平日里，一提到她，就吹胡子瞪眼睛，恨不得跑下枫林河去洗耳朵。他也从不上广胜屋里，虽然只隔了百十米远，但有事总是广胜上门，眼不见为净。

堂屋里，广胜拿到钱后心满意足地走了，这次广发没有端架子，破天荒地送到院门外，一个劲地叮嘱："钱不要乱花，看情况再确定。不要钱送了，官又没搞到，打了水漂那就死相啰！这都是血汗钱，不是半夜打麻将来的。"

宗文在边上笑，问他叔："叔，我婶子打麻将收入怎么样？"

广胜哭笑不得，骂道："收入个鬼！好吃懒做，不会亏钱就不错了，过段时间我想在樟树下盖两间房，做个杂货店让她去守，搞点正事干干，省得她闲得鸟蛋子一样。"

广发面上舒展开来，点头称是："那个办法好，农活她也干不了，只能找点轻松活给她做做，反正不能老打麻将，看看，像什么干部家属！"

广胜笑笑，走了，这是他听到大哥说过的最舒心的一句话。

广胜走后，广发看着宗文推着屋角那辆旧单车出来，由于好久没骑，单车还吱呀吱呀地响，便问他去哪里。

宗文说："去收下账，圩上有几家，先去收一下，其他的基本上是黎家庄的，比较近，明天来。蔡家庄还有一家，那个不好收，一两年了，可能都没指望了，人都看不到，整天关门闭户，一家人不知跑哪儿去了。"

提到欠账，广发脸色又凝重起来，他问宗文："蔡家庄那家是最远的吗？"

宗文摇摇头，扑哧一笑："崇背还有一家呢，好远好远，在白羊山后头，枫林坳口进去还两三里路，做房子打门窗的。收个鬼，多半冇指望了！"

广发嘟囔道："多跑两趟啊，怎么冇指望呢？！"

"嘻！他那家男人都死掉了，今年春天到福建挖煤塌方了，才进窑子三天就出事了，那次龙游乡死了五个人，好晦气啊！"

宗文说完，骑着破单车渐渐走远了。

奇怪，那单车推着叽叽响，骑起来却沙沙的，一点响动都没有。宗文乐呵呵地骂了一句："死老子，不响就好，再响，我就丢你下枫林河，老子买新摩托去！"

一路顺着出村道飞驰，风呼呼地吹来，有点冷，他全然不顾，死命地往前蹬，边蹬还边吹着口哨。

说实话，宗文吹口哨的功夫不赖，听起来欢快、优美又流畅，像树上的百灵鸟在鸣叫，婉转动听，飘逸而灵动，又像天上的流云，山涧里跳动的清泉。

记得读书时，一吹，苏联歌曲《山楂树》，美得不得了，整个教室都听得到。顿时，喧嚣的教室寂静下来，大家已然陶醉在那美妙的乐曲之中，那些漂亮女生更是红着个脸，扭扭捏捏地偷看过来，又闪电般地转了回去，好像小偷探路的样子。

蔡慧娟是个例外，她嫣然一笑，目不转睛地盯着黎宗文，听着听着，干脆自己也吹了起来，同学们惊诧得尖叫声一片，还有几个人瞎起哄："好哇，好哇，天生的一对！"

羞得宗文立马停了下来，蔡慧娟则一溜烟冲向了楼层边缘的女厕所……

一晃，五年过去了，桃红柳绿，花开花谢，时间就像枫林河的水，哗啦啦流个不停。

蔡慧娟，想到蔡慧娟他胸口又隐隐地痛！蔡慧娟，什么时候还能见到她？……

正想着，圩镇边缘，脚下车轮子蹦了一下，弹起个老高，差点没将他颠下车来，原来不小心撞到一块锐利的尖石上了，只听得哧哧响一阵，单车软绵绵地滚不动了。

宗文下来一看，轮胎瘪了，内外胎紧贴着，再骑是不可能了，只好走路一步步往圩上挪去。

路上不断有行人过往，男男女女都有，不少人看着宗文的狼狈相，不由自主把目光汇拢了过来。一路上宗文窘迫得无地自容，只得眼睛直直地盯着前方，两手攥紧车把，双脚不离地，疾似流星，噼里啪啦，一溜烟往前推。

　　正走着，他忽然记起老三隔壁有一家单车修理部，店主外号叫"白雕"，曹家庄的，右眼角有一块疤，脸黑黑的。

　　那个人不苟言笑，眼窝深陷，看起来有点凶，头顶一大撮白头发，自然生长的，很醒目，看起来像白头翁一般，故而得名。

　　哦，他刚好还欠自己八十块钱，是今年夏天的木工钱，两天工资，待会儿，两件事一起办，正好！

　　宗文想着一些杂七杂八的事，有读书的，有广东的，有蔡慧娟的，也有以前做木工的，正想着，不知不觉，白雕的店就到了。

第二章

白雕的店就在老三的左侧，彼此隔了一线墙，那线墙基本被他强悍地占领着，挂满了各式各样的新轮胎。墙外的过道上也堆满了破轮胎，还有一个脏兮兮的杉木箱，箱子开着盖，混乱不堪地塞满了形状各异的修理工具。一把破旧的遮阳伞歪歪地撑在头顶上，被风吹得摇摇晃晃。

白雕蹲在沾满机油的泥地上，左手拿个旧轮胎，右手拿个铁皮锉子，二者正交织在一起，在重复的动作下，起劲地发出一阵并不悦耳的摩擦声，那是铁锉刮胶皮的声音。

"曹师傅，在忙啊？"

黎宗文停下那辆瘪了胎的破单车，额头冒着汗，刘海也被汗水冲刷成了几缕，嘴里呼出的气，在冷风的作用下，化作薄薄的白烟。由于热，右手掌还在充当蒲扇的功能，呼呼地扇动着，往脸上灌些凉风。

白雕冷冷的表情，不像是一个生意人，他不管宗文在边上火急火燎，"嗯"了一声后，继续低头刮胶皮，一副皇帝不急太监急的模样。

宗文无奈，干脆站在边上，弯下腰看着他刮。

一会儿，那辆单车终于修好了。他站起身问宗文："你着急吗？"宗文一愣："肯定着急啊，我都走不了，还要跑几家熟人收债呢，没车子怎么行？"

白雕却把锉子当地一扔，懒洋洋一句："急也没用，我要出去吃个饭，你等着吧。"说完转身去锁门，卷闸门咣当拉了下来，又去摸那辆刚刚修好的车子，准备开溜了。

"哎，哎！你怎么能走哇？我的车子不修了？！等了我老半天。"

那年头，修个胎才块把钱，拆了胎要锉胶皮，粘上胶水，风干后再把胎装回去，麻烦死了，很多人不愿意干，要不是熟客都不想搭理，何况是这种大冷风天。

他这一喊，白雕动作更快了，呼啸一下，人已经上了车子，溜动起来，立马要跑掉了。

宗文急眼了，一把上前攥着他的车龙头，嘟囔道：

"不修你早点讲啊！我没事陪你玩哪？哦，还有，你欠我八十块钱木工钱呢，也要付一下，都快过年了，不要拖拖拉拉，我们也要钱用呢！"

边上几个街坊邻居探头探脑过来看，还有两三个过路的也停下了脚步瞅着。

宗文一急，越来越高声了，他们只听到后半句——"我们也要钱用呢！"

他们以为是收债闹起来了，还猜是白雕欠了几千几万，谁知才区区的八十块钱。

白雕眼一溜，嚯嚯，一会儿围拢七八个人，眼神定定的，一边还窃窃私语，面露不屑的表情。

这白雕比宗文大一两岁，初中没毕业就出来混社会，也出过远门，收废品、打零工、背木头都干过，慢慢地积攒了两个钱。前年在圩镇街尾开了一个六平方米的小店，去年秋天搬到了老三隔壁，经营面积扩大了三四倍，白天修修单车摩托，晚上就出去赌博，赚快钱。

他赌技高明，但人比较横，一般人补个胎，他通常装作没听见，让你傻傻等去，等得不耐烦了，最后慢慢溜掉。

这边，白雕急眼了！

他想，妈的，小子，你这不败坏我名声吗？

他不觉怒从心头起，心想不过几十块钱，区区小事，你居然当街揪着我单车不放，这不是故意给我难看，丢我脸面吗？让我以后还怎么在这条街混呢？太过分了！老子有钱，我就不想给，看你怎么的！

顿时，他跳下车，气咻咻，瞪着个眼，一阵破口大骂：

"好你个黎宗文，你欺人太甚啊！你算老几？！老子出来混的时候，你他娘的还不知道蹲在哪个犄角旮旯儿喝娘奶撸鼻涕呢？！"

黎宗文不撒手，怒斥道："你骂谁呀？！你凶什么凶？像你这样子做生意，迟早店都会倒闭！"

白雕咬牙切齿，用右手食指尖直直地戳着宗文的鼻子，恶狠狠地骂道："王八蛋！我倒闭不倒闭关你鸟事，你今天找死啊？你撒不撒手？！"

宗文迟疑了下，硬气地说："不撒手又怎么样？！"

白雕单车一推，一转身，呼地一拳打去。

宗文撒手，一闪身，拳头落在左肩胛骨上，痛得他"哎哟"了声，眼泪差点下来了。

听到动静，周边的人急急围拢前来，围了有二三十人，个个看电影一般，没一个人上来拉架。

黎宗文蹿上去揪住白雕衣领，一个耳光扇过去，打在白雕右脸颊上。白雕退后两步，立住身形，拉开一个架势，"哎呀"大叫一声，两拳虎虎生风，闪电般向宗文袭来。

黎宗文纵身一跃，唰唰唰几步闪到了白雕的后侧，伸手攥住白雕后衣领，打着旋子连转了四五圈，白雕被陀螺一般转得晕乎乎的，黎宗文再顺手一推，白雕跟跟跄跄，倒退了五六步，跌倒在街边的一堆沙子上，滚了一身的沙子，连嘴都啃到了沙子。

众人发出一阵肆无忌惮的大笑。

笑声引出了一个人，正是隔壁五金店的三庆，外号老三，正是黎宗文的堂舅。

此刻，老三正在店里算账，听到店外喧闹，还伴着不太正常的尖叫声，心里咯噔一下，猜想是出什么事了，急忙扔下计算器出店来看。

不看还好，一看，居然是自己的堂外甥在那里和白雕打斗，一时慌了神，心想，这白雕就在隔壁，他非常清楚对方的秉性为人，他比黎宗文仅大一两岁，表面上做生意，但实质是一个混社会的人，平日里，赌博成性，喜欢结交一些街面上的人，吃吃喝喝，吆五喝六的，纠集一伙闲杂人员，你来我往的。其中曹德贵就是他"朋友"中的一员，来往密切，称兄道弟的。

前些天，白雕的儿子做生日，曹德贵还过来了，骑个摩托车，带两个小兄弟，提一大包礼品，笑嘻嘻的，没一个正气的，你看看他们那样子，曹德贵，高大魁梧的短寸平头，另外两个，一个花衣服黄头发的卷毛，一个手臂文身的光头，都是些像人不像人的东西。

那天，天黑了，四个人摆个小桌在门口喝酒吃菜，喝得醉醺醺的，肆无忌惮地高声大叫，一直喝到凌晨一点多。

许多街坊邻居被吵醒，窝着一肚子火，隔着窗户一瞧，妈呀，都一伙什么人?! 抽一口冷气，没一个敢吱声了。

黄毛就是阿勇，以前借过两万块钱给曹德贵应急那个人。这黄毛是圩上的一个富二代，他老爹叫黄之龙，在城里搞工程建设，主要搞政府的办公楼、小学校之类。此人长袖善舞，关系网编织得严严实实，是一个比较大的包工头。

黄毛家里有钱，偏偏喜欢跟在曹德贵身后，屁颠屁颠的，成了他的铁杆手下，曹德贵在当地商界能够迅速崛起，除了女友黄丽外，就得益于黄毛父子的鼎力扶持。

打斗现场，老三出来后，白雕刚刚从沙子堆上爬起，身上脏兮兮的，额头还黏着一根鸡毛，狼狈极了，四周的人想笑又不敢笑，转开脸捂着嘴味味地暗笑。

白雕冷眼一瞥，羞得他面红耳赤，情急之下，他眼一瞪，抄起沙堆上一把斜插的短铁锹，呼啦一挥，朝黎宗文呼呼奔去。

老三惊得大叫了声："哎呀，不能打！不能打！"顿时手脚都有点软，心都要跳到嗓子眼了。

就在短锹要落下来时，黎宗文刷刷刷奋力跑开几步，抓起老三门口晾衣服的木杆子，不慌不忙迎了上去，手一抬，杆子高高举起。

白雕眼看对方手上有了家伙，还比自己长了一截，心里头又发虚，刚刚打了一架，知道黎宗文身手敏捷，力道又大，一看就是个练家子，他愣了一下，众目睽睽之下，毕竟面子要紧，于是就把铁锹举起装装样子，声嘶力竭地高喊："黎宗文，我要打死你！"

黎宗文鼻子哼哼，扎个架势，双手攥紧晾衣竿，呼啦啦朝白雕方向挥了几圈，速度之快，惊得白雕傻愣愣的。

白雕一看，不敢再往前半步，只在两三米外与黎宗文对峙着。

那边，老三在五六米外捶胸顿足，又喊："不要打了，都是自己人！一个村的，快放手！"

这时，一个白胡子老人悠闲地走过来，身轻如燕，目光如电，面皮泛着红光，右手捏着两个亮闪闪的钢球，滚来滚去。他一看二人对峙的架势，顿时乐了，毫无畏惧地走过去，站在白雕身边，嚯嚯大笑，显然是嘲笑这个年轻人的自不量力。

白雕搞不明白，白眼一翻，没好气地嘟哝了声："叔爷，你笑什么？好歹我是练过五六年武的，我会怕他！今天，我要跟他较量较量，见个高下！"

他手朝黎宗文指了一下，眼里愤愤的，显然，刚才摔了一跤，气还没消，大庭广众之下，丢了脸面，痛倒没摔痛。

"白雕子，我说你这个人，好没见识，天哪！你打得过他？他们黎家是什么人？！都是祖传的功夫，既是木匠世家，也是练武的家族。他爷爷的爷爷叫黎锦，那武功高啊，在县城东门，一斧头劈死一个洋鬼子，那血流了一地。那洋鬼子色啊，当街拉拉扯扯调戏女学生，看到女学生水嫩嫩的。没人敢管，就他爷爷的爷爷敢上前，有枪耶，你以为？洋鬼子有短枪，砰的一枪……"

白胡子手一比画，叉了个八字。

"打死了他爷爷的爷爷？"

七八个人围了上来，胆子比较大的，想听听故事，很被吸引。

"冇死掉，死掉了，他们一家子哪来的呀？他一翻身躲了过去，没等洋鬼子开第二枪，一斧子将他划倒了。白光一闪，劈在脖颈上，就这样，呼的一下，死啦！——就这样子，颈脖子一划！"

那老人说得起劲，最后补充了句，还化掌为刀，在白雕的脖颈上一比画，以求将故事讲得更生动一些。

白雕被他比画成洋鬼子，搞得很尴尬，嗖一声，将铁锹投回了沙子堆，干笑着怪老人："叔爷，你怎么在我脖子上划，我又不是洋鬼子！"

众人一阵大笑，连黎宗文和老三也笑了。

老三顺手接过黎宗文手上的晾衣竿，搁在店门角上，转头，笑嘻嘻地招呼白胡子老人："三叔公，进来喝杯茶吧，跟我们讲讲村庄里的故事，您老是圩上的故事大王嘞。"

三叔公摆摆手："我要去溜达溜达，那边刚刚喝了大半天，水都灌饱了。"说完，他轻轻拍了下肚子，众人又是快活地笑笑，眼看平安无事，纷纷散了去。

走开几步，又回转身，沉着脸，把白雕一顿训："白雕子，你要好好做你的生意，不要价争强好胜呢，都是邻邻舍舍的，不要乱来耶！"

白雕跟前几步，躬着身，嬉笑个脸，赔个礼："没事，没事，叔爷你放心，我做生意的人，不惹事的，您老尽管放心。"

三叔公"哼"了一声，右手不紧不慢地转着钢球，继续朝圩东头踱去，那身姿，轻盈得像二十出头的小伙子。

老人一走，背后有人议论纷纷，在探听他的年龄和身份，好奇的人很多，包括黎宗文，问来问去，无人知晓。

这时，一个戴眼镜的高胖男人挤过来，嘿嘿嘿笑了几声，他又开右手大拇指和食指，一晃，又一晃："三叔公哪，八十八了！他年轻时是开武馆的，走镖的，过广东福建，白雕师父的师父，铁砂掌，啪啪啪！武功很厉害的，跟他们黎家祖上是一个师门的……"

"哟，啧啧啧！难怪！难怪！"一伙人呆若木鸡，又如梦初醒。

第三章

一场风波就此平息，三叔公走后，在老三和几位街坊邻居的斡旋下，白雕费了半小时，帮黎宗文补好了胎，付清了八十元旧债。

屋檐下，两个人脸色和缓，又聊了起来。

黎宗文向白雕道了个歉，说："我有事，太着急了，一时多有得罪，请见谅啊。"

白雕大大咧咧，哈哈一笑，挥手晃了几下，连说："小事情，误会误会，我们都一个师门的，是师兄弟，我应该叫你师兄吧？"

宗文一愣，问："你多大了？"

白雕叹气："唉，不小了，虚岁二十三了，瞎混这些年，至今还一事无成哪！"

又问："宗文，你多大了？比我大几岁？"

宗文咻咻笑，刚要说话，三庆在边上插过来，说："白雕，你都搞错了，他比你小一岁，二十二。"

白雕说："好好好，那是我师弟，以后有空我们多切磋切磋，另外也交流交流做生意的事，这年头光练武也不行，弄不来钱吃饭啊，得搞点产业，做大做强才行！"

三庆那儿有人进店买电线，三庆赶忙去招呼客人了。

宗文很认同白雕的话，说："是要搞点产业，你像我，老是做工也不行，辛辛苦苦，搞不了几个钱。"

白雕打量了宗文一眼，眨眨眼："如果没有猜错的话，师弟以前应该是木匠师傅吧？"

黎宗文忙不迭点头，问："奇怪，莫非我脸上写了字？"白雕说："瞎猜的，枫林坳做工的大部分是木匠师傅，我也早听说有个姓黎的木匠世家，应该就是你们吧？"

宗文苦笑一声："嘻！祖祖辈辈做工，卖苦力，还卖出名，有点意思。"

白雕一愣，张张嘴，刚想说点什么，眼一溜，惊叫了一声："咦，门口的单车怎么少了一辆？出鬼了吧?!"

他赶忙跑出去四下里看，并跺着脚，叫嚷了起来："单车被偷了，单车都被偷了，哪个王八羔子？抓到了，我捶死他！"

宗文心里跳，也窜出来看，惊得一身冷汗，门口孤零零停着辆单车，看颜色和新旧程度，明显又不是自己的。很显然，自己那辆车子被偷了，这辆是白雕的。

两人正着急，晕头转向之际，在几个去而复返闲人的点拨下，再经过五金店老板老三的证实下，思路渐渐捋清，刚刚有人看到一个一脸脏兮兮的"小叫花子"，在边上转来转去，眼珠子老溜着屋坪上的两辆单车，神色极不自然，偷偷摸摸，鬼鬼祟祟，不像是看热闹瞎转悠的样子，应该有重大作案嫌疑。

又一个人挤过脑袋来，半老不老的，乡村干部模样，出谋划策：找到"小叫花子"，就可以找到单车，这叫作顺藤摸瓜。

黎宗文叫苦不迭，死掉了，有点头绪，还摸瓜呢。他反问道："藤都不见了，到哪里摸瓜去？"

白雕急得上蹿下跳，气咻咻地，喊道："摸我个鸡巴，又没有人认得他，龙游圩这么大，两三千人口，找鬼去，大海捞针一样。"

说完，他蹲在了路边，抽了一支烟，静静地想事。

没等他想好，看客已散尽。老三卖了两三拨货，出来了，似乎也听到了"失盗"的消息，一面凝重地替他们着急，眼睛也四下里扫描，希望空坪上奇迹般冒出一辆单车来。

没等他说出一番同情的话来，宗文突然喊了一声："有了，收废品站！"

刚刚，他推车过来时，发现圩西头开了一家收废品站，有不少人在那边卖废旧纸皮、书报、塑料瓶子等破东西，门口还堆放着一摞破单车，锈迹斑斑的。他隐隐约约记得有一个一脸乌漆麻黑的十五六岁的小伙子在边上瞎转悠，无意中一抬头还看了自己一眼，一看那眼神就不对劲，躲躲闪闪，过街的老鼠一般，总是遮遮掩掩、贼头贼脑的样子，一看就不像什么好人。

当他看到宗文手上那辆单车时，眼里还突然露出一丝兴奋的光芒，像猫看到了老鼠的样子，由此看来，莫非他就是在圩上专门偷单车的"小叫花子"？

果然，黎宗文刚刚说出口，还带着几分不确定的推断，没有十足的把握，因为他从广东回来还不到一周，对龙游圩上的"行情"还知之甚少。

"啪！""啪！"两声脆响，在屋场外接连响起，相隔不到两秒钟，如同放了两个大炮仗，有点震人耳膜。

宗文惊异地发现两记声音的来源，老三拍了一下手，白雕拍了下右大腿，他们异口同声地叫道："小四，一定是他偷的！"那语气，福尔摩斯一般，百分之百肯定。

"我们圩上出了个小偷，找他没错，这个兔崽子！快去，快去！可能找得回来！"

老三连连挥手，那意思，去了准保没错，绝对找得回。

二人不再说话，白雕推过单车，一把跨了上去，踩动起来。黎宗文跳上去，张开双腿坐在硬邦邦的车后座上，顶得屁股生疼。

白雕猛踩几脚，车子在飞奔，冷冷的风迎面吹来，让人很不舒服。一路上路况又不太好，水泥路面几乎脱节，成了"水""泥"路，那单车一颠一颠的，颠得宗文几乎散架，他只得反手抓紧车后座边缘光溜溜的粗铁杆，冷冰冰的，冻得他手都发麻，也全然顾不上，只盼着快点，再快点，不要让小偷把单车卖掉了。

担心的事偏偏发生了，圩镇西头，那个叫"富贵废品收购部"的店居然是曹德贵开的，真是冤家路窄。在广东时，两人就打过交道，那时宗文赶到飞马家具厂，曹德贵正带人闹事，强词夺理讨要工资，老板蔡长茂息事宁人给了他。

回来后，曹德贵摇身一变干起了包工头，一边包工程，还一边积极寻找其他门路，希望尽快富起来。

上次在龙游农村信用社，他偶遇了大堂经理黄丽小姐，两人四目相对，触电一般，一见钟情，郎情妾意，情意绵绵，陷入了爱河之中。从此，吃饭、K歌、骑摩托车兜风，去县城逛公园，就差上门看岳父岳母谈婚论嫁了。

曹德贵心想，我充其量是个刚刚冒尖的小老板，小荷才露尖尖角，黄丽则是省农大毕业的大学生，身份地位差距太大了，上帝，我得抓紧搞钱，搞出点"贫富差距"来消除掉"身份差距"，这样两人就平衡了，他就可以买套西装拎些贵重礼品堂而皇之上门求亲了。

他决心要抓紧搞钱，加快"富起来"的步伐。

然而，搞工程毕竟只是路一条，他接手的模板工程大多是黄毛父亲手上的二包工程，赚赚人工管理费，利润空间不大，加上他没有库存自有模板，得向别的包工头比如黄老板等人租赁，利润又削去一大块。此外，他没有多少周转资金，垫不起工人预付工资伙食费，因为他做的大部分是小学校工程，那时教育部门比较"困难"，经费紧张，工程款自然拨付缓慢，曹德贵同志不得不东挪西借倒腾高利贷去填补窟窿，维持正常的运转，所以，利息付下来，又是一笔不小的开支，曹老板的"快速致富"计划被一步步扯了后腿。

思来想去，连续三个不眠之夜，在黄丽的点拨下，他决心开创第二职业，在龙游圩镇西头搞了一个废品收购部，取名"富贵"，一语双关，一是来源于本名，二是赤裸裸地表达了自己想要尽快发财致富之强烈愿望。

刚开始，曹德贵有些犹豫，觉得不太好听，没面子，嘟囔道："嗤！搞这个呀？收废品，收废品，收来收去，搞不好自己都成了'废品'！"

黄丽扑哧一笑，开导他："没事的，阿贵，英雄不问出身，白猫黑猫，能抓老鼠就是好猫，收废品看它不起眼，但投入小，利润高，冇风险，发得很快呢！一个龙游圩那么大，目前才河南人一家，那个人叫老贾，经常到我们信用社存钱，一大沓一大沓，嚯嚯！好赚钱呢，你都不懂，他穿得邋邋遢遢，好有钱哪！窗口小姑娘看得两眼放光哟！嘻嘻！"

曹德贵一听，桌子一拍："干！不干我是傻子！"

他在黄丽红扑扑的脸蛋上亲了一口，赌咒发誓道："我曹德贵今生今世不能让黄丽小姐过上好日子，我死不瞑目！"

黄丽伸手堵住了他的嘴，嗔怪道："说什么呢？多不吉利呀！"

"我是爱你呀，嘿嘿！"

"爱也不要这样说呀，爱可以用心去爱，不在于甜言蜜语，也不在于豪言壮语，要一点一滴去做，要默默地去付出。"

黄丽出口成章，口齿之利索，将曹德贵震住了，他越发感到，今生今世要是得不到她，就干脆直接去跳白龙江，快刀斩乱麻，一了百了！

干，废品收购部，只要有钱赚，管他收购部不收购部，只要有钱赚，杀人放火老子都干！

曹德贵横下一条心，说干就干，筹了一笔资金，找了个场地，雇了两个员工，三下五除二解决了问题。

就这样，不到十天，龙游圩镇第二家废品收购站诞生了，老贾从前垄断经营，从此有了新的对手，一个四十六岁，一个二十三岁，正好相差一倍，商场如战场，鹿死谁手，犹未可知。

富贵废品收购部，一块竖向大招牌，白底红字异常醒目，底部一行电话，联系人曹先生。

这一刻，白雕载着黎宗文匆匆赶到，两个人额头汗都出来了。

小四刚刚卖掉了宗文那辆自行车，接过钱正想离去，还在笑眯眯地点钱，那辆单车还竖在大招牌旁侧，一颗螺丝钉也没少。

小四点完钱，抬头一看，要命，黎宗文、白雕噌噌噌扑了过来，四只眼睛都喷着火，黎宗文是失盗的火，白雕是守护不严损害商家信誉的火，两把火朝小四熊熊喷来，几乎要把瘦小干枯的小四烤焦了。

偷鸡摸狗的人有一种先天性的敏锐，小四禀赋异人，不用眼看，光竖起耳朵，听到风声嗖嗖传来，顿感有危险降临，他立马双腿一撒，弹射了出去，趁势就跑。

"想跑，没那么容易！"

白雕大喊了声，撵鸡般追了上去，追了十几米就把他揪住，攘着左臂，架着后脖颈押了回来，锁定在了那块大招牌旁。

黎宗文板着脸，眼一瞪，揪着他衣领，咬牙切齿，开始"审问"："小子，你单车哪儿来的？快说！不说打断你的腿！"

"哪个单车啊？什么单车啊？我怎么听不懂啊？"

小四脸一偏，露出倔强的神色，心想现场没抓到，单车已卖掉，你想怎么样？任凭你凶神恶煞，苦苦逼问，干脆来个装疯卖傻，死活不认账。

"哪个单车？就这辆黑色的旧凤凰单车！我的单车在修理店门口好好的，怎么跑这里来了？快说，不说清楚，今天送你到派出所去，叫警察用电棒敲死你！"

黎宗文将单车拖了过来，咣当，立在小四面前。

小四溜了一眼，神色有点慌张，但仍然偏着脸冷笑着爱理不理，鼻子哼哼，嘴里只嘟嚷了句："关我屁事，我又没偷你单车，你们看到我偷了吗？"

曹德贵恰好出去了，他骑摩托车送黄丽去农村信用社上班了。店里两个小伙计抓耳挠腮，不知怎么办好。

他们站在边上观望，看着三人生气地吵吵嚷嚷，都静默着，做出一副事不关己的样子，一心只盼老板快点回来，处理掉这桩破事。

黎宗文和白雕面面相觑，一时束手无策。两人略略沟通了一下，决定把单车和小四一起押往派出所。

白雕开头有些嫌费事，他说到了派出所要立案子，左问右问很麻烦，还要签字画押的，他有事，要赶紧回蔡家庄去吃东道。今天一个堂叔嫁女，本来早就要回去的，大喜事客人多，杂务多，他得回去帮帮忙，最起码要泡泡茶水，搞搞接待。

"怎么回事？发生什么事了？"

一辆警用摩托溜了过来，跳下两个年轻警员，就是龙游派出所的巡逻警察小李和小张，他们正沿街巡逻，一看到现场不对劲，就突突突溜过来盘问。

"警官，他们欺负我，我在这边路过，他们两个非得说我偷了他们的单车，还要打我呢。"

小四一看救星来了，急忙挣脱出来，跑到了两位警员面前，装作委屈的样子，添油加醋。

"别听他胡说八道，这小家伙不地道，他偷我单车，刚刚卖到这里来了，差点找不到了。"

黎宗文气愤地喊了一声。

"哦！有这个事吗？这里老板哪里去了？"

小李四下看了看，又打量了一眼黎宗文手上推着的单车，似乎明白了一些。

"白雕老板，你也在这里，是这样的吗？"

小张认识白雕，微笑着问他。

"没错，这小四是个惯偷，在龙游圩都出了名，除了女人的红短裤，什么他都偷！"

白雕愤愤然，话一出口，连自己都笑了。

"注意措辞，执法要讲究证据，不能道听途说，捉贼捉脏，捉奸捉双，净嘴上说没用。"

小李显得比小张严肃，字正腔圆，制服笔挺，腰杆挺直，英武之气充盈在眉间。

"是这样，这个小四都有案底，李警官，你刚来不久，不太清楚，以前我抓过他几次，都很熟悉了。"

看样子，李警官应该是警校刚毕业的大学生，属于正式警员，年纪比较轻，人很干练，但一副书生气，显得文绉绉的。

小张年长几岁，但没文化，就是个临时警员，很无奈，只好听资历浅没经验正式警官的。

"三个人一起去下派出所，搞清楚一下情况，单车推到这儿来。"

"哎呀呀！张警官，我都要回蔡家庄吃宴席呢，今天我堂叔嫁女，早要回去了，太晚了，骂得会骂死。派出所我就不去了，这事跟我也没关系，我不是事主，就是在我店门口被那个家伙偷走的，刚刚修好的车，一不小心，就一眨眼的工夫，这兔崽子，就是个惯偷！"

"注意措辞！没有调查就没有发言权，要审问了才知道呢。"

这会儿，小李的书生气又毕露无遗。

"这好麻烦啊，我也要回去了，差不多吃中午饭了。"

黎宗文看看天色，太阳高高地悬在头顶，应该临近中午了。

小李一听，觉得也是，马上就中午了，到了所里吃饭也是个问题，看下这小四个子矮矮，一脸稚气，也就十四五岁的样子，属于未成年人，关又关不得，最多教育两句，迟早还得放了，一辆旧单车也值不了几个钱，就对小张说："到店里去坐一下，简单做下笔录，现场处理吧。"

小张哪敢有什么意见，一切都听正式警官的，忙不迭地说好好。心想我也省事呢，反正有事你兜着，我只是个跟班的小兵小卒。

几个人进到了曹德贵店里，年长的伙计一看，忙殷勤地泡茶倒水，接待贵宾一般。年轻的伙计躲在门外远远地看，脸色怯怯的，看得出，两个警员那威武挺括的警服警帽将他震住了。

"姓名？""曹小四。""籍贯？"

"什么鸡冠？我家里没有养鸡呀？过节宰掉了几只。"

小四一脸懵懵懂懂，说着话，贼眼一边朝门外溜："咦，我叔回来了。"同时，几人听到了摩托车开过来的声音。

曹德贵高大粗壮的身体出现在眼前，他摘下头盔，诧异地注视着面前几个人，除了宗文、小李，其他人他都熟。

"来，抽支烟，两位警官。"

虽然犯嘀咕，还是和颜悦色掏出烟来敬上。

小李疑惑地看了他一眼。

小张忙起身介绍："曹老板，曹德贵，搞工程的，修路，建学校，主要包模板业务。"

曹德贵好交友，三教九流都有交往，特别是政府界的，尤其注重"理顺关系"。

他发着烟，脸上有些挂不住，知道小张是给他撑面子，修路、建学校，冇个事，暂时就包包模板工程，还是被刮了一层皮的二包。

嗐，所以要广交朋友，多认识几个领导，我曹德贵总不能一辈子靠做二包蹭饭吃吧？

"哪里，哪里，还老板，都靠政府和社会上一帮朋友支撑场面，混口饭吃，哦，你们所长曹晓阳，都叫我叔叔，堂叔。"

他有意无意往他们顶头上司身上靠，派出所所长曹晓阳叫他堂叔不假，但那是八竿子打不着的亲戚，一个祠堂的，至少十代八代了，远着呢。说完，他眼睛瞄瞄小张，意思让他证实一下，有这么回事。

"是，曹所长的堂叔，曹老板，他项目很多，年轻有为啊，这个属于分公司，上周一开业的，我们一起吃过饭，所长也来了，在桂花楼。"

小张吃过曹德贵几次饭，记着人情，反应得挺快。

小李脸一抬，重新打量了一下曹德贵，高大魁梧，头大发短，大冷天穿一件薄薄的浅灰夹克衫，两眼锐利透光，很精神的样子。他站了起来，伸手握了一下，客气道："哦！你好，曹老板！"

"你好，你好，嗻，叫我小曹就可以，什么老板？"

黎宗文在折椅上坐着，侧身看去，见曹德贵双手去握，态度热情，但语气又不亢不卑，说话滴水不漏，恰到好处，心想，这小子，果然有两下子啊。

他回来不久，但已经听人说过几次了，这曹德贵有魄力，会做人，又很能干。听多了，自然对他更加关注了，其实，黎宗文慢慢知道，曹德贵仅仅比自己大一岁，但出社会早，已经磨炼得非常老到了，这是一个早熟的人。

二十多年后，两人几番争斗，成了生意场上的生死对头。

自始至终，黎宗文一边厌恶他，一边也挺看重他的，觉得他好歹也算枫林坳村出去的一个人物，一个响当当的人物，可惜一步步走上了邪路，悔恨终生！

"这是我侄儿子，未成年人，十五岁不到，罚点款，批评教育下吧，人就不要带走了，影响不好。"

曹德贵殷勤倒茶，招呼伙计上了橘子、香蕉和咸花生，一边建议道。

小张不敢做主，嘴里嗯嗯啊啊，眼睛看着小李警官。小李抿着茶水，也没马上回应。

吃着，喝着，扯了一些圩面上的闲天，几个人关系融洽了许多，屋内洋溢着热烈友好的气氛。

黎宗文也搭话，兴致高昂，聊了些广东的趣事，他说广东交警牛啊，嚯嚯！上街都骑铃木太子车，挺威风的，女警察也是，制服笔挺，样式时尚，长得又漂亮极了，很性感，看得男人心痒痒的。

哈哈！大伙哄笑，连站在门边一脸惊恐的曹小四也笑了。

严肃办案的小李、小张也笑了。

小李摇头叹息："没办法，没办法，比不得，广东佬有钱哪！企业多，遍地都是。"

白雕坐了一会儿，说："我有事，我有事。"急匆匆走了。

……

最后，单车事件在曹德贵的极力斡旋下，迅速解决了。

曹德贵掏了一百元帮小四交了罚款，并请小李、小张到桂花楼吃了顿午饭，顺便还将张副所长请来了。不巧的是，所长曹晓阳去县里开会了，没到场。

罚款之后，宗文骑回了单车，债也不收了，一路风驰电掣往枫林坳赶。望着村庄袅袅的炊烟，"单车事件"已然淡去，曹德贵的影子却在心头反复回旋，放电影一般，"人跟人不一样，这是个老江湖啊！"

临进家门前，他不由自主，又发出一声喟叹。

第四章

话说黎广胜一早出去后，去了一趟乡政府，他想找一下林乡长，打听一下家具产业办公室的事。

林乡长是哪个？就是广胜老婆肖金妹的外甥，她大姐肖金秀的儿子，叫林文海。这人很年轻，才三十六七，原来是家具产业局副局长，上周一才调下来，提了半级，成了龙游乡的二把手。

看是小小的半级，其实对于混官场的人至关重要，可谓关系到前途和命运。通透官场的人应该明了，仕途上有好多道坎，这副科就是第一道大坎，很多人开始很顺，一进单位，刷刷刷，连升数级，升到副科，咣当，卡壳了，一辈子也升不上去，望着正科那道门跺脚干瞪眼。

这林文海从小在外读书，初中开始就去了城里，加上肖金妹共有六姐妹，子女又多，所以彼此并不太熟，准确地说，应该是接触机会不多。

黎广胜清楚地记得，前年林文海提升家具局副局长那次，大姐家搞了一个小聚会，办了两台席，是父母做主搞的，文海反对无效，勉勉强强吃了一餐饭，饭后，客人走了，将他父母说了一顿。

"做人要低调，这样子影响不好，以后不要搞了，不要授人以柄。"

林文海这人虽然年轻，但社会经验丰富，颇有政治敏锐性，方方面面，非常谨慎沉稳。

后来提拔乡长后，他们家再没搞过什么庆祝活动。

进大门时，老蔡即蔡慧娟的爸爸和广胜热情地打了个招呼，他们以前是做木匠的同行，有过多次合作，彼此相熟，虽然分开好多年了，但一见面还是挺热乎的。

"咦，广胜，你怎么来啦，今天不开会呀？"

蔡秋生知道广胜已经不是木匠师傅了，而是正儿八经的村干部了，以为他是赶过来开会的。

"明天上午开会，不是已经通知了吗？时间改了，今天谢书记出差了。"

由于是老熟人，老蔡多说了两句，要是其他村的，来不来，哪个管你那么多，十八九个村，每个搭一句话都会累死。

"晓得，晓得，我有其他事，林乡长在吗？"

广胜凑过去，压低嗓音，神神秘秘的样子。

"在呀，在，刚刚回来，你看那个摩托车，不是他的吗？"

老蔡指着院内一辆暗红色崭新的钱江摩托，把广胜的目光吸引了过去。

穿过政府大院的几棵桂花和白玉兰，广胜直奔二楼的乡长办公室。楼梯右侧第一间，林乡长正在陪两个客人喝茶聊天，这是一个白白净净的年轻人，戴着白光眼镜，三分头梳得整整齐齐，很斯文的样子。

广胜听得里头的欢声笑语，探了下脑袋，不敢进去，一闪间看得文海似乎在接待两个领导，那两个人像是有"身份"的人。

也许并不秘密，也许谈话快结束了。这边广胜不进去，那边林文海却在喊："咦！姨父，进来坐哇！"

广胜犹豫了下，畏畏缩缩地踏进去，朝在座的人露出一副灿烂的笑脸，并连点了两下头。那两人听到是林乡长的亲戚，也没有表现得太过倨傲，也同时谦虚地微笑，点了下头，只是幅度没有对方大。

广胜在三人旁侧的折叠椅上坐了下来，紧张得规规矩矩，两手规范地叠放在大腿上，目光柔和地平视前方。本来不渴，为了掩饰紧张，他端起林乡长刚倒满茶水的玻璃杯子，轻轻抿了两口，静静地聆听他们"亲切友好的交谈"。

可能急于离去，对方简单交代了几句，匆匆结束了谈话，不约而同站了起来，那个年轻人看了门外一眼，郑重其事地交代：

"你们乡里一定要重视这项工作，家具产业是县委、县政府的重大决策，因为我们南溪是木匠之乡，很多人家世世代代都是传统的木匠师傅，外出打拼返乡创业的年轻木匠也很多，他们有创业的能力和激情，也积累了一定的资本，我们要把他们的积极性调动起来，掀起一股创业干事的浪潮……"

边上那个年轻人边听，边不住点头，接话道："你们龙游乡是南溪著名的木匠之乡，据不完全统计，曾经做过木匠，以及还在从事相关产业的木匠师傅有四五千人，这是一支生力军，要支持他们当中有条件的人率先行动起来，投资办厂。政府、银行要给予一定的政策和优惠，要大力支持和帮助，做好服务工作，县里具体扶持细则正在草拟中，很快就会向全社会公布了，一定要尽快把南溪县大兴家具产业这把火点起来！"

说完，他们朝往外挪动脚步，急着走的样子。

林文海也紧跟几步，站在了门边，忙不迭点头："请领导放心，等谢书记出差回来，我们马上召开全乡家具产业发展动员大会，布置落实县委、县政府有关指示精神，尽快把这件事抓起来。"

更年轻那人满意地点点头，捋起袖口看了下手表，看着更年长那人说："哟，十一点多了，我们赶紧回城吧，回去吃午饭，再休息下，下午还有个会要开呢。"

林乡长一听，着急了，问："黄县长，你们不在乡里吃饭吗？我都安排食堂那边炒菜了，这来了一趟，饭总要吃的。"

黄县长？广胜在边上吃了一惊，莫非眼前这个貌不惊人的年轻人居然是刚刚调来的县长黄少军？黄少军好像是邻县安南调过来的，原来是宣传部部长，后来提任县委副书记，升得挺快的哇！

前几天一个副乡长到枫林坳村走访，广胜招待他喝茶，聊了起来，他说新来了一个黄县长，很年轻，很有魄力，我们南溪马上会掀起一股干事创业的高潮了。

"这个人观念很新，做事雷厉风行，听说他眼里也揉不得沙子，工作干不好，或哪个敢敷衍了事，他直接撸了你。"

同行一个乡里的老干部补充道，快退休的人了，说话比较直接，没有太多的遮掩与顾忌。

那个老干部就是蔡秋生的哥哥，叫蔡春生，以前的副乡长，后来年龄大了，位置让给了其他年轻人，成了驻村干部，就挂点在枫林坳村。蔡秋生搞进乡里做临时工就是他向乡里谢书记推荐的。

话说回来，老蔡守个大门虽然工资不高，八九十块钱，但毕竟轻轻松松，比那个爬屋上梁的木工活舒服多了，此外，逢年过节还有不少奖金福利，每个临时工都有一份，只是略略比正式工少一点点。比如柑橘，正式工发三十斤，临时工二十斤，花生油正式工二十斤，他们也有十五斤。总之，老蔡做得挺满足的，要不拖着一条废腿，一瘸一拐，饭都搞不到来吃，更不要说供两个子女读书了。

最后那句话，是蔡秋生的肺腑之言，经常挂在嘴边。蔡秋生对引荐他的大哥充满了感激之情。

走廊上，林文海这边一个劲地挽留，那个黄县长很干脆，一摆手："吃饭以后吧，你们先把工作做好来，比请我吃海参燕窝都强！"说完，自己笑了，以缓解一下紧张气氛，也许他觉得太生硬了不好。

后边的两三个都笑了，笑得轻松而快乐，彼此间距离不知不觉拉近了，包括跟出来看热闹的黎广胜。

正发愣间，黄县长温暖的大手掌又穿过林文海握了过来，而后才跟黎广胜握。黎广胜受宠若惊，满脸堆笑地双手握了过去，抓住县长的手死命摇，久久才放开。

边上，林乡长及时地介绍："这是枫林坳村的黎会计，也是一个老木匠师傅。"

"好啊！好啊！"黄县长看起来很高兴，因为他正准备主抓家具产业，凡是跟此有关的人和事他都颇感兴趣。

那个年岁大点的干部加上一句："他们家是龙游乡有名的木匠世家，四五代人都做木匠的，一家都是木匠师傅。"

黎广胜迷迷糊糊，笑笑，冒出一句："嘻嘻，你怎么那么清楚？"

那人"切"了一声："这我还不清楚，我和你大哥都是同学！龙游初中读书，天天一起吃咸菜饭，吃了三年。"

"好好，改天有空再聊吧！"

黄县长微微举了下手，率先下了楼梯，并且步伐越走越快，年龄大一点那人几乎是小跑跟了下去。

看着林乡长下去了，广胜滞了下，也跟随了下去。

一辆不是太新的黑色桑塔纳停在那棵大白玉兰树下，随同那干部一把钻进了后排座。年轻的司机启动了引擎。那边县长和乡长却在离得五六米远的地方小声交谈什么，看样子是有私人话题，也像是乡长在求县长办什么事。

黄县长面色严峻，静静地听着，最后就一句："好，我知道了！"迅速上了副驾驶座。

车子缓缓开动，这边林乡长几个人在摇手，那边一会儿就出了院门。蔡秋生正弓着腰立在门卫室旁，目送着黑色车子不紧不慢地离去，仓促间，他或许注意到了，那是一个"不小"的领导。

"姨父，你过来有事吗？"

顺着木楼梯，上到二楼时，林文海看着身后亦步亦趋的黎广胜，主动问了起来。

"嗯！有点事，刚才年纪大点那个领导好像见过，想不起来了，他是哪个？"

"杨延庆，杨局长，家具产业局的。"林乡长随口告诉了他，"以前的农业局局长，他经常下来，你在哪里见过他？"

说话间，二人已经坐到了茶水桌前，林文海给黎广胜倒了杯热茶，又重新冲了一壶。

"哦，难怪，难怪，前不久在我哥广发家门口，刚才一下子想不起来了。"

"就上个礼拜吧，他到我哥家里，坐了一个上午，走之前站在屋门口看风景，我刚好路过那里，打了个照面，等他走后，我哥说家具产业局杨局长呢。

"嚯嚯，我笑死了，我说，大哥，你不错呀，这么大的领导上门拜访你呀？"

林乡长眨了下眼睛，没有太过反应，也许他觉得广胜话有点多，毕竟他是一个管理四五万人口的乡领导，哪有时间听你东拉西扯。有事说事，拉拉杂杂说一大堆，不等于浪费我时间嘛，领导的时间是宝贵的。

但他又不好说破，一个是实在亲戚，辈分摆在那儿，还一个彼此也是上下级关系，不好太过生硬，以后见面的机会多的是。

枫林坳是一个重要的村庄，人口大村，文化大村，乡里一向很重视这个村庄的工作和班子建设。

村支书曹南昌年龄大了，六十二三岁，年龄早就超过了，不知为何一直占着书记位置。

别人有意见，上来反映，说："不像话，曹南昌的儿子曹海东是南州市公安局经侦支队大队长，所以子贵父荣，一直霸着村里老大的位置不肯挪动，老态龙钟，老牛拉破车，能力又没什么鬼能力，纯属混账，看到都心烦！"

林文海听了不吭声，不表态，只点点头，说："好，我知道了。"

好像提意见的就是曹文瀚他父亲曹桂生，也就他财大气粗，有这个胆气。虽然同是曹家庄人，但他和曹南昌父子一直不对付，彼此看不惯，老家相隔两百米，却各过各的，井水不犯河水，鸡犬之声相闻，老死不相往来。

过后，林乡长就和谢东山书记商量，建议明年春上要把他拿下来，最迟下半年也要换掉，不能再拖了。

谢书记表示赞同，说他早有此意。

其实，林文海心知肚明，谢书记和曹南昌的儿子是铁杆兄弟，曹南昌下不去，一直就是谢在背后撑腰。这次，他那么爽快地答应了，不知葫芦里卖的什么药。

也许是大势所趋，也许是感受到了乡长林文海背后的强大实力和背景，干脆顺水推舟，卖个人情。

门外有个人在探头探脑，胖乎乎的，梳个大背头，手里拎着小提包，像是个比较大的老板，找乡长办事的，看有人在谈事情，不敢贸然进来。

广胜一看，不行，再不说就没机会了，忙挪近椅子，伸长脖子，压低声音，试探道："文海，我听说乡里要组建家具产业办了？"

"是呀，不是都公开了吗？怎么啦？"

他看了对方一眼，意思是这跟你有关系吗？

"那个，主任确定了没有？"

广胜朝林乡长眨眨眼，又笑了一下，明显在暗示他。

"暂时没有，这个岗位很重要，乡里还在物色，那个，还要公开招聘，面向全县，在政府内外择优录取。"

"那个，我，文海，我们都是实在亲戚，你现在是乡长了，说话有人听，巴掌拍得响，关键时刻，希望你能多多支持下。"

黎广胜眼巴巴地看着林文海，几乎是哀求的味道，他不想错过时机，他太渴望得到乡里家具办主任这个位置了。

"姨父，这个事我知道了，但我是一个乡的乡长，也要从全面大局考虑，一个是要年轻，二是要有学历，三是要懂家具行业，四要有闯劲，五要有新思路……这是一个重要岗位，要求很高，乡里不能随便搞一个人，进来瞎混……"

"啪！"

林乡长还未说完，广胜将茶杯蹾在桌上，"哼"了一声，脸一扭拂袖而去。

显然，林文海最后那句话深深伤害了他，什么"进来瞎混"？扯淡，没大没小，你说谁呢？小子，不看你是领导，我当场扇你！

广胜一溜烟跑掉了，从此，他和自己的亲外甥结下了梁子，一记就是十几年，除了正常的工作和实在推不掉的大喜事，几乎从不登门。对方办大喜事，他推诿不过去，只让他老婆肖金妹做代表，撑撑面子，遮遮旁人眼，不好搞得太过明显。

矛盾归矛盾，这叫作"斗而不破"，抬头不见低头见，撕破脸面就不好了。

林文海情急之下，一时失言，惹得黎广胜大动肝火，顿时追悔莫及。然而，说出去的话就像泼出去的水，后悔跺脚也无济于事。那天，当他站在二楼廊道看着广胜骑着旧单车咣当当地离去，知道说错了话，姨父他确实生气了……

事后，他一直想找机会给姨母解释一番。

那天，肖金妹正在圩上赶集，林文海下街吃饭，两个人在街头恰巧撞上了。

林文海嗫嚅着解释，脸红红的。

话刚出口，肖金妹大大咧咧，呵呵地笑，挥手打断他："没事，没事，他就那臭脾气，你也没说错，他哪是当官的料？还乡干部，家长他都当不好嘞！"

说完自己都笑了，林文海也笑了。林文海的纠结情绪略略缓解了几分，长叹一声，就由他去了。

这黎广胜当官的念头断绝了，天黑时分，回去把一万元现金立马还给了大哥黎广发。那是一个蓝色的小布包，里面套着两层塑料袋，裹得像一段小木块。

广发一愣，接过钱，摸了摸，调侃道："怎么，不当官了？"

广胜无言以对，支吾道："找了下人，搞不停当，年龄大了，现在干部都要求年轻化呢。"

大哥眼一眨，没吱声。

宗文从房间里钻了出来，接话道："没有错，年轻化，知识化，专业化，时代不一样了。"

广发看着弟弟难堪的脸色，心里明镜似的，知道他"跑官"碰了壁，丢了脸面，于是，鼻子哼哼两声，训道："把你那村干部当好，有空跟我学学雕花，有技术，不会缺钱花，别整天东想西想，癞蛤蟆想天鹅肉吃，净做白日梦！"

广胜脸上一红一白，支吾两句，推说家里有事溜走了。

"跑官"事件到此结束，谁想到，不知哪个人传了出去，被村里人听说了，一传十，十传百，慢慢地，村庄大部分人都知道了。

有好事者喜欢拿广胜打趣，村头路尾看到广胜，笑嘻嘻，眼神怪怪的，一瞟，问："广胜师傅，木匠活还干吗？"

"干呀，怎么啦？"广胜莫名其妙，脸上有点挂不住。

"嘻嘻！你不是当官了吗，听说高升了，调乡里去啦？"

广胜气得扭头就走，背后，爆笑声如炒豆一般响起来。

事到如今，广胜一直在后悔。

第五章

那天，广胜一脸落魄地还钱走后，广发心里越发不是滋味，宗文一番年轻化、知识化、专业化的说法，触动了父亲的心。

晚饭时，他对儿子说："你叔年龄大了，你咋不去试试？你不是都符合吗？要是搞得成，让家里出个把干部，咱家不是有面子吗？这是个机会，你怎么不去试试呢?！"

黎宗文说："爸，我觉得行不通，我虽然年轻，有文化，但我不在政府上班，也没有管过家具厂，不符合条件吧？不要到时候像叔叔一样，碰一鼻子灰，偷鸡不成反蚀把米，那就没意思了。"

黎广发很拧，一再坚持，责备道："你咋年纪轻轻不求上进呢？没有听说有这么多要求呀？乡里说，只要有文化有能力都可以，别人可以，为什么你不可以，难道我们黎家子孙非得世世代代做木匠师傅，非得要靠卖苦力流大汗赚钱吃饭？"

宗文还在犹豫："我恐怕技术也不太行。"

广发眼一白，刷地站了起来："技术个屁！你以为造火箭哪！别人会，你怎么就不会?！"

他扫视了一眼乌漆麻黑的屋子："真正的技术活都不会穷！你去试试吧，行不行没关系，有一点，咱们就光明正大，不送钱也不送礼，行就行，不行就拉倒，还做回咱们的老本行，还按原计划执行，办家具厂吧。"

宗文不服气地说："那不互相冲突了，又想当官，又想发财，这可能吗？怎么忙得过来？"

"家具厂，那是以后的事，不是还有我和你弟弟宗武吗？你下了班过来看一看，商量一下事情就可以了，细节上的事情我们可以处理，哪里需要那么多人，你以为上山打老虎吗？一窝蜂。"

"那好，我试试看，你的意思要怎么弄，去找哪个？唉，我又认不到哪个人呀。"

嘴上说着，黎广发脸色和缓了许多，他觉得儿子长大了，考虑问题越来越成熟了，心里暖融融的，感到由衷的欣慰。

"这，先看看，等两天吧，让我先想一想。"

广发刚才还头头是道，这会儿抓起了头皮。

"不行就去找杨延庆，上次那个人，他不是县里家具产业局局长吗？他说话应该管用，让他跟乡长书记打打招呼。"

"杨延庆，那个鬼！上次来提都不提这个事，坐了一个上午，净东拉西扯，瞎扯淡，找他也不一定有用。哦，上次贷款又是他帮的忙，三天两头找他也不好，人家也不可能整天就管咱们家的事，也会烦。我的意思，不要去麻烦他了，自己另想办法吧。"

广发奋拉个脸出了厅堂，吱吱嘎嘎又锯起了木板子。宗文说："爸，我到外面去走走，散散步。"

说完，就慢悠悠沿着门前小路朝村口走去。

那年月，黎家门前那条路还比较窄，是一条由田埂路演化来的小村道，只能并行两辆摩托车，小汽车还进不来。一般县里乡里下来的领导车子都是停在大樟树下，下了车步行过去。宗文家离樟树下不远，也就三百来米，那时的人不像现在，都习惯了走路，一抬脚就到了，也不觉得费事。

黎家门前小路有两个去处，一个是通往鸡公山下的蔡庄，还有就可以通往龙游圩上。大樟树下沿大路也可出圩上，走路稍稍绕一点，因为有不少步行出圩的人会走小路顺出去。此外，大樟树出去不远有一座长坡，一上一下四五百米，比较耗费体力，走路的人宁愿绕开它，蔡家庄方向都是一马平川的田野，不是水稻田，就是菜地，走路轻快了许多。

黎宗文走走停停，一会儿看看前方的田野，一会儿看看哗哗流淌的河水，一会儿回头看看隐隐西坠的夕阳。

夕阳霞光璀璨，擦着金鸡山边缘投放出最后一缕光辉，山头金黄色的云彩渐渐淡化成了乳白色，光晕由通明走向暗黄。

田野里油菜刚刚冒头，在地表染上浅浅的一抹绿色。前些天刚下过一场中雨，雨后很多人家及时翻耕了土地，播下了油菜籽。早早晚晚，农家肥掺着河水洒上两遍，日头一照，油菜苗噌噌冒了起来，像娘胎里急不可待的婴儿。

樟树下，算是枫林坳的一个地标，妇孺皆知，无人不晓。没有手机电话的年代，村里人结伴出行，或见面谈事，都会约好在樟树下，那是一个村庄的象征，也是一个中转的十字路口，联络着曹、黎、蔡三个自然村，还有出村的道路。

北部方向，越过枫林坳口，可到白羊山，后面是大山区，以前黎宗文的爷爷黎昌贵等人在那边打游击的地方。

枫林坳口下去，翻过几座小山坡，有一个十来户的小村庄，叫作高崇背，那里人也姓黎，跟黎家庄是一个祠堂的，民国初年作山寮上去的。

所谓作山寮，就是到山里劈山挖地，开垦农田，进而定居下来的一种行为。

那时，民国刚刚成立，万象更新，积极发展农业生产，号召村民想办法拓展耕地面积，只有三兄弟搬了上去，建屋造田，慢慢发展壮大，繁衍成十来户人家。

话说回来，那家欠宗文木工钱的就是其中之一，户主叫黎善庆，由于家贫，二十七八了，还没老婆。他欠了宗文一些木工钱，听说他爸爸今年春上在福建挖煤被压死了，宗文心上七上八下的，又不好去问。

樟树下，抹了一小片水泥地，古老的石凳石桌呈现出黯淡的色彩。几个人围着桌子正打牌，他们紧盯着桌面，激战正酣，牌桌发出啪啪声响。外围，还有几个人肃立观战，像伸长了脖子的老鸭公。桌上放着几张零零散散的钞票，有一元，有两元的。

宗文看到对面一个人眼熟，面膛黝黑，头发梳向右侧，脸颊有些瘦削，仔细一看，恰好是他要找的黎善庆。黎善庆赢了钱，桌面一扫，把钱汇拢一堆，一五一十清点起来，一边收钱，一边哈哈大笑，一抬头，他看到了站立着的黎宗文。

"咦，宗文，你什么时候回来了的？"

他看到黎宗文很高兴，赶紧塞好钱站起来，热情招呼，并亲热地拉着他的手。去年冬天盖房子，宗文兄弟在他家做了五六天木匠，这家人很贫寒，却很朴实，对上门的匠人客客气气，茶饭招呼得非常周到。

最后欠了点工资，吃饭时，一家人扭扭捏捏，再三解释，很不好意思的样子。

当时黎宗武有点不太乐意，面无笑容，说了句："这么辛苦的钱还要欠账呀？"

几个人脸红红的，嗫嚅说："很快，明年春上会给，做了房子，实在周转不过来。"

宗武还想说什么，宗文赶紧扯他衣摆，爽快地说："好，没有关系，乡里乡亲的。"并主动抹去了零头。

宗武白了他一眼，把脸别了过去，嘟着嘴，一声不吭。

"广发一家子人都很好！"

善庆妈妈感激地说了一句，一个劲地提起酒壶筛酒。善庆父子热情劝酒，气氛又热烈起来。宗武默默喝了碗酒，夹了几口菜，有滋有味地咀嚼着，脸色和缓了许多，连声夸赞善庆妈妈菜炒得好吃。

善庆妈妈矮矮的个子，圆圆的脸，人很朴实，说话轻声细语的，一口刘家坳口音。

刘家坳是同属肖庄方向的一个乡，属于龙游隔壁的一个乡镇，相距四五十里路。肖庄稍稍远一些，刘家坳上去二十多里。肖庄、刘家坳嫁到龙游乡枫林坳一带的客家女比较多，也许是这边经济更富裕一些，因为工匠师傅多，干的都是技术活，收入更稳定一些。

　　宗文早就听说肖庄、刘家坳还很穷，村民除了种地，就是去往广东福建打工，那年月外边工厂也少，要一份苦力工打都不容易。有些年龄大的就去福建砍树、挖煤、挖笋、背木头、推板车，干的都是最下层的苦力活，高崇背人也差不多。

　　宗文很奇怪，善庆妈妈怎么会嫁到这里来，高崇背是枫林坳乃至龙游乡最穷的地方，交通不便，田地少，人穷地薄，在全乡都出了名，属于龙游乡的一个穷山窝。

　　那天下午，两兄弟挑着木工担子急匆匆回去，善庆父子送到村口岔路口方回。

　　二人一走，宗武就闷闷不乐数落他哥："你怎么随随便便答应他们欠账？这么远收债都会搞死人，你看看，到时候，鞋底都会走破！"

　　宗文笑笑："他没钱你怎么办？乡里乡亲的，做都做好了，你总不可能去拆掉它吧？"

　　宗武不接受，硬邦邦回一句："在家里做事，全部是乡里乡亲，按你这样子说，都去欠账好了，家里都喝西北风去！"

　　宗文语塞，尴尬地笑笑，不说话了，静静地想着心事。

　　他想起刚来那天中午，宗武没有来，吃饭时，善庆爸爸信口聊起来，冒出一句："我姐夫以前也是做木匠的，后来腿摔坏了，就不做了，他是蔡家庄的，你们应该认识吧？"

　　宗文好奇地问："是哪个人呀？""蔡秋生。"

　　宗文摇头，表示没听过。

　　"他有个女儿，你们应该读过书，差不多年纪，叫蔡慧娟，人长得蛮标致哟！"善庆妈妈插了一句。

宗文大感意外，当时脑子嗡了一下，脸红红的，忙低下头，咕咚咕咚，喝了几口米酒，装作是酒将脸涨红的。

黎善庆眼尖，宗文细微的表情，他全看到了，他觉得宗文和表妹两个人一定有"故事"。

所以，后来，善庆家说要欠点账，宗文就毫不犹豫地答应了，他心里头本来就默念着蔡慧娟，想得死去活来的，既然是她的亲戚，焉有不愿之理呢？

这边，樟树下，黎善庆第一时间清掉了旧账，并将宗文拉到一边，压低声音问他："我表妹慧娟回来了，你有没有看到她？"

宗文大吃了一惊，眼睛睁得大大的，忙问："哪个，你说哪个回来了？！"

"我表妹，蔡慧娟，她不是你同学吗？"

"哦！她不是在省里读书吗，怎么这么快回来啦，还没到放假呀！"又着急问，"你什么时候看到她的？"

黎善庆看着宗文猴急的样子，一大串的"为什么"，不由得笑了下，拍拍他的肩膀，坦然相告。

"下午都走这里过，她大学实习了，刚刚回来，好像在乡政府上班，具体做什么我就不清楚了。"

黎宗文脸上闪现出兴奋的色彩，眼睛因期待而变得熠熠闪光。他努力压制住那颗咚咚跳动的心，希望让自己缓和一些，轻轻地说："那好啊，有空我们去看看她吧，好多年都不见了，老同学，高中三年，四年哟！包括补习班。"

善庆爽朗地说："好啊，好啊，明天我们就到乡政府去吧，一问就问得到。"

宗文思索了一下，就答应了："那好，明天九点钟我们在这里会合，不见不散，说好了，等到为止，不能放空炮啊！"

"可以，没问题，我晚上住在圩上一个朋友家里，到时我来接你。"

善庆手一指，宗文惊讶不已，黎善庆，一向贫穷落后的山里人居然骑上了摩托车，看起来是一辆八成新的二手车，他哪里来的钱，发财啦?! 宗文心里直犯嘀咕。

黎善庆骑上摩托车往圩镇方向飞驰，黎宗文傻愣愣的，凝望着他远去的背影，心里很不平静，想着明天见蔡慧娟的场景，想着黎善庆发生的巨大"变化"。

慢悠悠回到家中，天已黑透。坐在厅堂上，跟父亲一说，广发乐了，脸一扭，说："切! 那有什么，他老子挖煤压死了，赔了一大笔钱，十多万呢!"

"哎呀呀，难怪! 我说呢，他怎么一下子发达了?!"

宗文扑哧一笑，心情轻松了许多，这是人的通病，眼看着一个条件比自己差得多的人突然冒起，反而超越了自己，没有人不会感到压力重重。

"宗武来信了。"

"说了什么?"

"他下个月中会回来，你自己看看。"

父亲将一封信递给宗文，又抽起烟来。

母亲在厨房里忙碌，烧洗澡的热水，一阵青烟飘出来。看样子，烧的是干柴，松树棍子。逢圩日，有高崇背卖柴的会送过来，一家一家地问，不贵，三四块钱一担，看大小。

灯光不够明亮，像莹莹的烛光，宗文凑近电灯下细细看，反反复复，看了两三遍。

那一晚，他心里乱糟糟的，想起许多事，思索着，也担忧着。

窗外，月光冉冉升起，透明的月色洒落下来，照耀着这方小院。月色溶溶，追忆着这里发生的前尘往事和而今悄然流过的一点一滴……

　　夜深沉，下起了小雨，淅淅沥沥，敲打着院里的塑料薄膜，在寂静的夜空中分外明晰。

　　……

第六章

第二天，宗文匆匆洗刷好，吃过一碗汤水面，换了一件颜色鲜亮的藏青色夹克衫，快步往樟树下走。

妈妈在身后高喊："锅里还有一个鸡蛋，煮好了怎么不吃呀？"

宗文头也不回："不吃，不吃，早吃饱了。"

广发也跟了出来，夫妻俩瞅着儿子远去的身影，一片茫然。广发问老婆："他去哪儿啊，一大早的？"蔡桂花白了他一眼："我哪知道，他又没说，你怎么不问问他？"广发语塞，讪讪地回屋去了。

黎宗文刚刚走到大树下，看见一辆摩托车突突地从圩上那边飞奔而来，卷起一阵灰白的尘土。

黎善庆挺着身子，表情严肃，像个老驾驶员。

车子在宗文前面旋了一圈，车头掉了个方向。宗文不待招呼，抬脚上了车后座，双手刚抓紧尾部的钢杆，车子就呼地蹿了出去，如同受惊的野马。

"善庆子，你搞那么快做什么？有人抢吗？吓都会被你吓死！"

宗文吃惊之余，喝了司机一顿。

黎善庆嘿嘿地笑，依然一丝不苟地直视着前方，突然扭头问宗文："宗文，你是不是喜欢我表妹？"

宗文没想到他那么直白，窘得脖颈发红，他故意将目光投向远方，枫林河清水盈盈，坝上苍茫碧绿，几只乌鸦麻雀在田野里飞来飞去。

稍后，他笼统地回了句："没有，我们是同学，一个班的。"

"嘻嘻，蒙人！"

黎善庆觉得问不出什么，干脆静了下来，一心一意开他的车。

乡政府大院，一进门，蔡秋生立在前头，和二人打了个照面。善庆停车，叫了声姑父，问表妹在不在。

蔡秋生心不在焉地回话："在。"他把目光落在了宗文身上，上上下下看，心想，这不是广发家那个小木匠吗？他找我女儿什么事？

马上，他脸色严肃起来，看着宗文，改口道："哦！不在，跟领导出去办事了，你们找他有什么事？"

黎善庆从他瞬间的变化中觉察到了什么，心想，姑父应该是对黎宗文不满意吧？慧娟表妹已经是大学生了，是马上要做干部的人，而宗文只是个普普通通的乡村小木匠，这身份的差异明摆在那儿，就是哪个做父母的都会有所考虑的，毕竟这世界是现实的，要不然，辛辛苦苦供子女读书做什么？唉！没办法呀！

宗文明显感觉得蔡秋生由热变冷的态度，正不知怎么办好，一抬头，只见一个熟悉的身影从院子的树荫下小跑出来，喊了一声："爸，我出下街，买个毛巾。"

那人高高的身材，苗条俏丽，花格子外套，米黄色的裤子，白色运动鞋，声音甜美清脆，周身洋溢着青春女性的朝气。

她在宗文两米开外停住脚步。善庆嘻嘻哈哈，喊了声："哎呀！慧娟，你读了大学，变化蛮大蛮大哟，仙女下凡一样！要走在街上，我都不敢认你了。"

蔡慧娟脸白白净净，一头秀发披散在肩背上，有一尺多长，黑黑的，发出油光，似乎还带着微微的馨香。

"表哥，你太夸张了，我们都自家亲戚，你太会说话了，咯咯咯！"

"宗文，怎么是你呀？哟，我们几年都不见了。"

"是，慧娟，你回来啦？"

说话间，车上的两个人都下来了，站在蔡慧娟面前。慧娟她爸站在边上，表情淡淡的，双手叉在小腹上，冷眼旁观。

蔡慧娟莞尔一笑，眼里闪烁出一丝光彩，上上下下打量着宗文，想看看他有没有什么变化。

从上而下，开始脸上带着笑意，而后笑容突然僵住了，露出诧异的表情。

宗文不明就里，顺着她的视线往自己身上瞧，糟糕！他发现自己下身穿着一条做工的蓝裤子，皱巴巴的，又旧，上面还落着几道显而易见的墨水和油漆的痕迹，这在人进人出的政府大院显得那么不协调，简直是"刺目"，惨不忍睹！

"穿错裤子，死相！太粗心了，怎么将做工的裤子穿了出来？"

他脑子一声炸响，几乎要晕厥过去，清醒过来后，恨不得一秒钟内逃离"现场"。

"宗文，你是来办事，还是来找我的呢？"

蔡慧娟意识到了自己失态，马上调整过来，浅浅一笑，带着开玩笑的口吻。

但宗文仍感到彻骨的冰凉，因为，自己分明从对方貌似热情的语气中感受到了一种"矜持"，一种只可意会不可言传的客套，他心里咯噔一下，感到通身的血在汩汩地往下流，整个世界，已彻底崩塌，希望和期待化为乌有，一切的一切，皆荡然无存。

"完了！"他心里哀叹一声。脑子嗡嗡响，眼前或明或暗，耳朵也听不到半点声音。

一侧身，他用眼角的余光瞟到了慧娟爸爸那双犀利的眼睛，冷漠，观望，无动于衷。说白点，就是希望自己尽快从他父女面前消失——滚蛋!

"慧娟,你要买东西就去哇,上班时间哪能在这里聊闲天,待会儿领导看到了好吗?"

这一声,与其说是针对慧娟,不如说是说给宗文听的,宗文听了心里如同刀绞,更加难受不已,脸色明显都变了。

"我,我路过这里,顺便进来看看,没想到你在这里,这么巧……"

他支吾一声,编了点假话替自己下台阶,急忙招呼黎善庆上车,说自己有急事,钥匙掉了,要回村里去找找。

黎善庆一听,急急骑着车子带着宗文吼叫着飞离了政府大院,留下神情落寞的蔡慧娟。

在愣了几秒后,哀怨地看了她爸爸一眼,转身出去了。

耳畔,还隐隐传来一声不屑的哼哼声:"切!小子,癞蛤蟆还想吃天鹅肉,你也不掂量掂量自己!"

她感到面皮发烫,腿软绵绵的,心里拔凉拔凉的。

走在陈旧窄小的水泥街面上,蔡慧娟成了一道流动的风景,她感受到无数男人的目光汇拢过来,一个土里土气的小圩镇突然出现一个时尚洋气的青春女子,人们惊诧之余,纷纷打探,询问着,这是哪个人,这么洋气,是北京,还是上海来的?

有人立马纠正:"傻瓜,你眼睛长脚后跟上了?这是乡政府老蔡头的女儿,大学快毕业了,回来实习呢。"

"哎哟哟!老蔡头,好福气,两个女儿,又聪明又漂亮,长得像花儿一样。"

马上有人惊叹道,羡慕不已,恨不得自己马上回去生几个女儿,古诗云:信知生男恶,反是生女好。

慧娟远远地听着,心里七上八下,既喜又忧,她装作没听见,迈着小方步优雅地朝前走,看起来有点像模特走秀,两边街上的人眼都看直了。

慧娟边走边想，女人哪，女人，想不到，太优秀了，竟会惹出这么多乱七八糟的事来，她感到自己已是身不由己。眼看和黎宗文的距离和感情都是实实在在的，无形中，距离在迅速地拉大，彼此正急骤地远离，唉！真不知该如何是好。

回到乡政府办公室，她思来想去，觉得还是放弃算了，因为曹文瀚也回来了，就在隔壁办公室，两人关系已日益密切，属于恋人了，再和宗文过分亲密是不合适的，搞不好会惹出乱子来，爱情，毕竟是自私而排他的。

哦，爸爸，她唯一想不到爸爸和善慈祥的外表下，居然对宗文会如此不屑。一个辛苦了半辈子的老木匠，一个经历过生死劫难的男人，也许是实在穷怕了，把所有希望都寄托在了省吃俭用供出来的女儿身上，这也是一种无奈和辛酸之举，属于不得已而为之吧？

宗文，宗文，你原谅我吧，你那么优秀，希望你找到比我更好的女孩子。将来，你一定能成功，一定会幸福的。

别人不相信你，但我相信你，努力吧，宗文！

摩托车在蜿蜒的村道上呼啸奔驰，黎善庆载着黎宗文一直冲到大樟树下，速度减缓些。他弯过车头，还想拐进村口小路去。宗文拍拍善庆的肩膀，示意他停车。车子吱嘎停下，两人下了车。

宗文面色苍白，眼神死灰一般，低垂着头，弓着腰无声地走到石凳处坐下，痴痴地望着远方，不知在想些什么。

"宗文，什么情况？身体不舒服吗？要不要去找医生看下？"

黎善庆吓坏了，以为宗文突发疾病，阑尾炎什么的，急忙要扶他上车去乡卫生院看看。

"不用，我没事，就是有点累，昨晚没睡好觉，早上又没吃饱饭。"

宗文坐在石凳上缓了下，脸色恢复了过来，他坚强地站立起来，挺直腰杆，重现了往日英姿勃发、神采飞扬的青年气象，一双大而明亮的眼睛望着远方，露出坚毅和果敢的神色。

"你去吧，没事，我走路回去，谢谢你啊！"

宗文抬脚往小路方向走去，不忘给善庆招呼一声。

黎善庆似乎明白过来，定定地看着他的背影，大喊了声："宗文，凡事你要想开一点啊！"

宗文没回头，用力挥了手："我没事，你回去吧！"

黎善庆一看这架势，知道宗文不会有什么情况，就把车子骑到了村委会门口，暂停在那儿，锁好，准备走路回高崇背去。

车子停在屋檐下，刚锁好，里头办公的黎广胜踏出来，看着善庆，摇头晃脑笑："嘿嘿，善庆古，我说你呀，你真是个傻瓜！大傻瓜呀！"

"怎么？广胜叔佬，一当上干部就摆谱了？嘲笑我们这些穷苦百姓了？"

"穷苦百姓，鬼有你钱多？装什么逼？"黎广胜又试探着问，"存了多少钱？福建煤窑老板赔清了吗？"

"差不多，还差五六千，说这个月底会汇过来，咦，按说，应该到了吧？"

广胜一拍手："哦，好像是到了，有张汇款单，上午刚刚送来，邮递员一走，我差点忘了。"

他从屋里拿出一张单子递给黎善庆，关切地问："准备走路回高崇背？傻瓜！你不会搬出来住？进进出出多麻烦，隔着一座大山，那么高？"

"唉！你以为我不想？我妈妈她不肯，说住惯了，空气好，烧草、水浆也很方便，又清静。"

"好，那你就翻吧，每天翻座大山回家，不过也可以锻炼下身体，练好了，看看以后有没有机会去参加奥运会，拿块把金牌回来，嘻嘻！"

"切！我参加个鬼！"

见广胜又拿他开涮，黎善庆摇头苦笑，抬脚就走。

背后，黎广胜对着他背影，背书一般，高喊一声："愚公移山，改造中国！"连喊两遍，进屋去了。

外面菜地一个摘菜的农妇都听见了，手里掐着一把开花的韭菜，伸直身子朝村委会这边瞅了瞅，只看到了广胜的背影，她以为广胜师傅又哪里灌多了猫尿，正发酒疯呢。

黎宗文回到家中，发现院门紧闭，爸妈都出去了。他开门进去，倒在床上就睡。闭着眼也没睡着，满脑子在刷刷地想着心事，想今天的事，想今后的事，想什么时候办家具厂的事。突然，他想起了家具办主任的事，爸爸让他打听一下，自己去了乡政府都忘了，也不是忘了，自己是狼狈不堪逃离的。爸爸回来，该怎么跟他交代呢？糟糕，不要挨一顿臭骂哟。

说曹操，曹操到，院门吱呀一响，广发回来了，宗文心里跳了一下。

方才，他没走远，到隔壁阿庆家坐了一会儿。阿庆是打造金银首饰的小匠人，今天龙游不当街，他缩在被窝里看小说，没出去。

关于家具办主任的事，广发想听听他的意见，简单跟他说了一下，阿庆是个老实人，实心眼，有一说一，听到了，他也不会鹦鹉学舌，东传西传的，更不会冷嘲热讽，说三道四。

阿庆一听，就摇头，说："广发叔，这个政府有政府的规矩，我们都是平头百姓，又不是在里头上班的，这个事，我估计很悬。你想想，乡政府里面都大把的人，怎么会在外头招呢？另外，县里家具局也可以派人下来哇，这就叫'近水楼台先得月'，'肥水不流外人田'，你说是不是？"

广发脸红红的，卷了一支烟，打火，猛抽了一口："那也是，我也是听村里人说的，道听途说，说可以在外面招，还说什么只要年轻，有木工经验就可以。"

"说是这样说，哪有那么简单，你以为企业招工？企业招工都挑挑拣拣，年龄、学历、经验、性别，这个那个的，一大堆。"

阿庆头摇得像拨浪鼓。

"我确实听到了，就是好像要懂得企业管理的，家具厂，没用哟，宗文都没管过，在广东他是搞宣传策划的，抄抄写写，不行，叔，那不行！"

他看着黎广发不甘心的样子，又补了两句。

广发不想再听阿庆"泼冷水"，自己心也淡了下来了，急急推说灶膛还在烧火煮猪食，得回去看看。走到门口一看，院门没锁，就知道宗文回来了。

早上，宗文一大早出去，广发夫妇瞎猜了好一阵子，猜来猜去，猜不上来，还是蔡桂花灵光一闪，说："哎呀！莫非他恋爱了，赶出圩上去看哪个女孩子，才会这么急？"

广发说："有可能，有可能，男大当婚，女大当嫁，他今年都二十三了，哪个还不会想老婆？"

说着嗦嗦笑了起来。逗得蔡桂花也笑了，白他一眼："不害臊！"

关于是哪个女孩子，又猜了老半天。最后，广发也灵光一闪，想起女儿宗英上次来信提到，老蔡的女儿蔡慧娟快回来了，哥哥宗文一直想着她呢。

广发当时没在意，说："那是个没影的事，人家一个漂漂亮亮的女大学生，你黎宗文破木匠一个，你整天胡思乱想，癞蛤蟆想吃天鹅肉，那不是想面吃吗？"

这一大早匆匆忙忙出去，莫非跟老蔡头的女儿有关？广发心里头咯噔一下，有一种隐隐的预感。

跟他老婆一说，蔡桂花也当即反对，说："不要东想西想，净想那没有用的，到时搞得全村全乡人看我们笑话，脸都丢尽了。"

"没错，到家具厂办起来后，给他找一个实实在在的，人老实，会做事的。不要去想这种高高在上没影的女人，那是要害死人的，天鹅一样，迟早要飞走。这个蠢货，脑子都进水了！"

广发一骂，就出去到阿庆家了。桂花也扛把锄头去菜地"上班"了。

这边，广发进房间来一看，宗文躺在床上脸色不好，犹犹豫豫，满腹心事的样子，顿时明白了八九分。就退回堂屋坐在老竹椅上默默地抽烟，抽了一会儿，宗文起来了，坐在他对面，父子俩聊了起来。

"你是不是到乡政府了，一大早的?"广发弹弹烟灰，直截了当地问。

"是，心里烦闷，出去转了下。"

宗文蔫蔫的，黯然神伤，声音不太大，如同鸡毛塞住了喉咙，眼神游离不定，似乎还在沉思什么。

"不现实的事就不要去想太多，人要实实在在过日子，这世上很多事不是我们能掌控的，做好自己的事最重要。"

广发看到宗文难受，吞吞吐吐，也不再问了，语重心长地告诫一番。

其实，他不用再问，将方方面面的信息汇总起来，就猜出个八九不离十了。

说着说着，他聊起了一件事：

"前些天，圩上碰到老蔡，他兴高采烈地告诉我，自己的女儿要回来了，到乡政府党政办实习……明年实习结束，让她去考县里的单位，还是县里条件好，乡下条件艰苦，先暂时过渡一下，迟早还是要走的。又说年轻人有文化，路子广，哪里都需要，电视台的朱台长来乡政府，看到他，还特意问起了他女儿的事，听说人长得漂亮，到时可以到电视台去工作，从播音员做起。老蔡说，我闺女好像不是播音专业的，朱台长说没关系，可以培训一段时间，没有人先天就会的，有领导给她推荐了。你看看，多好，读了大学就是不一样啰！"

宗文一愣，回过神来，怯怯地问爸爸："那你怎么说的？"

广发有气，说："看他显摆，我很不舒服，不冷不热，回他一句，有文化什么时候都好，这消得讲！老蔡，按你的意思，没文化的人就不要生活了？比如我们两个，我没读多少书，没什么文化，你有文化，按理说收入肯定比我高吧，但好像我们两个收入都差不多，你说是不是？"

"当时，我都没说出来，你老蔡收入比得上我吗！你牛啥？哼！"

"啊，那他怎么说？"

"呵呵！气得他一句话也说不出来，鼻子都气歪了，扭头就走了。"

广发说完，扬眉吐气的样子，乐呵呵地笑了。他以为儿子也一定会很开心，父子俩都出了一口恶气。

不料，宗文一听，马上脸色变了，瞪他一眼，怒斥道："爸，你说话也太损了吧？！你有没有一点素质？！"说完，起身走出屋子。

广发蹿起，跳脚，在屋内大骂："鬼迷心窍了哇，是非不分啊，你？！到时看看，有你苦头吃的，这小兔崽子！"

第七章

金鸡山下，有一个十余户人家的小村庄，叫大坪垴，属于蔡家庄的一部分，但不是村庄的核心地段，这儿的人姓肖，不姓蔡。

这儿绿树葱茏，景色秀丽，高大的梧桐、苦楝、板栗、樟梨树把整个村庄包裹得严严实实的，远远地看，单看到密密麻麻的树木，看不到一栋房子。

此刻，黎宗文正在一户人家干活，做一些橱子柜子，锯木、刨板、打钻，忙得不停手，虽是大冷的天，额头汗都出来了。主人很急，再过七八天，他家小女儿就要出嫁了，需要不少木器嫁妆。

快过年了，农村娶亲嫁女的多，建新房的也多，所以木匠师傅忙碌了起来。大家都知道，娶亲嫁女需要置办嫁妆用具，添置些待客的桌面、凳子、椅子、床铺、碗橱之类。

盖新房更不用说了，门窗、瓦梁、瓦格子，这些都需要木匠师傅加工打造。所以一到这个时候，全龙游乡的木匠全部出动了，几乎都忙碌在工地上，包括那些最懒的，平时浪浪荡荡三天打鱼两天晒网，喜欢喝酒打牌逍遥度日的"业余木匠"。

木匠这个行业，不怕技术差，就怕不愿动。

你想想，技术差点尚可以弥补，勤能补拙，懒了就不可救药，躺在家里睡觉，你技术再好也白搭。

刚来那天上午，男主人告诉宗文，他们马上要嫁女了，要打三副床铺，一副随嫁的，工艺要好一点，带点造型的，另外两副家用的，牢固结实就可以，到时客人多，原来的肯定不够用。

紧赶慢赶，四五天后，床铺快做好了。

门口树荫下，宗文弯着腰，腰上扎个蓝布围裙，拿着铅笔角尺正细心画线。边上架着一根大木料，两个大木马，几张成形的床套，还有一沓沓的木方板子，那是钉床板用的。

地上刨花满地，弯弯卷卷的，看起来很美，发出一股杉木的馨香气。

男主人又挨过来，说："黎师傅，还要做两副大圆桌、二十个方凳子、八个木折椅、两个小茶几。"

"这么多呀，都要用吗？"

"要，到时客人多，必须要的。"

宗文硬下心肠："那好吧，抓紧给你做好。"

刚刚说好，一会儿，又要添加一个小书桌。

小书桌是东家上高中的小儿子吵闹着要做的，过周末，从学校回来了，两天在瞪眼，这会儿又吵吵，脸拉得像搓衣板：

"马上就高考了，回来连看书写字的桌子都没有，我怎么考？读鬼！"

男主人，甩头，一跺脚："好好好，短命仔，给你做，不要讲那么多，读不好书你就去死！"

他儿子不敢反口，涨红着脸，白他一眼，进屋去了。

宗文笑，将铅笔夹在耳朵后根，静静算了下，说："嚯嚯！这么多呀，没有十来天，肯定干不完。"

主人有点不高兴，说："这不行！你怎么也得给我做完，我马上办喜事了，拖不得的。你就不能增加些人手，再去找两个人来？"

宗文开始劈木头了，一边劈，一边回话："好好，我会安排好！"话说出口，心里却七上八下。

晚上收工回来，给父亲一说，挠着个头，为难道："爸，怎么办哪？没有人手，宗武又还在广东，到哪儿去找人呢？搞死人哟！"

广发想了想，果断地说："没有人了，就我一个，我来帮你几天吧，人家办大事，耽搁不得，我们拼命也要帮人家赶出来，这是最起码的职业道德！"

"爸，你说得轻巧，没有人手，就我们两个，怎么赶？还'职业道德'。"

宗文皱着眉头，有点生气了，觉得他爸爸是老糊涂了，净耍嘴皮子，站着说话不腰疼。

"没事，我自有办法。"

广发平静地回了一句，拿起茶壶倒了一杯茶，喝完又去侍弄他那堆牌匾菩萨了。

"他爹，没有人手你忙得过来？这家里都这么多事！"

蔡桂花不放心，跟出去，追问了一句。她刚刚洗了碗，拿着围裙边角在擦手，一脸忧虑的表情。

宗文也跟了出去，院子里新添了一盏灯，两盏灯开着，亮晃晃的。

在灯光映照下，他看到院子里堆了一沓子雕花板子，还有两大堆没雕好的毛坯料，显然，爸爸又接到新业务了，估计是哪个祠堂或众厅的。看这架势，应该是哪个大姓大族的，才有这个财力和规模。

这会儿，广发戴着纱手套拿着砂纸正在打磨成形的板子，弓着腰，眼睛微眯着，刷刷刷地反复拭擦着。

"爸，我来帮你吧，这么多？"

宗文迟疑地问，他知道爸爸平时比较固执，从不让自己碰他那些宝贝儿，他不放心别人，只相信他自己。

爸爸雕花十来年了，没有师父，都是自己一点一滴摸索出来的。说来也怪，在整个龙游乡，乃至南溪县，据说没有一个雕花师父愿意带徒弟，除非自己的儿子，其保守程度，几乎超越了所有的工艺行业。

最近，连邻居阿庆都带了一个徒弟，那是宗文的小表弟，二旺的儿子贵生。贵生高中没毕业，读到高一。镇上新开了一家电子游戏店，火爆得不得了，早上门一开，小学生一伙伙钻进去，像赶着下田的鸭子。

贵生被人带去玩了一次，觉得"很有意思"，上了瘾，于是，天天逃学去打电子游戏。

老师告到家里，一五一十地讲，讲完，怕二旺"忘却"，又掏出一张纸，列举了贵生的十二条"罪状"，分别如下：

1. 不思进取，逃课旷课。
2. 吊儿郎当，迟到早退。
3. 不讲卫生，乱扔垃圾。
4. 上课讲话，影响秩序。
5. 作业潦草，鬼画符桃。
6. 打饭插队，铺张浪费。

……

二旺接过，瞄了一眼，火了，扯起贵生衣领当着老师的面一顿暴打，打得他一溜烟跑了，跑到外婆家躲了起来。后来，被他舅押送回来，就死活不去学校了，说二旺当着老师的面打了他，丢尽了他的脸，打死也不去了。

二旺长叹一声，跑过来跟广发商量，问能不能拜他为师学做木匠。广发摇头说，做木匠，累死人，贵生太小受不了，不如去跟阿庆学打造金银首饰，轻松又赚钱，前途无量。

两个人跟阿庆一说，对方正想带个徒弟，圩日轮流看管一下摊子，有时一个人上趟厕所挺不方便，又看了广发的面子，于是就满口答应了。

广发说："不用，你早点去休息，累了一天，明天我们一起去大坪垴。"

夜深人静了，屋外呼呼地起了冷风，黎宗文躺在床上，听着门前的桃树枝梢在风中抖动的声音，如同牧人挥舞的鞭子。

稍后，又下起了雨，开始是淅淅沥沥的小雨，不一会儿，越下越大，中雨，噼里啪啦。不久，又转为大雨，还伴着呼啸的狂风。宗文一骨碌从床上坐起，拉亮了电灯，揉了揉惺忪的睡眼，听得房门被捶得砰砰砰地响，他心里一抽紧，不好，出事了！

"宗文，快点起来，前院进水了！"

父亲急吼吼的叫声，接着是母亲的嘈杂声，伴随着杂乱的脚步声。屋外，风雨声越来越紧，又是咣当一声巨响，好像什么东西翻倒了，那巨大的撞击声把宗文吓了一跳。

穿好长裤内衣，来不及穿羊毛外套，他急切地跑了出去，只见院子里灌了不少水，水从院门的缝隙里汩汩渗漏进来。一抬头，屋顶也有许多条漏，水柱撒尿一样喷流下来。原来薄膜纸不知什么时候烂了几个洞，木条子也断了一根，耷拉着一大包积水，像个巨大的猪尿脬。

"早叫你们把院子和屋顶弄一下，不听，这下好了吧？"

宗文嘟着个嘴，心里想着，手脚却闪电般去搬那些木板子，搬起一沓挪到厅堂里。厅堂浮起有四五十厘米高，门口垒着三层石阶，再大的雨也进不了厅堂内。

宗文不禁暗暗佩服先人的智慧。这个老屋好像是爷爷刚当上县委书记第二年做的，包括粉刷，陆陆续续做了三年，还挨了批，说一当上县委书记就做新房，贪图享乐，有腐败嫌疑。

组织查了一下，没事，都是他自己的钱，没贪占一分一厘公款，又被大大表扬一番。

一个黄道吉日，市委书记和组织部部长下到南溪县委，开了个表彰大会，引起了一阵轰动。后来，媒体一渲染，木匠师傅县委书记黎昌贵上了省里和国家级的报纸，广为流传。

会上，市委书记发了一张奖状，至今还贴在厅堂角落里，字迹不太清晰了，单看得到九个大字——"模范县委书记黎昌贵"。这张奖状被悉心保护，成了传家宝。

地面积满了水，三个人进进出出，鞋和袜子都踩湿了。

忙碌了个把小时，头上湿漉漉的，累得精疲力竭。那些木料和雕板被挪进了屋内，一沓沓地堆放在墙角，堆得严严实实的。刚刚坐下歇会儿，老天开玩笑一般，风停了，雨住了，站在石阶上一看，水一丝一丝地退去，不到十分钟全退完了，院子里，露出空荡荡的鹅卵石地面。

"鬼打的，这天不害人吗?! 忙了大半夜！"

广发气得跺脚大骂。你想想，明天还得搬出去，要不然，堂屋内挤得没法坐人了，走路转不过身来。

"明天做工回来再处理吧，搬来搬去，没人受得了。"

宗文没说话，妈妈嘟囔了一句，她看着父子俩疲倦的神态，心疼极了。广发赞同，招呼睡觉去，一指墙头新买的石英钟："看呀，快一点了！"

宗文入睡前，琢磨了一会儿，妈妈没有多少文化，怎么也会用词了？她方才说"明天做工回来再处理吧"。

"处理"，显然一般农村人是说不出来的，需要一定文化层次和积淀，这应该是自己三兄妹读了些书，平时言谈举止影响了自己的父母。也可能是儿女们平时会订购一些小说杂志，带一些报刊回来，放在堂屋里，父母偶尔会翻看一下，渐渐起到了潜移默化的作用。不管如何，这总是一件好事，一件令人高兴的大好事。

那个年代，家里订阅了《大众电影》《辽宁青年》《福建青年》《甘肃青年》等刊物，有些是爸爸广发订的，有些是儿女订的。不得不说，这个木匠世家家境贫寒，但文化氛围还是比较浓厚的，具有一定的书香气息。

第二天一早，匆匆吃过两碗面条，父子二人带着一些工具出发了。因为多了一个人，斧子、锯子、刨子、凿子都重新带了一套，角尺、墨斗、钻子之类就没有带，因为使用率不高，两个人共用一套就够了。

临出门前，广发看了一眼堂屋里满满当当的木料牌匾，露出纠结的神情。看得出，过年了，他自己的活也很紧，却不得不放下工夫来帮儿子，这是一个两头为难的事情。

"爸，你的木雕活紧吗?"

走在去往大坪墕的村道上，父子俩一前一后，半晌没话说，还是前头的宗文回身打破了沉默，父亲是一个偏内向的人，尤其是在子女面前。

广发永远没有弟弟广胜那么活泼爱闹，他在家里是一副不苟言笑的样子，让人感到有些压抑沉闷。幸亏母亲性格慈祥随和，不管儿女们怎么玩笑打闹，嘻嘻哈哈开些无伤大雅的玩笑，她从不干预，喜欢听就笑笑，插两句，不喜欢就静悄悄做着自己的家务事。

广发有时候会训人，假如他听到不爽的话，三兄妹他训得最多的是宗武，其次是宗文，最少的是宗英。

宗文几乎不记得父亲有没有训过宗英了，他看到宗英永远是充满疼爱和欣慰的样子，在他心中，毋庸置疑，将来，宗英是最有出息的，一定是重整家业，入仕做官的好材料。

当然，上次因为曹明海的事向宗英发火，那是特例，极为罕见的事情。

"紧，杨家祠堂的，催了几次，昨天下午都来家里看过，说要抓紧，那边祠堂年前要竣工，等着用，唉! 没办法，只好晚上加班了。"

父亲难得一口气说了这么多话，看来事情确实非常紧迫。宗文心里暗暗焦虑，低着头，内心翻江倒海地想办法。

"广胜叔不是有空吗？明天可以叫到他来，到大坪堖这边帮几天。"

宗文忽然想到自己叔叔，兴奋地叫了一声。

走过一段田埂路，来到了一座小山坡，山上长满了芦箕、灌木、茅草，和一些不太高耸的松树、杉树，夹杂些桂竹子、木荷树，这种景色在江南农村司空见惯，也看不出有什么美。

老实说，真正的美景还是在枫林坳口和高崭背那边，那里山高林密，各种植被和阔叶树很多。高崭背再远的地方，那是古木参天的大山区，宗文也没有去过，他一直很想去看一看。

"没有用，他不是做木工的料，做事毛毛躁躁，前两年跟他合伙了两次，两次都搞出乱子，还要我来收拾！"

广发说话间，已超越宗文一个身位，看得出，他很急。宗文不由得赶了上去。

"怎么搞出了乱子，不是跟人吵架了吧？"

宗文听不明白，做木匠能出什么乱子？又不是造飞机大炮，说得那么邪乎，我做事你付钱就是，这还不简单吗？

"什么乱子？吃饭时，喝了两碗烂水酒，喝得脸像野鸡公，给人家量门窗尺寸量错了，做好一看，傻眼了，塞不进去。

"气得和泥水师傅吵架，你说我搞错了，我又说你搞错了，吵吵嚷嚷的。搞得东家很不高兴，做好故意不愿付账，借口没钱，一直拖，拖了个一年多，被他搞死了。

"他的工资倒欠不得，没做完就问你借，家里没钱买菜买油买衣服了，哼哼，你看看，那穷相！"

广发说到最后笑了，宗文也哧哧笑了。

不知不觉，大坪堖到了。

走近东家屋门口，宗文看到了三棵大樟梨树，高耸挺拔，叶子掉得光光的。一口清澈的鱼塘，水清见底，鱼游来游去。还有一大丛青翠的篁竹，呈"丫"字形，矗立在池塘边。

"哎呀！广发师傅，你亲自出马了，那太好了，屋里请，快屋里请！"

男主人肖泽和兴冲冲迎出池塘边，握着广发的手一个劲摇啊摇，又看了宗文一眼，仿佛没见过面。

"这是你儿子呀？儿子都这么大了，好标致哟！跟你年轻时一样好看。"

宗文哭笑不得，把脸别开了。

广发心里特舒坦，哈哈大笑，胸脯一拍："肖师傅，放心，你的活包做好，一定误不了事！"

"好好好，就等你这句话了。"

对方殷勤地接过了广发师傅手上的斧头、锯子。

一进屋，他老婆早泡好了茶水，端上一大盘咸干花生、芋头干、米冻干，笑吟吟地问候："广发师傅来啦？快坐！喝口热茶嘞，这大冷的天！"

广发"嗯嗯"点着头，领导的样子。

宗文心头一暖，感受到了乡村老手艺人的价值。

广发却不坐，端起茶碗咕咚咕咚喝完，嘴一抹："不早了，做事！"带着宗文忙碌去了。

门前的晒谷坪上，出现了宗文父子劈木锯板的身影。他们配合默契，父亲干主活，专做主材，劈、刨、刮，儿子负责打下手，锯木、打孔、安装……

在两人良好的配合下，进展很快，一堆堆材料像变戏法一样呈现在树荫底下。

东家背着手转来转去，不时弯腰瞅一眼新劈开的材料，露出满意的笑容。

第八章

父亲没有找叔叔广胜，只是叫二旺来帮了两天。

二旺抹不下面子，来啦，但没有那个耐心，硬着头皮帮了两天，就借口木材生意紧，第二天傍晚就急匆匆骑车子溜掉了，连晚饭都没有吃。

就这样，广发带着宗文，白天起早摸黑，紧赶慢赶打制家具，晚上回去还得捣鼓那堆木雕牌匾，苦熬了六七天，人瘦了一圈，眼窝深陷，白眼球带着血丝。

在东家嫁女前一天，所有活计赶出来了，摆放在沙谷坪上，展览一般，一件件，新灿灿的，格外引人注目。

望着拼装好的一大溜桌椅家什，他们一家子喜得合不拢嘴，东家两夫妻脸上洋溢着微笑，左看右看，眼睛眯成一条线。

东家要出嫁的女儿脸上充满了幸福的憧憬，脸红彤彤的，像天上的朝霞，她小心翼翼地摸着看着，生怕弄坏似的。

东家淘气的小儿子看到自己吵闹的新书桌做好了，阴沉了几天的脸也绽放开了，露出了胜利者的微笑。

他央求将要出阁的姐姐："姐，我的好姐姐，帮我抬一下吧，搬回房间去，我要做作业了。"

姐姐故意不理，脸一别："不抬！自己搬去！"手却不由自主伸了过去，弟弟嗫地乐了。

东家看他一眼，两姐弟一前一后抬着轻快的杉木桌正往堂屋走去，东家忍不住又笑了，心里说，臭小子，这下该好好读书了吧？

左邻右舍闻讯，也凑过来观看，沙谷坪围了一二十个人，赶集一般热闹。有人伸手摸一摸，有人低头看一看，也有人将鼻子凑上去闻一闻。新灿灿的木器，还有杉木发出的馨香，使他们啧啧连声，纷纷夸赞师傅手艺好，做工精致，款式又新，看着就舒服。

肖泽和夫妇感到特有面子，见人个个客客气气招呼，"请请请，屋里坐，喝茶去"。男主人破例拆了一盒烟，热情地发着，一支接一支。

广发父子站在边上，疲惫的脸上露出舒心的笑意，有成就感、喜悦感，也有一点一滴的酸甜苦辣。

那一刻，宗文感触良多，多日的辛劳化作沉甸甸的甜蜜。的确，做工是辛苦的，也是快乐的，付出了，总会有收获。

劳动创造了生活，劳动者是最伟大的！

那天的晚饭，吃得特别开心，活计结束了，大家都感到无比轻松，包括东家和木匠师傅。紧张了十来天，广发父子仿佛打了一场大胜仗，一天天地埋头苦干，出智出力，焦虑急迫，此刻一切都烟消云散，尘埃落定。

父子俩争分夺秒，顺顺利利，总算给东家有了一个交代。这期间，一斧子，一凿子，一刨子，沉甸甸的，凝聚着自己的多少心血和汗水！不容易啊，不容易，太不容易了！每天四点半，天还没有亮，父子俩就披衣下床，匆匆洗刷好，宗文妈妈已经将热气腾腾的面条、炒鸡蛋端上了饭桌，一顿狼吞虎咽，放下碗筷，就匆忙上路了。

唰唰唰！借着微薄的晨曦，一路穿山过墩，快速前行，连走带跑赶到东家屋里，此刻东家才刚刚起床。

吱呀！门扇一开，宗文和他爸踏了进去，顾不上招呼寒暄，喝水就座，就开始翻开了工具箱，找出上午要用的工具，斧子、弯刀、凿子之类，来到天井边，大件小件，一顺摆放好，按照多年的老习惯，蹲在地上，沙沙地磨了起来。

那刀石是专用的，青色，细嫩，平滑，卡在小小的长条木盘上。一边磨，一边浇水，磨出来的刀，雪白雪白的，照得见人影。刀口锐利，劈起木头来，咔嚓，咔嚓，格外得心应手，连力气都省了好多，这就是所谓"磨刀不误砍柴工"。

使斧子，劈木头，都是体力活，一把斧头少则四五斤，重则六七斤，来来回回劈砍非常耗力，尤其是右臂的力度，一曲一弯一发力，个把小时下来，整个人胳膊酸痛，全身酥麻，很难再坚持干其他活计，比如锯木、刨花之类。

比起劈木头的"蛮力"，掌控那些工具使的是巧劲，需要阴力和耐力。

所谓"阴力"，大致是内力和巧劲，也就是技术性的力道，暗暗地发力，用心去较劲，否则，新手或鲁莽之人，轻者损坏材料，重则扭断锯皮，或折断钻头。

你想想，造成了损失，搞出了"事故"，不但耽误事，东家脸上也不好看。自然，好事好头，每一个东家都希望顺顺利利，一帆风顺地完工，讨个吉利和好彩头。

这一次，可谓"老将出马，一个顶俩"。

父亲不愧是二三十年"工龄"的老木匠，干活麻利、精准、持久、速度快，活儿又好，做出的家具物件造型优美，工艺精良，表面光滑细腻，看着舒服，摸着舒坦，用着舒心。

慢慢地，对于父亲，宗文由衷地服了，在木工行业，"黎广发"三个字在龙游乡内外简直是一面金字招牌，是多年拼杀的积淀，靠自己一斧子一斧子劈出来的口碑。

一个普通的木匠，一个伟大的父亲！

以前，宗文单觉得他沉闷、古板、严厉，外加唠叨，现在回过头来看看，这些都是成为一个合格老木工艺人的先决条件，必不可少。

你想，做这种活计，握着一件件锋利的家伙什，你能够漫不经心，嘻嘻哈哈吗？尤其是造屋上梁放瓦格时，一不小心就可能摔下来，轻则受伤，重则致残，蔡慧娟的爸爸蔡秋生就是个典型例子。

父亲的性格，应该是在多年的工作中形成的。自从爷爷离世后，父亲就靠一把斧头撑起了这个家，撑起了这个远近闻名的木匠世家。

最后三天，黎广发感到工期很紧，如果不想办法，就有沓工的危险。如果出现沓工，对自己，对整个师门，以及整个枫林坳的木工行业都是一个打击，更是一个耻辱，一个大大的耻辱，届时，他将一世英名尽毁，遭人唾弃，受尽屈辱。

事关重大，他决心请下堂屋墙头久已尘封、早已奉为神明的开山大斧——就是曾祖父黎锦一手打造，曾劈死一个洋鬼子，砍死砍伤两个土匪的传家之宝——忠勇大斧。

第二天清晨，鸡刚叫过二遍，夜黑沉沉的，黎广发叫起酣睡的宗文，来到厅堂，在鲁班画像和祖宗牌位前点燃了三炷香。之后，取下西墙那柄几乎成为文物的大斧，双手捧起，带领儿子朝上鞠上三躬，而后再到台阶下细心擦拭、研磨、泡水。饭后，再揣着匆匆上路，其庄重程度，如同奔赴战场的将军。

那把大斧，重达四点八公斤，斧口宽达四寸半，斧身长达五十二厘米，无论重量、大小、长短，都大大超越了一般的木工斧头，在清末那个纷扰动荡的年代，它具有木工、习武、防身、搏杀等多种用途。

忠勇大斧果然好用，坚固、锋利、有分量，咔嚓，咔嚓！劈木头快了三分之一。广发越干越有劲，劈了大半天居然不觉得累。

东家倒茶上来，招呼："广发师傅，歇歇吧，别太累着了。"

广发"嗯"一声，喝口水，抹抹额头的汗珠又继续干。

宗文一看这架势，也备受鼓舞，推着刨子，弯着腰，攥紧把手，沙沙沙，刨出一地的木花。

终于好了，经过父子俩七天七夜的苦干，所有活儿按时完工，如数交付。

东家在广发、宗文的陪同下，穿过那一溜溜的崭新家具，如同检阅士兵的将军。

木料的馨香扑鼻而来，床具、圆桌、椅子、茶几，一件件，光洁锃亮，虽然没有上漆，那天然的木纹，如飘浮的云彩，又如舞动的游龙，看起来，实在美丽极了。

东家脸上绽放出笑容，那是提心吊胆好长一阵子由衷发出的笑颜。

胜利，回家啰，如同将军凯旋！

踏在蜿蜒曲折的村道上，父亲揣着那把忠勇大斧走在前头，照样是那样沉默寡言，只顾静静地赶路，脚步沉稳快捷，目光深邃坚毅。宗文挑着木工担子，晃晃悠悠的，加紧脚步往前赶。担子里工具多，比较沉重，压得扁担一上一下，像受压的弹簧。

黎广发走着，一边左顾右盼，看看田野里的自然风光，飞翔的鸟雀，溪沟里浅浅的流水，圆溜溜的鹅卵石，菜地里脆嫩高挺的青菜，那叶片，像芭蕉扇一样宽大，一样好看。看着看着，他不禁哼起了哪里学来的客家小调，咿咿呀呀唱了起来：

祖祖辈辈做木匠，辛辛苦苦日夜忙。
一家老小要吃饭，子女还要进学堂。
走村串户日头晒，东奔西跑夜风凉。
热天晒得汗嗒嗒，冬下冷风呜呜响。
食了几多冷水饭，睡了几多灰寮房。

刚唱了几句，眼看到阿庆骑着摩托车突突突地迎面而来，后面坐着他老婆。广发停止哼唱，立在路边看着他们夫妻，以为他们会停下来。阿庆却没有停，只是将车子减缓了几分速度，并嘀了一声喇叭，喊了声"广发叔"就匆匆过去了。广发愣了下，目送着阿庆远去，继续迈开步走，更加高亢地唱了起来——

> 斧头锋利要当心，锯子锋利细思量。
> 上梁瓦格要踩稳，桌子椅子要做稳。
> 桌脚椅脚兜不稳，跌倒东家皮肉伤。
> 上梁跌倒家当散，东家跌倒进法院。
> 小小心心去做事，老老实实去做人。
> 木匠师傅手艺精，东家一看都放心。
> 木匠师傅手艺好，东家相信不会跑。
> 实实在在做事情，本本分分去做人。
> 做人做事要长久，勤俭持家有奔头。
> 做工做好有工钱，买米买肉买油盐。
> 买了新衣过新年，全家上下笑开颜。
> 哎！笑开颜！——
> ……

路两边，有几垄青菜地，几个浇菜的女子在菜地里远远地望着，手里拿着葫芦瓢子，看戏一般，看了哧哧地笑。

广发无所谓，也呵呵地乐，非常开心的样子。他一转头，看到宗文脚步匆忙地赶了上来，扁担压得颤悠悠的。

第二天，东家嫁女，赶回去。

广发父子又起了个大早，目的只有一个——去做客，吃饭，享用一顿丰盛的大餐。

几乎比做工还起得早些，由于激动，睡不着。因为他们知道，忙碌了十来天，收获荣誉的时刻到了。

头一天，挑担子回来时，结过账，东家夫妇客气地送到池塘边，殷殷叮嘱："明天一定要早点来，过来吃大席哟！"

女主人还补充："要多喝两碗淡酒，我蒸了三缸酒。"

所谓"淡酒"，是当地人的一种说法，谦虚，不管酒再好再醇也是"淡酒"。

此刻，正是早晨七点左右，肖泽和家人声鼎沸，里里外外围满了宾客，晒谷坪上摆了十余桌，厅堂里还摆了六桌，他们或坐或站，焦急地等待喜宴的开席。

不远处矗立着三个黝黑的陶瓮，底下烧着谷壳，火苗隐隐地燃着，酒香悠悠地飘溢出来，引得一些酒客鼻子一翕一翕地抽动。大人小孩更关注从厨房那边飘来的肉香，鸡鸭鱼肉，各种鲜美的味道掺杂在一起，更令人饥肠辘辘，垂涎欲滴。

门外，东家夫妇把广发父子往厅堂领，连拉带拽的味道。广发还在谦虚，退后，摆手，说："使不得，那是上席，贵宾坐的，我一个做工的，坐不得。"

肖泽和夫妇笑，说："坐得，坐得！你们就是贵宾，广发师傅，我这里你还客气什么？"

硬生生拽进去。宗文微笑，在边上看，一副顺其自然的架势。女主人一转头，说："你功劳最大，做了最久，快里边请坐，你们不坐，开不了席呀。"

宗文乐呵呵，睁眼，指着广发："我爸功劳最大，不是我，莫要搞错了哟！"

"晓得，晓得，你是徒弟，他是你师父。"女东家故意大声说。

边上一圈人笑，因为，看起来宗文比他爸高出一个头。

一番谦让，父子俩刚踏进东家的厅堂，喇叭声嘀里哇啦地响起，二人被推到了顶上的二席。桌面是方形的，广发坐了上席，宗文因为低了一辈，坐了中席。

　　安席，是一个复杂的过程，辈分、血缘、身份、地位、威望、财富等，错综复杂……

　　又一番推推让让之后，水泊梁山排座次般排定席位，上菜了，四五个中年男人手托朱红方木盘接二连三传菜上来。

　　开席了！十分钟后，桌上摆满了菜，蛋皮、猪皮、肉撮、梅菜扣肉、芹菜炒鸭肉……都是传统的客家菜。

　　鞭炮震天响，上扣肉了，蒸透了的扣肉端上桌来，香喷喷，肥嘟嘟，夹杂着梅菜的香气。

　　宗文正想动一筷子，忽然，东家敬了一轮酒："来来来，辛苦了，你们父子都要喝，不喝就是不给我面子。"

　　"嗜，喝了就我没面子！"

　　宗文皱了下眉头，端着碗很为难，他酒量不行，半碗啤酒都脸红。

　　"没事，随意，随意，表示一下就可以。"东家是一个老实厚道之人。

　　宗文喝了小半碗，放下碗，忽然一个红包塞到他手上。

　　正不知所措，看到父亲也被塞了一个。东家朝他们友好地挤挤眼，招呼一声："吃好，喝好啊！"下去招呼其他客人了。

　　看着父亲嚼着一块肥嫩的鸭腿，心安理得的样子，宗文心里踏实了，一股暖流奔涌上来。他知道，这是东家对木匠师傅的最高奖赏，表示对你做人做事的认可，也表示对这单业务的满意程度。

　　一个红包，一份祝福，一份情意！

　　从那以后，黎宗文养成了一个习惯，积累了一个理念，那就是：在商言商，要想获得利益，得到别人的尊重，首先就得把别人的事做好，这是木匠师傅的本分，也是每个手艺人的责任。

门外，青烟缭缭飘来，锣鼓声、喇叭声激烈响起，掩盖住了隔壁房间新娘子装模作样的啼泣声。

按农村风俗，那个年月，新娘子出门前必须哭嫁，以示对离别父母的悲伤，哪怕是做做样也得哭上一阵子，否则亲朋好友会说闲话，背后窃窃私语，指指点点，说你这人太不孝。

走出大厅，人潮涌动，送亲的队伍慢慢出行。宗文看到自己和父亲亲手制作的新式床套抬在队伍中央，半掩着一条碎花布，吸引了众人的目光。新娘子顶着丝帕盖头，紧随其后。

这送亲的场面，是那样熟悉。不知不觉，他心里怦怦两下，升起一股异样的感觉，一种对爱情幸福的憧憬感如烟雾在胸中升腾起来。

目送着缓缓移动的新娘子，消失在樟梨树下，随喇叭声远去。电光石火间，他打定了主意，回去要干一件事，晚上给蔡慧娟写一封信，表达一份沉痛的思恋，这份感情像一座大山，一直压在他心头，沉甸甸的，让他喘不过气来，无论白天还是夜晚。

情深意切，缠缠绵绵，他觉得有些事想忘也忘不了。人世间，一切事，往往无法掌控，只能顺其自然，所谓尽人事而知天命。

爱情爱情，因为爱，弄出了许多事情。

如此，而已，罢了！

第九章

晚饭后，宗文洗过澡，边走边套外衣，钻进了自己房间。一进屋，咔嚓倒插上房门。广发夫妇看到这一幕，面面相觑，面露疑惑之色。

小方桌上蒙了一层小花格塑料纸，宗文摊开信纸，拿出钢笔写起了信。

相比第一次的文思泉涌，这一次思索了好一会儿才下笔，他怀疑自己是不是江郎才尽了？

黎宗文毕竟是黎宗文，一番酝酿和回忆后，思路如清泉般汩汩流淌了出来——

慧娟，你好！

没有记错的话，我已经是第二次这样称呼你了，我感到无比惶恐和忐忑。

到目前为止，我还没有足够的勇气和底气，在大庭广众之下，面对面地大声说一声我爱你。

说到底，在情场上，我还是个弱者，是一个未谙世事的彻头彻尾的弱者。一个躲藏在门缝内，面向爱情世界，患得患失，内心又充满期待、幻想、渴望，却暗暗隐身的窥探者。

说到底，无论商场还是情场，我都还处于想象阶段，我是一个青春萌发，稚嫩单纯，充满炙热情感，迫切希望改变生活的探路者。我希望，未来，能够尽快改变自己，洗心革面，脱胎换骨，从头再来。

前些天，得知你回到了家乡，我是抑制不住地兴奋，彻夜难眠，那种感觉比过年还好。

那一晚，我做了个梦，梦见我们相依相伴并肩走在母校的林荫道上，同学们羡慕地远远注视着我们。梦见我们一起在海边追逐嬉戏，你光着脚，捡拾到一大把海螺壳，开心极了。还梦见我们徜徉在枫林坳口的枫树林中，观赏那漫山遍野色彩斑斓的枫叶，你陶醉地依偎在我怀里，昂起粉嫩白皙的面庞，手里拿着一枚火红的枫叶，动情地说："宗文，我们的家乡真是太美了。"

我笑着说："是的，家乡很美，但还是你更美，慧娟，就像天边的云彩，是一朵含苞欲放的白莲。"

那一刻，我感觉你就像一位女神，完全占据了我的心，让我情深意切，无法自拔。

但短暂的兴奋后，梦醒时分，一切回归现实，纠结和忧虑随之而来，我长吁短叹，百结愁肠，不知如何是好。

曾经，无数个日日夜夜，你美丽的身影在我面前浮现，若隐若现，挥之不去。你如同美丽的仙子，身姿飘逸，面容姣好，一颦一笑，无不令人动容痴迷。

"关关雎鸠，在河之洲。窈窕淑女，君子好逑。"

我以为，用这句古诗来描述我对你的挚爱之情，是那么恰到好处。

因为美丽，所以吸引。因为卓越，所以动人。

慧娟，你的美貌、智慧、气质、内涵深深地打动了我。高中时代，由于年幼，由于种种顾虑，我不敢表露出来，只能将爱深藏不露地埋在心底，一直延续到了今日。

我时常在思考一个问题，人是什么？人是情感动物、利益动物、尊严动物。在你面前，我却成了纯粹的情感动物，没有任何利益和尊严可言。我是一个失败者，一个卑微的生命，一个起早摸黑奔走于乡间乞求生活的小木匠。

因为没有利益，也就没有尊严。因为没有尊严，自然也就没有利益。人世间，这都是活生生的现实，血淋淋的事实，古往今来，我们都生活在一个现实社会，无论如何高唱赞歌，无论书写再多可歌可泣的赞美诗，我们终究是生活在一个赤裸裸的现实社会里。人无论高尚与卑贱、富贵与贫穷，都不能逃脱现实利益的纠葛。

听说曹文瀚也回来了，就在你隔壁上班，所以我一直不敢来看你，我知道你们已经是恋人关系了，怕引起不必要的误会与摩擦，怕引起你的惶恐与不安，也怕增加你的烦恼与困惑，正可谓："瓜田不纳履，李下不整冠。"

爱情是排他的，首先也应该是美好而和谐的，带来烦恼和痛苦的爱情并不可取，那简直一文不值。

有时候，我很冲动；有时候，我又很理性。长久以来，我被两种性情纠结缠绕，深陷其中，不能自拔。

其实，思来想去，这也没有什么"误会"的，他喜欢你，我也喜欢你，这是一个无可争议的事实。曾经，我做过各种尝试，也一直在努力，想忘记你，但有时候我的身体和灵魂似乎不属于我，无法在我的意志掌控下运行。我感到生死两难，有一种莫名的悲哀与伤感。

每当夜深人静，结束了一天的劳动，我疲惫地躺在小木床上，虽然困乏，却难以入睡，苦痛和孤寂犹如两条巨蟒，死死缠绕着我，使我艰于呼吸视听，无法摆脱。

时间在一点点流逝，思念却没有消减半分，我几乎成了一个没有心灵自由的植物人，一具丧失了意志力的僵尸，埋藏在没有阳光和雨露的地狱深渊，任青春和岁月暗无天日，发霉干枯，一天天腐朽下去，化为焦土和灰烬。

青春，无限欢笑，一树繁花，风情万种。

皎洁的月光，美妙的春光，那是属于别人，不属于我，永远不是。

我知道，我正在承受千载之痛，万年之悲。心中纵有万般无奈，却无法对人言说，只能在期望中活着，在失望中死去。

春风十里扬州路，卷上珠帘总不如。

也许，有时候，忘却也是一种幸福，是一种救赎和解脱，可我偏偏做不到！

我恨自己是一个懦夫，想爱又不敢爱，想恨又不敢恨，想忘又忘不了。

近日来，我心口经常隐隐发痛，不知道自己该何去何从。名花有主，我不知这个词语怎么解读。怎么界定，放在你身上是否贴切。

落花有意，流水无情，韶华逝去，驷马难追。

我不知道自己究竟在做些什么，未来应该做些什么。不经意间，陷入了一场情网之中，是福是祸，是对是错？我无法判断。

你我之间，纵然近在咫尺，却似远隔天涯。想你，却无法与你相见；爱你，却无法与你倾诉；恨你，却无法与你别离……

今天，我终于鼓起勇气，对你说一声："慧娟，我爱你！"

爱是没有条件的，爱是不需要任何理由的。

为了你，我愿意努力去改变自己，我要做一个全新的充满自信的自己，做一个值得你爱，也值得爱你的，充满生机活力和精神力量的自己！

冬天，是萧瑟的，我感到天地的枯寂与旷远，我感到远山的黯淡与寂寥，但透过凄冷的寒风与雨雾，我能想象春天脚步的渐渐临近，桃花烂漫，柳枝拂面，燕子在锦绣的田野间穿梭，轻盈迅疾，像一道黑色的闪电。春雨绵绵，滋润大地。春雨过后，枫林河在哗哗地流。

我能想象得到，燕子也是成双成对的，它们无忧无虑，自由自在地翱翔。我感到它们比我幸福多了，我好羡慕它们，我希望能够像它们一样拥有一双矫健的翅膀，去拥抱属于自己的生命春天。

渴望能够有机会与你见面，找一个僻静的地方，两个人好好地聊一聊。多年以来，满肚子的话积压在胸口，越积越厚，像一座大山，压得我喘不过气来。

唉！时至今日，我才知道，爱一个人，也实在是太难太难了！

最后，我想告诉你，慧娟，思来想去，我很坦荡，文瀚是你的男友，但他并不是你的另一半，你们还没有注册登记，还没有携手步入婚姻的殿堂，我就有追求自己爱情和幸福的权利。

这一切的一切，归根到底，别人都不是障碍，而你爱不爱我，才是最大的问题。

慧娟，请你相信，我真的很爱你，我不能没有你，真的！

我愿陪你走过花谢花开，一起走过地老天荒。

你最好的朋友　黎宗文
1993 年 12 月 12 日

黎宗文写好信，已是半夜时分，屋外黑洞洞的。堂屋内寂静无声，看样子爸妈都睡下了。他去到旁边的小厨房洗了把脸，决定明天上午去一趟圩上，把信寄一下。回到房间，一阵困乏袭来，他三下两下脱掉衣服爬上床头。

躺在硬邦邦的木板床上，却翻来覆去睡不着，脑子一直不停地转。他想起读书时和蔡慧娟有关的事，想了个把小时才迷迷糊糊睡过去了。

第二天，吃过早饭，小心翼翼地揣好信，刚想出门，叔叔黎广胜兴冲冲踏了进来，未开口，咧着嘴笑，高兴中又带着某种失落，欲言又止的表情。

"叔，怎么啦？看你又高兴又不高兴？"宗文疑惑地问。广发的目光也随即看了过来，上下扫视着，如同发现一头怪兽闯了进来。

广胜咧嘴又笑，没回话，自顾自在靠背竹椅上坐下，心不在焉的样子。蔡桂花从廊道里出来，看到广胜的神色，探问道："叔子，你有什么好消息吧？"

"乡里家具办人选确定了，我……"

刚说半句又卡壳了，他摇摇头，抬头朝墙壁上的鲁班像看，以掩饰内心的尴尬。

墙头上，鲁班像泛黄黯淡，成了古董。

那画上的长胡子老人神采奕奕，一双眼睛幽深莫测，仿佛日日夜夜在期盼和敦促，希望他的徒子徒孙继承他老人家的理想信念，将工匠精神代代相传。

"你当上家具办主任了？那好啊！这么多年，我们黎家终于出个领导干部了。"

饭桌前，广发刚刚坐下，突然兴奋地从板凳站了起来，撞得桌子摇摇晃晃的，碗里茶水洒了出来。

"真的，叔，你终于当上家具办主任了？"

一向不太热衷于官场的宗文也兴奋起来，因为最近走到外面，他听到乡里不少人在议论这个事。他恍然意识到，这也许是一个重要岗位，要不然干吗那么多人关注？

上次县里家具产业局局长杨延庆过来，不是一个劲地说要大力发展家具产业了吗？龙游乡成了家具产业大乡镇，那么这大大小小的事自然需要家具办去操办和对接，当然，经费自然是少不了的，没钱怎么去办事呢？还有最关键的一点，叔叔要是当了家具办主任，那自己家以后办家具厂可就方便多了，很多事他帮得上忙，哇，那真的太好了！

三双眼睛朝广胜汇拢过来，广胜感到压力巨大，额头汗都快要下来了。他嗫嚅地张张嘴，鼓起勇气说了句："是家具办主任，但是个副的……唉！"

三个人"啊"了一声，露出几分失落的表情。

虽然是农村人，但主任与副主任他们还是分得清的，毕竟上一辈有人当过官，遗传基因还是有的。

平日里，大哥广发对官场颇为关注，县里乡里，乃至省委中央层面，某某升迁，某某出局，某某退下来，他记得清清楚楚、明明白白，比县里的组织部部长还称职。

广胜兴奋的脸色霎时消失，继而是无奈与落寞。

他神色颓废，喃喃自语："嗐，古人说得好，朝中冇人莫做官，厨下冇人莫去钻。"

一阵摇头叹息，掏出一包廉价香烟看，居然是个空盒子，里头只有一根，被裤兜挤压得弯曲变形。

他把空烟盒挤成一团朝门外信手一扔，在用手指拉直揸顺那支烟卷后，打上火，吧嗒吧嗒抽了起来。在青烟的迷雾中，慢慢平复自己的愁苦心绪。

"管他，有当就好，管他主任副主任，农村人，有个官当就不错了，我想当还当不上呢！"

广发看到弟弟失落的表情，赶忙露出笑容来宽慰他，一半是安抚情绪，一半也是实话实说。

"是是是，叔，你野心不要那么大嘛！你一下子还想当皇帝，一步步来，来日方长。进去先干稳来，慢慢子，机会有的是！"

宗文笑呵呵的，觉得他爹说话太有意思了，特别是最后那句"我想当还当不上呢"，真是太赤裸裸了，纯粹一个官迷。呵呵！这种人不去当官，做一辈子乡村小木匠，看来是浪费了。

当他正沉思那会儿，隐隐听到了他妈妈、他爸爸几乎同时在问："家具办主任是哪个呀？"这是一个非常关键的问题。

"曹德贵！"黎广胜眯缝着眼，悠悠吐着青烟，脱口而出，带些不屑的口气。

"哎呀！怎么会是他？曹家庄那个二流子呀！"黎宗文和妈妈几乎又是异口同声，差点惊掉了下巴。

"嘻嘻，不奇怪，他有关系！"

广胜干脆跷起了二郎腿，继续吹着烟圈，看着烟雾一缕一缕飘起来，他觉得很好玩。

广发有点怪，呆了一会儿，脸色陡然一变，跺脚，朝着老婆、儿子一顿吼："你们傻啊？曹家庄世世代代当官的多，顺便搭把手，拉一把就上去了，这有什么大惊小怪的?！"

蔡桂花装聋作哑，"嗯嗯"两声，找个篮子出去摘菜了。

宗文看着爸爸那表情，知道他是为弟弟鸣不平，所以突然大动肝火。哥哥一冒火，广胜的面子回来了，他突然喜笑颜开，忙不迭地附和道："对对对，我们黎家庄是干吗的？祖祖辈辈都是做工的，木匠、泥水匠、竹匠、铁匠，当官的找不到一个！"

"哦！有一个，你爷爷黎昌贵，当过县委书记……嗐，可惜了！……"他看着宗文听得有劲，滔滔不绝说一大堆，又补充了句。

"曹德望，都是那狗东西！害人精！"

广发条件反射，又瞪起眼，嘟哝了句。

突然他想到自己宝贝女儿宗英，她正跟曹德望他孙子曹明海搞那个……

他脸色马上和缓起来，自嘲道："嘿嘿，老皇历，过去的事，算了，不翻了，不翻了。"

而后，两个都站了起来，广发送广胜出门，谆谆教诲，语气诚恳而热情："好好干，广胜，到时，我们家开了家具厂，很多事还要你帮忙嘞，凡事眼光要放远些，不要急于求成呢。"

"是呀！叔，不错，副主任就副主任，你想想，一个乡四万多人，你比别人强多了，哈哈！"

宗文跟在后面，也紧接着帮衬了句，既是为他爸爸帮腔，也是为他叔叔打气。

"哈哈！哥，你看，我们家宗文说话就是有水平！好，不错，我看你迟早会有出息！好小子，比你叔强！"

广胜乐呵呵拍着宗文的肩膀，迈着八字步慢悠悠离去了，一边哼唱着民歌《木匠师傅》，就是上次广发路上哼唱的那首。

这首歌流传很广，南溪县内内外外，很多木匠师傅都会唱——

> 祖祖辈辈做木匠，辛辛苦苦日夜忙。
> 一家老小要吃饭，子女还要进学堂。
> 走村串户日头晒，东奔西跑夜风凉。
> 热天晒得汗嗒嗒，冬下冷风呜呜响。
> 食了几多冷水饭，睡了几多灰寮房。
> ……

歌声苍凉沙哑婉转，带点西北信天游的腔调，又夹杂着南方客家山歌的风情，在村头内外久久飘荡。

宗文听得眼睛酸涩起来，他走回屋内，扫视着四下的木料和工具，不由自主想起了自己做工的点点滴滴，苦辣酸甜，一齐涌上心头。

　　他猛然想起口袋里那封信，说："爸，我去趟圩上。"便推着单车，急匆匆往圩上赶去。

　　这一刻，他立马要去完成一件尚未完成的重大使命，望着前方，心头火一般燃烧了起来，噼里啪啦，并且越烧越旺，成了一团扑不灭的燎原大火。似乎还夹杂一个声音，震耳欲聋，在不停地呼喊——

　　"慧娟，亲爱的慧娟，我爱你！我来啦！——"

第十章

在怦怦的心跳中投出了第二封信，在焦虑的情绪中度过了一个来月。

眼看还有十来天就过年了，村庄里年味浓了起来，添置年货、晾晒腊肉的人一天比一天多了起来。自然，娶亲嫁女的也多了许多，这就带动了宗文父子俩的"生意"。

忙忙碌碌地往各个村庄跑，今天蔡家庄，明天小李庄，后天松树坳，大后天黄竹排，几乎把整个龙游乡十里八村跑了个遍，有一次还跨界行动，做到了隔壁的一两个乡镇。

在那个年月，这是比较罕见的一个事情，也是比较幸运的事情，一般的规矩，木匠师傅大多是以乡镇为界线，在本乡本土走动，极少跨界去动别人的"奶酪"。不过话说回来，这也不是什么犯江湖大忌之事，一般人只是没有那么幸运而已，说明你的技术和名气还没到位。

木工活越来越多，相比，雕花活少了许多，毕竟祠堂、庙宇、道观神位不一定会去凑过年这个热闹的。

广发晚上加加班，就能把不多的一些神位牌匾做好，白天就随着宗文一起走村串户出去做木匠活，主要是打制过年用品，如桌椅、碗橱一类，还有就是嫁娶用品，主要是木箱、床具、小书桌一类。一般新娘子都有私房钱，需要一个带抽屉能上锁的小书桌存放些现金，既方便又安全。上面再放一个大圆镜，就成了梳妆台，新娘子梳头擦粉也方便。

在一天天脚不沾地的忙碌中，黎宗文居然将蔡慧娟的事暂时放在一边了，哪怕是晚上回到家中，也是夜深人静，满天星斗的时刻，浑身疲惫得不行，又酸又胀，经常洗过澡，一上床，来不及东想西想，就眼皮耷拉进入了梦乡。

宗文毕竟处于青春年少情愫萌发之期，闲暇之余，偶尔想起此事，自然会发出一声喟叹。本以为，自己激情燃烧的岁月暂时告一段落，然而，一件意想不到的事发生了，给了他一个机会，一个意外的惊喜。

这一天，晚饭后，他看到天色还早，就到村头樟树下溜达溜达，散散心。石桌边照旧围了一圈人，打牌娱乐，嬉笑逗乐，闲散溜达。宗文一抬头，又看到了高崇背那个黎善庆，这次他不在打牌，正在牌桌边聚精会神地"着蓑衣"（站着看）。

他听到动静，转下头，朝黎宗文笑了下，干枯的头发，黑黑的脸，一口大白牙（山里水好，矿物质多，牙齿就白）。

黎宗文笑呵呵，劈头盖脸一阵"骂"：

"善庆古，嚯嚯！你整天冇魂的鬼一样，从高崇背溜出来，积极参与这里的赌博工作哇?！"

"哈哈！必须的，今天我没赌博，着蓑衣！（站着看）来晚了，冇空缺了。"黎善庆拢着双手，尖声尖气，一副老实相。

"哎，我们不是赌博哟！搞下子，娱乐一下。"

一听到"赌博"二字，一个三十多岁戴眼镜的人警惕起来，看样子是村小学校的老师，他顺手把桌上几张零钱揣进衣兜，并四下张望了下。

"是呀，是呀，我们就娱乐一下，玩玩。"

差不多打完了，一伙人一哄而散。

"冇人来捉你，吓得死！个个怕死鬼！"黎宗文朝着他们的背影一顿骂。

听到"捉"这个字，更敏感，那几个人走得更快了，连走带小跑，一转眼就不见了。

黎善庆没走，盯着宗文看，怪怪的眼神，带着些不正常的笑，随后又"切"了一声，问："失恋了？"

　　宗文脸一红，低垂个头，嗫嚅着低声反问："什么鬼？哪个人失恋了？"

　　"你呀！你以为我不知道，神神秘秘的，那天你去乡政府做什么？看到我表妹话都说不出来，哈哈！你真没用！"

　　宗文脸更红了，他想既然被捅破了，也不必隐瞒了，不如摊开来说，心里更舒服些，一不偷，二不抢，不就那么回事？两个人干脆坐在石凳上聊了起来。

　　"不好弄哦，兄弟，你表妹跟那个曹文瀚搞上了，人家都是大学生，我算哪根葱？嘻！头疼，搞死人哪。"

　　黎宗文挠挠头，又耷拉下了脑袋，一副垂头丧气的样子。

　　"慧娟她不是这样的人呀！我还不了解她，我们都从小玩到大的人，知根知底。傻瓜！你自己没自信，这也没办法，你要自强起来，尽快干出点名堂来，希望还是有的！"

　　黎善庆看起来比自己还着急，话虽然难听，但宗文听得热乎乎的。顿时，他全身振奋起来，大声回了句："嗯，有道理！善庆古，你说得太对了，我是要尽快干出点名堂来。我正在筹备一件事，想搞个家具厂，到时候我要让慧娟和她爸爸看看，我黎宗文究竟是个什么样的人！"

　　黎善庆眼一睁，桌子一拍："对呀！创业办厂，自己做老板，年年做木匠有什么出息，哪个嫁给你？不要说慧娟，我是细妹子也不会嫁给你呀！天天搞得一身的灰，脏兮兮的，你看看你——"他忽然手一指，眼光盯在了宗文头上。

　　黎宗文醒悟过来，在头顶扇了几下，一片木屑刨花屑子散落下来。他不好意思地笑笑，又把目光落在自己膝盖上，糟糕，上面落着两道红油漆，醒目得像两道火焰。

　　一不注意，工作服又穿出来了，不理他！

他霍然站起，把腰挺了挺，脸上露出刚毅之色，对着远方广阔的田野，一字一句说道："王侯将相，宁有种乎，迟早有一天，我黎宗文一定会出人头地，蔡慧娟不喜欢我，还有张慧娟、林慧娟、杨慧娟，天下女人多的是，我就不信，我会娶不到老婆？嘻嘻！善庆古，你说是吗？"

黎善庆不认识一样瞅着他，笑着怒骂："好你个黎宗文，你还要娶几个老婆？讲那么一大堆，什么张慧娟、林慧娟、杨慧娟的，看不出，你还挺花心的一个人啊?！"

"我这不是一个比喻吗？死脑筋！"

"哦……"

"要不你去下圩上，请慧娟来这里坐坐？"黎宗文看着边上那辆八成新的摩托车，灵光一闪，突然想起一个主意。他想最后看看究竟有没有希望了，如果没有，就一了百了，拉倒，所谓天涯何处无芳草，活人不能被尿憋死，感情的事，死钻牛角尖也没用。

"可以！小事一桩，去就去！"

他本以为希望不大，不料善庆刷地站了起来，慷慨激昂地答应了。"我看到曹文瀚那小小子就不爽！不是东西！"

临走，黎善庆随口嘟囔了句，后面却不管黎宗文怎么问，都刹住话题，一言不发了。

立马，骑着车呼啦啦朝圩镇上飙去，感动得宗文热泪盈眶。

樟树下，黎宗文一个人傻乎乎的，费着脑筋死猜，却猜不出什么名堂来。不着急，以后问问村里其他人，突然，他变得十分好奇了。

半小时后，嘀嘀，两声喇叭脆响，天哪，蔡慧娟来啦！坐在黎善庆车后座上，高高的个子，长发飘逸，白色的裙裾像蝴蝶般飞起，脸上洋溢着甜美的笑容。

远远地望见石凳上坐着的黎宗文，慧娟觉得宗文的侧脸帅极了，有棱有角，线条清晰，鼻梁高高的，像极了某个港台明星。那一刻，她心里也燃烧起来，心口怦怦直跳，呼吸都快要停止了。

"慧娟，是你吗？哎呀呀，你真的来啦？!"

黎宗文赶忙起身，上前几步，站立在刚刚下车的慧娟面前，喃喃自语，几乎不敢相信自己的眼睛。

他感到眼睛和鼻子一阵酸涩，要流泪的感觉。他不由自主地擦了一下眼角，露出一脸幸福的笑容。

"傻瓜，不是我，还是哪个？"慧娟深情地望着宗文，嗔怪地嘟起了小嘴。

"那个曹文瀚呢，他，他没……"宗文感到措辞艰难，他想说曹文瀚他没意见吗？又说不出口，窘迫之下，只好把眼睛盯着地面，蓦然又看到膝盖上那两道红油漆，忙偷眼看了蔡慧娟一眼，其实，蔡慧娟早看到了，正在咪咪地笑呢。这一笑，宗文不拘束了，也呵呵地笑了起来。

"我去圩上转转，待会儿再回来，慧娟，你要小心点，黎宗文他不是个好人哪！"黎善庆幽默一番，大笑着驱车离去，一阵风刮过的样子。

黎宗文唰地站了起来，窜出两步，大吼道："说什么鬼呀？我还不是好人！那枫林坳都没一个好人了！"

知道他开玩笑，但仍然很着急，在美若天仙的蔡慧娟面前，对方竟如此直白，他觉得丢脸丢大了。

"看你急的，人家开开玩笑嘛！你挺认真的。"

蔡慧娟白了他一眼，从小包里掏出一包瓜子，撕开搁在桌上。原来她还带了一个精致的小提包，宗文光顾着看人，没看到她手里的包。

"哟，好漂亮呀！"他情不自禁喊了一声。

"什么漂亮？你是说人，还是说包？"蔡慧娟带着期待的眼神，还有点害羞。

"都漂亮！都漂亮，慧娟哪，你可是我们当年的班花呀！你记不记得，那个时候，好多人喜欢你哟！"

黎宗文鼓起勇气，由衷感叹了一声，思绪蓦然回到了那个激情燃烧、青春飞扬的学生年代。

慧娟脸红红的，流露出一丝得意之色，坐在石凳上静静地嗑着瓜子。

"慧娟，看到你，我真高兴！好几年没看到你了，有三四年了吧？"黎宗文激动得声音都有些颤抖了。

"哪里有三四年，上次在乡政府你不是看到我了吗？"

黎宗文语塞，不好意思地挠挠头。

他感觉很奇怪，两个人坐在石凳上，面前这个美丽的女人明明近在咫尺，又犹如远在天涯，她一问一答，却不主动说话，热情度也不够，一边说话，还一边东张西望，心不在焉的样子。

"慧娟，你有什么心事吗？"

"没有，就是最近工作太累了，搞得心烦意乱，睡眠也不好，不知怎么回事，老是做梦。"

蔡慧娟叹了口气，又静默了，眼睛一会儿看看远方的村庄，一会儿又看看路过的行人，就是很少看黎宗文的脸。

两个人难得见面，却半晌无话，黎宗文心里惴惴不安，不知该说什么好，他坐在石桌边缘，低着头，两只手纠缠着，反复拨弄着拳头和手指节，仿佛胆怯又无聊的一个人，又好像天生就不会说话一样。

"宗文，你不是很想见我吗？怎么看到我就没话说了呢？你不是很能写吗，一写就七八张纸？"

蔡慧娟主动说话了，宗文看着她那粉嫩的脸蛋，椭圆形的脸，五官精致，眼睛明亮幽深，一切都是那么耐看。还有，她那优雅大方的气质，给了他无形之中的压力，一种月亮在天上，我在地上的距离感油然而生。

"我，我，那个文瀚，他还好吗？"

黎宗文更拘谨了，他感到一阵燥热，额头汗都要下来了。慌乱中，他居然语无伦次地提到了曹文瀚，话一出口，又后悔死了。

蔡慧娟没听到一般，也许她觉得这个问题很无趣，根本不屑于回答。

两个人干坐着，马路上过往的行人忽然多了起来，大部分是骑单车出圩去玩的年轻人，走路的也有。

最近圩上开了两家歌厅、三个夜宵店，因为新鲜，所以流行，他们往这边探头探脑，然后就呼啸而去了。

然而就那一瞥，就搞得黎宗文做贼一般，他扭扭捏捏，恨不得把头缩进肚子里，或者干脆戴个头套蒙住脸，不想让他们认出来。毕竟那个年代，大家思想还是很封建的，尤其在农村这样的地方，保守主义者更多，大惊小怪、装模作样、假清高的人比比皆是。

果然，还有两个愣头青停下车，挨过来看。

一个故意装作比较"热情"地向黎宗文打招呼："嘿，宗文，你在这儿干吗？怎么不出圩上去玩玩，圩上开了歌厅，好好玩嘞！"

另外一个更糟糕，居然问候起了蔡慧娟："咦，这个美女好像在哪儿见过，宗文，是你的女朋友吗？"

黎宗文不胜其烦，站起身一挥手，喝道："走吧，走吧，这我同学，正商量一件大事，我们班准备年前开一个同学会呢！"

愣头青缩了回去。蔡慧娟扑哧一笑，她觉得宗文太机智了。

"哦！开同学会，好啊，有意思。嘻！我们都从来没有开过同学会！也没哪个鬼去组织！"

愣头青又喜又悲，双双骑上单车往圩镇呼啸而去。

"我看你还挺能忽悠的，你呀，典型的情商不高智商高！"蔡慧娟满脸笑意地看着黎宗文，看得他脸红红的，干脆把脸别向另一侧。

稍后，他一抬头，不服气地说："我们班确实没有开过同学会，希望再过几年能组织一次，大家见见面，加深一下感情，加强一下交流合作，这也是好事嘛。"

"好啊！那就你来组织吧，要搞就搞，为什么还要等几年后？"蔡慧娟眼睛睁得大大的，整个人兴奋起来。

"我组织可以，但现在肯定不行，说白了，我也不够资格。"

"哦，那你觉得哪个人够资格？"

"你，或曹文瀚。"黎宗文脱口而出。

蔡慧娟没有说话，两人同时往马路上看去，因为嘀嘀声传来，这么快，黎善庆骑着摩托车回来了。

"快上来，慧娟，我先送你回去，晚点我有事呢。"黎善庆看起来很急，掉了个头，车子都没下。

"什么事？你女朋友在等你吗？"

宗文感到很失落，也很气恼，有一种想骂人的冲动。

因为好不容易见面，很多话都没说，看这情景，显然来不及了。

"没有，几个朋友请夜宵，在三庆夜宵店，广东回来的，我得赶紧去。他们请客，我买单，哈哈！宗文，你也一起去吧？"

"我就不去了，我家里有事。"黎宗文心想这不扯淡吗，一辆破摩托车，三个人，不把车子轮胎压爆？再则，一喊就去，那不是太没脸皮了。我又不是没吃过，广东打工隔三岔五吃夜宵，因为黎宗武和蔡志辉很好（喜欢），那两个酒鬼！

"宗文，我走了，我和曹文瀚很好，真的，谢谢你啊！"蔡慧娟上了车子离去了，隐隐感觉，有一点淡淡的哀愁。

黎宗文站立在大樟树下，目送着摩托车远去，直至消失在路头拐角处。梦游一般，呆立了好久，叹了口气，拖着麻木的双腿回家去了。

天色渐渐黝黑下来，远山田野村庄笼罩在黯淡的暮色中。起风了，人迹稀少，风拍打着树梢，有些冷。村庄里很静谧，几只狗在汪汪地叫着，隐隐传来枫林河水的潺潺声。

第二天上午，宗文在蔡家庄干活，就得知一条消息：圩上新开了一家夜宵店，品种多，口味好，火得不得了，就是那个开五金店的蔡三庆搞的。这小子，行哪！白天卖五金，晚上搞夜宵，太有经济头脑了！

突然，黎宗文受到了某种启发，在商言商，临渊羡鱼，不如退而结网。列宁讲的，一打纲领不如一个行动。

他决心要尽快行动起来，要来一次实实在在大的行动，他一直在等待弟弟黎宗武的归来。

第十一章

　　黎广胜最近比较忙，村里乡里两头跑，来来回回，感到疲于奔命，骑个破单车，咣啷咣啷，按他自己的话说："快把出圩那条路都碾烂了。"

　　交通工具落后，单车速度慢，形象也差，他觉得与他"领导干部"的身份不太相符，一直想尽快改善下，买个崭新锃亮的摩托车，来他个翻天覆地的变化。

　　最近，他感到比较纠结，因为乡里两位领导的意见相左，谢书记要他多在乡里待，多管一下家具办的事情，"要尽快将我乡的家具产业发展起来"。

　　林乡长呢，又截然相反，要他多待在村里，因为马上人口普查了。村里人手又不够，进展太慢了，比县里其他乡镇，足足延后了一个多月。

　　村支书曹南昌年纪大了，体力、精力、记忆力都不行，根本忙不过来。另外剩下两个人，村长蔡和平去县农业局学习葡萄种植技术了，民兵连长曹建军去县武装部参加基干民兵训练了，妇女主任曹桂珍在家生孩子，请假都半个多月了。

　　数来数去，偌大个村委会只剩下曹南昌和黎广胜二人。曹南昌会比较多，除了开会，有时要下到屋场调解一些纠纷，或踏勘一下土地，有时候有老表批屋基的，需要下去实地查看。黎广胜三天两头往乡里跑，村里根本顾不上，经常搞得锁门闭户。

　　一次，好像是礼拜三上午，村委会门前来了四个人，林乡长带着县委宣传部副部长张荣生下村来了。同行的还有市电视台的一个女记者林莉，估计大学出来没几年，看起来还比较嫩，又年轻又爱笑，人也长得不赖，脸红红的，像个脆嫩的小苹果。

还有一个矮个子摄影师，戴个小檐帽，扛个摄像机，挺严肃，脸黑黑的，估计长年野外跑，太阳晒多了。那摄影师人很矮，偏偏姓高，小高，小高，名不符实，叫起来很别扭，也很搞笑。

女记者拎个小话筒，穿着碎花蓝裙子走在前头，挺活泼的样子，一路上咯咯地笑个不停，好似捡到了什么金银珠宝，钻石玛瑙。

"哇，好美啊！你们这个村庄，一路上，溪流、菜地、大树、祠堂、小白楼全有了。林乡长，我好想在这里住上一阵子，体验一下乡村的生活哟！"

张荣生忙介绍，这小林是写小说的，乡土小说呢，写得很不赖，报纸杂志经常看得到，是个才女。

"何止小说，散文、通讯她都会写，写得很好，还得过不少奖。"不太吭声的摄影师停止拍摄，翻翻眼珠子，嘟哝着，补充了句。

林文海一听，笑成一朵花："好啊，可以，可以，你是想采风吧，林记者？我们这里是文化古村，最有素材，最有真情实感，到时给我们多写写，多宣传宣传，尽量要挑点好听的说哟！"

"必须的，必须的。"

墙角有一堆土，长着一丛不知名的野花。林记者把话筒交给乡长，跑到墙角去摘野花了，回来的时候摘了一小捧，好像是野菊花，金灿灿的。

"咦！怎么关门哪，村干部哪里去了？"

等女记者捏着野花回来，一抬头发现居然大门紧锁，愣了一下，一副惊异的表情。

张部长脸上挂不住，将林乡长拉到一边，很不客气地问：

"你们怎么搞的？大白天的，一个村委会居然锁门，在上级媒体面前岂不太丢人了?!"

问得林乡长张口结舌的，他紧张起来，瞭着那扇门，支吾道："这，我昨天都通知了他们呀！"

带着一脸尴尬，他紧张地四下张望，看看有没有人从边上冒出来。记者来了，领导来了，连门都进不来，水都喝不到一口，这还了得？他心里一急，气得跺脚，心里头骂了起来：

"这黎广胜怎么回事，昨天我就通知了他，叫他一早在这里等着，有记者下来，这人哪儿去了？一帮蠢货！回去给你搞个负面报道你就死翘翘了，记者是什么人？无冕之王！你惹得起？不要说惹，至少怠慢也不行的。"

林记者没在意，正四下溜达，寻找有没有野花了。

摄影师老大不高兴，肩扛着摄像机里里外外扫了一圈，扫到差不多了，就到紧闭的大门口了，他蓦然停下了机器，摘下小檐帽，歪着个脑袋，冷冷地瞅着张、林二人，意思是，怎么样，还要给你们"宣传宣传"吗？

林乡长紧张得捏了把汗，手一挥，"哎哎"了两声，意思是大师呀，请手下留情，别拍了，大门上挂着锁，搞上电视就完蛋了。

林莉溜了一圈，回来和林乡长交接了下，野花换回了话筒，准备摆姿势讲话，发现大门居然还没打开，脸都沉下来了。

林文海站在边上，手捧着鲜花，虔诚的姿态，像是求婚的样子，额头却冷汗涔涔。正万分尴尬，看得一个高个子青年风风火火走了进来，他睁眼一看，原来是姨父的侄子黎宗文。他们是转弯亲，早先有些熟悉。

林文海端了端乡长的架子，看着迎面走来的黎宗文，只点了下头，等待对方先开腔。

黎宗文无所谓，欣喜地喊他，直呼其名："哦，文海，你过来了，怎么不进屋呢？"

"嘿嘿，我进得了吗？大门紧锁，你叔呢？有没有在家里？"架子端够了，又开始"平易近人"起来，和蔼地问对方。

"没有哇，他最近大部分时间在乡政府上班，有事才会回来，我都很少看得到他。工作积极，新官上任三把火吧！呵呵！"

黎宗文环扫了一眼，张荣生又白又胖，戴个小眼镜，一看就是领导。摄影师和记者就不用说了，都是气质不俗，颇有文艺范。他知道上面来人了，这叫"视察工作"，心里有点小激动。乍一看，大门上挂着锁，眼镜领导、小帽摄影师脸黑黑的，像包公。美女记者眉头拧着，快成了冷美人。他很快明白了。

"别急，这里有钥匙。"黎宗文在门缝里找出一根铁丝，随后又往里钩了两下，钩出一把钥匙，咔嚓一声，打开了牛头锁，哗啦一推，木门洞开。他喊了声"请进"，四个人等得不耐烦，急匆匆踏了进来，坐在小木椅上。

还好，墙角开水瓶里打着满满的两壶开水，黎宗文熟练地泡茶倒茶，然后拿起桌上的两本杂志，翻看起来。

他抱歉地说："我在村里做事，抽空过来拿杂志的，我订了几份杂志。你们坐啊，别客气，自己倒茶。"

张荣生拿起他手上的杂志翻了翻，一本是《福建青年》，一本是《辽宁青年》，都是新的，散发着油墨香气。他兼着县里的文联主席，对文化艺术这块比较关注。

"不错，小伙子，你是做什么工作的？"

张荣生比宗文大十来岁，也是属于年轻人，看到一个农村青年这么勤奋好学，有一种亲切感。

"我，我是做木匠的。"宗文嘿嘿一笑，眼睛看地面，有些不好意思。

"他家里是个木匠世家，祖祖辈辈都是做木匠的，很有技术，都是祖传的，全县上下，远近闻名，无人不知，无人不晓哪！"

黎宗文的出现，给林乡长解了围，他兴奋起来，对着黎宗文一顿猛吹，半真半假的味道。

"噢，那正好啊，县里刚刚召开了家具产业发展促进大会，我们宣传部门要大力配合，做好舆论造势和宣传推介工作，大力吸引外出务工人员回乡创业。我们这次下来就是搜集这方面素材的，那就先来采访采访你吧？"

"可以吗，林记者？"他故意放低姿态，"请示"了一下年轻漂亮的小女孩。

"可以可以，领导说了算，您让拍哪儿就拍哪儿，OK，小高，你架好机器，这位，怎么称呼您？我们就站着采访您吗？还是坐下来吧。"

黎宗文坐在靠背木椅上，心神不安，似乎急着去赶什么事。

"小黎，黎宗文，记者同志，随便叫，我们农村人没那么多讲究，都是瞎叫的，嘻嘻！"

黎宗文看着林莉那张明星脸，扭扭捏捏不好意思，他笑了一下，以掩饰自己的紧张和燥热。

"好，小黎，你也别叫我记者同志，多严肃，多生分啊。"

林莉注意到衣着朴素的黎宗文长得高大帅气，眉眼间透出一股英气，一种好感油然而生，语气亲切随和了许多。

"那怎么称呼您呢？"黎宗文摸不着头脑，试探着问。

"小林，树林的林，哈哈！"林莉自己乐得哈哈笑。

"小树林，不是大森林。"林文海补充一句，又将大伙都逗笑了。

"小林记者，你们能不能快点？我还要回去做事呢，过年了，木匠活很紧，我实在没空。"黎宗文刚坐下，又站了起来。

"OK，OK，小黎师傅，我们抓紧时间吧，请问您做木匠几年了？"林莉挥手，示意他坐下，而后开始提问。

"有两年多了。"

"你喜欢这个职业吗?"

"喜欢,我觉得做木匠挺好的,靠技术吃饭,用自己勤劳的双手为千家万户打造美好家居,带来美观和实用,每当你做好一件崭新漂亮的家具时,闻着木器的馨香,看到客户一家人欢天喜地的样子,我们自己也非常开心,觉得做了一件非常有意义的事情,非常有成就感。"

......

这边院子里传来杂乱的脚步声,林乡长出去一看,黎广胜和曹南昌一前一后连走带跑赶了过来。

广胜推着辆破单车,垂头丧气,那单车似乎不能骑了,拖着走。

曹南昌则疲惫不堪,闷闷不乐的样子,看到门外站立"迎候"的乡长,又咧咧嘴,勉强挤出一丝笑容,那笑比哭还难看。

"怎么回事?你们,昨天就通知了,给我唱空城计呀?张部长和林记者下来,连门都进不了......好在宗文赶过来了!"

林文海脸一黑,压低嗓门,劈头盖脸一顿训,情急之下,他也不管黎广胜是不是他亲姨父了。

"哎呀嘞!单车坏了,半路掉链子,一直在弄,弄好了又掉,掉了又弄,一路上搞死了!我蹲在路边挂链子,都看到你们吉普车过去,呼的一下,一阵风,喊都喊不应。交通工具不改善,迟早都会死掉!"

广胜在边上放下单车,拍拍身上尘土,涨着个脸,嘟囔着回话,一副抱怨的口气。显然,他是在旁敲侧击,借着"工作需要",想让乡里给解决新摩托车,来个鸟枪换炮,提升一下"干部形象"。

林乡长眼珠子眨眨,心想,操!你一个副主任就跟我讨价还价要什么"交通工具",那主任曹德贵要什么?那不得小轿车了?他把目光转向后面进来的曹南昌,曹南昌头发掉了一半多,脑门亮得像反光镜，中等身材，方头大脸，微胖。

"会死掉，我到黎家庄，村民两兄弟吵架，打了起来，我去拉架，自己都挨了两拳，真碰到了鬼！"曹南昌苦着脸摸摸自己的腰部，痛得龇牙咧嘴。

林乡长"嗯"了一声，面无表情，转身进去了。广胜、南昌也紧跟了进去，里面正在采访，静悄悄的。他们站在厅堂角落远远地看。

……

不一会儿采访就结束了，因为林莉不想耽误这位木匠师傅太多宝贵的时间，她看出了对方眉宇之间隐藏的焦灼情绪，因为这种采访压根没有一分钱出场费。

林记者："说得非常好！各位观众，刚刚我们采访了龙游乡枫林坳村一位年轻的乡村木匠黎宗文师傅。他告诉我们，木工是一个非常好的行业，木工美化了家居，带来了方便。木工带动了我县的广大农民就业，劳动创造了美好生活，这是一个充满希望的行业，让我们向勤劳智慧的劳动者致敬！让我们再一次感谢英俊帅气的黎宗文师傅！谢谢你，黎师傅！"

"可以了，是吧？"

"可以了。"

当林莉将把热情似火的目光投过来时，黎宗文装傻充愣，赶紧避开，将脸挪了过去，拔腿就走。刚走到院门口，那边林莉将把他喊住了："黎师傅，你东西掉了。"

黎宗文一回头，林莉赶上前来，把两本杂志递到他手上，笑吟吟并热情地问："看样子你也挺喜欢看书？"

"喜欢，我从小就喜欢看书，就是没时间看，每天出门做工，忙得昏天黑地的。"

"哦，那你平时都看什么书，小说看吗？"

"看，古典、现代小说都看，历史小说、传记文学看得多一些。"

"哦！那外国文学你看吗？"

"看，会看，我最喜欢看马尔克斯的《百年孤独》，因为我一直都很孤独。"

黎宗文幽默了下，挥了下手，急匆匆离去。背后，林记者被逗得咯咯笑，直着眼目送他离去，消失在一栋土坯房后面。

黎宗文走后，一帮人在屋内继续喝茶休息，东拉西扯聊些村庄轶事。

喝得差不多了，广胜提议："去采访一下我哥吧，他今天刚好在家，他那里很有文化哟，他是一个老木匠，做了二三十年了，他家里各种材料工具都有，还有菩萨牌匾，堆满了。"

"那好啊！我们去见识见识吧，采访他一下，我也要顺便采采风。"林莉一听，欢呼雀跃起来。

"你做过木匠吗？"小高放下机器，扭正帽子，冷不丁一句，问得广胜一愣。

他随即转守为攻："我肯定做过，我们是木匠世家，到我这里都第五代了。刚才那个就是我侄儿子黎宗文，他广东打工回来不久，他两兄弟都是木匠，算起来，他们就是第五代传人了。"

二十分钟后，一行人出现在了黎家小院门前。黎广胜率先踏进院子，高声喊道："大哥，中央电视台的记者来啦，要采访一下你呢，你要出名了！"

黎广发腰里系着黑皮子围裙，正在给木条子钻孔，他叽咕叽咕几下钻好，拍拍手，解下围裙，笑呵呵地与一行人挨个握手。握到女记者时，他特地问了句："你们是从北京过来的吧？这么远，坐飞机，还是坐火车？"

林莉笑着摇头："叔叔，我们是南州电视台的，不是北京来的，我们坐汽车来的。"

"你们过来走了多久？"蔡桂花凑过来问了句。

"没多远，两个多小时就到了。"

摄影师在后面补充。他用肩膀架起机器开始拍摄了，对着墙角一排排的木条子、木板子，还有琳琅满目的雕板、菩萨、刻字细细扫描。

广发看到摄像机扫过来，有点紧张，本能地闪了一下。再扫过来，他闪不赢，直立着，一脸僵硬的表情。好在小高很快就转到屋内去了，厅堂内的鲁班像和开山大斧吸引了他。林莉和几位领导也进来了。一个经历过黯淡与辉煌，以及无数风风雨雨的木匠之家呈现在大伙眼前。

哇！林莉一看，兴奋起来，她站好姿势，左手拿着小话筒，眨眨眼，调整了一下状态，用空闲的右手理了下刘海，开始热情洋溢地解说："观众朋友们，我们现在是在龙游乡枫林坳村黎家庄的一幢老宅子里，采访一个有着数百年历史的，有着丰富木工文化渊源的大家族，一个经历了从清朝、民国、新中国三个重要历史时期的木匠家族，一个在南溪县赫赫有名的木匠世家！……"

林莉清脆甜美的声音在这栋老宅子里回荡。

院门边一下子围拢了十几个人，男女老幼都有，倚着门框，伸长脖颈，像一群老鸭婆，探头探脑地朝里张望，眼珠子一跳一跳，闪烁着熠熠的光芒。

广发站在院子内，侧着身子，背有些弯，一下看里头，一下看外头，黝黑的脸上皱纹舒展，露出难得的笑容，他下意识地摸出了裤兜里的烟卷。

第十二章

龙游乡政府大院，曹德贵正在二楼书记谢东山办公室内，隔着黄色的樟木茶几，两个人面对面坐着，一边喝茶，一边亲热地聊着天，既谈工作，也谈亲情。

"德贵，这次你能当上家具办主任，我一个是看在我跟你爸生前老朋友的份上，扶持你一；二是看中你本人的能力，你办事干净利索，脑子也很灵光，点子多，口才也好，想让你发挥自己的才干，尽快打开局面来，将龙游乡的家具产业搞上去。上次开会，县里提出了一个口号，要在三年左右，打造五百家有一定规模的家具企业，我们龙游镇就要实现五十家，担子很重啊！所以，这下子，我们乡就看你的了。"

谢东山四十七八岁的年纪，理个小平头，国字脸，眼珠子亮闪闪的，一副精明干练的样子。此刻，他对着面前毕恭毕敬的晚辈后生谆谆教诲，语气格外温和亲切，与他平时刻板严谨的作风形成鲜明的对比。

"谢叔，我心中有数，我爸生前就多次交代过我，有什么急办难办的事，就来找您。他说你是一个懂得感恩的人，也是一个有情有义的人，有什么事一定会帮忙的。"

"哎，是呀！德贵，叔怎么会不帮忙？我的命都是你爸给的，当年生产队的时候，我们在大石场打石头，放过炮，山顶片石震松动了，一块大石头飞滚下来。

"我当时才十六岁，吓傻了，抱着头蹲在地上哇哇大喊。幸亏你爸眼尖，反应很快，他一把推开我，自己却被一块散石打中了胸部，后来，虽治好了，也留下一身伤痛……要不是为了救我，他恐怕也不会死得那么早，唉！"

谢东山眼眶湿润了，声音也哽咽了。

他用手擦了擦眼眶，神色黯然，默默想着心事，在追忆一位已经逝去的老友。

"叔，人死如灯灭，有你这句话就够了，我爸在九泉之下也感到安慰了。"曹德贵也一脸伤愁，眼睛红红的，他强忍着悲痛挤出几分笑容。

"德贵，你爸过世有几年了？有两年了吗？"

"差不多两周年了，前年冬天走的，抬上山那天好大的雪啊，白茫茫的一片。"

"天地戴孝，草木含悲，好兆头！德贵子，我预测，你将来一定会大富大贵的。德贵，德贵，有德就有贵，你必须牢牢记住这一点，叔希望你将来有大出息，到时，叔叔脸上也有光彩。"

"好的，叔，这一切我都明白，我会好好努力，不会让你失望的。叔，你刚才说什么？三年内，我们龙游乡就要打造五十家上规模的家具企业？怎么会要这么多？我没听错吧？"

伤感之后，两人言归正传，曹德贵忽然想起刚才谢东山说过的话，觉得数字有点吓人。

"有什么错？干工作还能儿儿戏戏的？县里黄县长和家具局下的死命令，只能多，不能少，我都立了军令状的，三年内完不成任务，就地免职！"

"哎呀呀，上规模的企业，还不包括一般的中小企业，才三年时间，叔，这可不是说着玩的。"

"你说得没错，但是官大一级压死人，这也是没办法的事。怎么样，德贵，你能不能干？不能干就不要勉强，我可以想办法帮你换个工作。"

身为家具办主任，责任重大，首当其冲，曹德贵感到压力很大，脑子一阵阵眩晕。

但他毕竟年轻气盛，揉揉太阳穴，很快调整过来，露出一副坚毅的表情，朗声答道："干！没问题，叔，这事就算再苦再难，我也要坚决把它完成，决不会给你丢脸，绝不临阵退缩做逃兵！"

"好！那就好！我马上打报告上去，向县里和家具产业局申请一笔经费，作为这项工作的启动资金，百分之六十给你们家具办自由支配，百分之四十归乡里作产业奖励基金。有了钱才好办事，不是有句话，怎么说的？"

"什么话？人心齐，泰山移？"

"不是，不是，叫作'有钱不但能使鬼推磨，有钱还能使磨推鬼'。德贵子，你还可以自办一家家具企业，起个引领带头作用。你一带头，就更有说服力了，人家一看，嚯嚯！主任都带头搞厂子，干这行肯定赚钱，那就干吧，给那些犹豫观望的人增添几分自信心。"

一听到有经费下来，又听到谢书记鼓励他一边上班一边做生意，曹德贵不由得心花怒放，这等于是瞌睡碰枕头，正好！

他兴奋得整个人都要跳起来了，咧着嘴，给谢东山添上茶水，利索地说："叔，我马上回去拟出一个工作方案来，给你看一下。事不宜迟，马上过年了，广东顺德那边打工的木匠很多会回来了，春节后，要尽快发动几家先干起来，先把这把火烧起来。"

谢东山点点头，脸上露出满意的微笑，他对曹德贵这种说干就干的风格非常认同。他想了一下，问："现在我们乡里有多少家具企业了？大大小小，加一块？"

"三家呀，曹桂生，我远方叔叔的，做门窗桌椅。曹南京，就是村支书曹南昌他弟弟，做联邦椅。还有一家啊，外地人，潘世贵，做席梦思床垫的。哦，马上会有两家了，过了年。"

"还有哪两家呀？"

"我搞一家，这是铁定了的。还有一家，黎广发的，比我还积极，年后一定会搞，他们家都想了好久，一直在准备，听说在筹钱，还有二十几天都过年了，一下子他也搞不赢了。"

"好，很好，运筹帷幄，决胜于千里之外，好好干，德贵，叔还能不能升上去，就靠这赌一把了！"

两个人同时站立起来，谢东山抡起肥厚的大手在曹德贵左肩上拍了两下，力道之猛，让曹德贵晃了两下。

"放心，叔，凭你的能力肯定高升！"

"嗯！你这样，年前这段时间，去各个村转转，下去梳理一下，看看有多少老木匠。本地做的，还有广东顺德打工回来的，统统去了解一下，特别是几代人都做木匠的那种，哪个叫什么？"谢东山忘了词，眨眨眼，问曹德贵。

"叫什么？就老木匠师傅啊！"曹德贵他哪里知道，本来没多少文化，翻着白眼使劲想。

"不是，不是木匠师傅。哦，木匠世家，哦，叫'木匠世家'，上次黄县长说的，我第一次听说这新鲜词，差点忘了。"看来，还是领导素质高，反应快些。

"我就去看看他们吗，谢书记？"曹德贵已经走到门口了，回过身来问，他觉得书记还没交代清楚。

"不是，还要记得通知他们下，年初二上午到乡政府来开会，叫作木工家具产业新春团拜会。"

"好啊，开会，有饭吃吗？"

曹德贵嘻嘻一笑，不好意思地问。因为他有些担心，年初二，按习俗，大家都要走亲访友，吃吃喝喝的，你开个会，喝杯茶，人家未必肯来。

"有有有，有饭吃，到老三餐馆，吃羊肉。我都安排好了！乡里不差这点钱。"

说完，谢东山端起杯子，咕噜咕噜，一杯茶喝个精光，眼睛沉沉地想着别的事。

曹德贵很知趣："好好好。"赶紧噔噔噔下楼去了。他明白，领导事多，也要有自己的私人空间，待久了人家烦你。

曹德贵昂首阔步，来到了大院东边的小平房，往挂着白地红字"家具产业办公室"的那扇熟悉的黄木门走去。刚走到门边，听到里头窃窃私语，好像是在谈论自己，他赶忙滞住了脚步，贴着门边偷听。

"杨干事，这曹主任好像是从广东打工回来的，怎么一下子当上主任了？"

一个年轻女孩子的声音，曹德贵听出是乡长林文海的侄女林晓蓉的声音。这是一个农校毕业生，二十来岁，嘴特别碎，整天叽叽喳喳的，像一只小麻雀，说话毫无顾忌。

她刚刚从另外一个办公室调过来，为了加强家具办的工作，乡里抽调了最近两个年轻干部过来帮忙，除了林晓蓉，还有一个二十五六岁的小伙子杨涛。杨涛的身份可不一般，他是县家具产业局局长杨延庆的大公子，他妹妹就是在广东做音乐老师的那个美女杨玲。

林晓蓉口中的"杨干事"正是家具产业办公室干事杨涛，这是一个斯文白净的小伙子。家具产业办一正一副两个主任，副主任就是黎宗文的叔叔黎广胜。

杨涛调来后，为了方便称呼，也为了"便于工作"，曹德贵眼珠子一转，给杨涛挂了个"干事"，纯属虚职，乡里没有下文那种。后来，杨涛脸上挂不住，觉得不伦不类，有点意见，人家叫他"杨干事"，他不太搭理，快快一句："我不是干事，我也不会干事。"搞得人家哭笑不得。

此刻，杨干事正坐在办公桌前写一份小文件，不紧不慢推推眼镜，淡淡地说："这我就不知道了，我又不是乡长、书记，比如你和黎主任怎么进来的，我哪里知道呢？"

林晓蓉听了，"切"一声："我又不是领导，我还不想在这里待呢，我爸和我叔非要我下来'锻炼锻炼'，锻炼个鬼，天天待在这鬼地方，玩又没地方玩，公园、电影院都没一个，没有一点娱乐生活，闷都快把我闷死了。"

"林妹妹，怎么没地方玩？你可以下农村去玩啊！到我们枫林坞去，那里可好玩了，枫树柳树大樟树，小桥流水老祠堂，到处是鲜花，蜜蜂蝴蝶嗡嗡地飞，小鸟一群一群的，什么时候有空，我带你去看看。"

黎广胜的声音，刚开始没当上办公室主任，很不高兴，郁闷了好一阵子。

后来，他发现乡长的侄女和局长的公子居然都在他办公室里，成了他的"部下"，他又高兴起来，转念一想，还不错啊，副主任就副主任，有比没有强。虽然没什么权，但跑到外面去，总归好听一些，面子上过得去。

再则，县里近期紧锣密鼓的，又是开会又是宣传，报纸电视，墙头公告栏，不断在出台相关政策，马上将大办家具产业了。龙游又是重点乡镇，自己占着这个位置应该会日益凸显出来。

痛定思痛，就先忍受一下吧。反正，脚生在自己身上，实在不行可以走，回村里做会计去。

曹南昌明年马上退休了，到时候，看看能否把他的位置"继承"过来，过一把官瘾，嘿嘿！

曹德贵没听到什么，就不在意了，一把跨了进去，嬉笑着插话："广胜，你带她下去，你骑个破单车怎么带？村里的路坑坑洼洼，颠得屁股都烂掉。"

黎广胜脸白一阵红一阵，强行分辩道："我都天天骑单车回去，我屁股烂了吗？什么话？！"

小林、小杨相视而笑，曹德贵得意地咧咧嘴，没有回应，径直往里间走去。里间是他单独的办公室，两个办公室从一个门进。

"曹主任，你老板不做了？"

林晓蓉跟了进来，嬉笑个脸。她知道曹一直在搞模板承包工程，就是建筑工地那种，赚到点钱，摩托车骑上了。除此之外，家里电话装上了，腰里摩托罗拉 BP 机也挂上了，小小的、蓝蓝的、四方形，样子很时尚、别致，挂一根小链子，晃荡晃荡的。听说是他女朋友黄丽帮他买的，就是乡里农村信用社那位大堂经理。

"搞哇，上班我是兼职的，这里能搞几个钱？"曹德贵嘴一撇，满不在乎的神情。

"那你忙得过来？"林晓蓉嘻嘻一笑，有点刨根问底的味道。

"可以遥控指挥呀，美女！"

曹德贵干脆把 BP 机摘下来，拿在小林面前晃晃，略带显摆的味道，看得小林一愣一愣的。"就像你谈恋爱一样，不可以写信打电话吗？"

林晓蓉不好意思笑笑，出去了。

"曹主任，经费有没有下来，能不能买个摩托车？我每天要回村里，骑单车确实不方便，速度又慢，村里路又烂，屁股都会颠烂。"

黎广胜坐在办公桌前，拿着一支钢笔写写画画，百无聊赖间，他把曹德贵刚才的话重复了一遍，声音大得震耳，这叫作"以子之矛，攻子之盾"。

曹德贵正在里头烧水泡茶，开水噗噗的声响传了出来。

停顿片刻，他瓮声瓮气地应道："到时候再看吧！经费还没下来，下来了我也要请示一下乡领导。动不动就摩托车，这么大的事我也做不了主，给你换个新单车还差不多。一下子要摩托车，你看看，我们乡政府有几个人有摩托车？乡领导大部分都还没有！"

　　黎广胜被呛得说不出话来，脸色刷地变了，他扔下笔走了出去，站在办公室门口发愣。

　　一抬头，看到隔壁党政办公室的曹文瀚和蔡慧娟站在院子里那棵高大的白玉兰树下，两个人面对面挨得很近，正窃窃私语。开始很平静，声音也很小，一点也听不清，慢慢地似乎发生了争吵，曹文瀚噼里啪啦说了几句什么。

　　蔡慧娟看起来不高兴了，脸一拉下来，白了曹文瀚一眼，回敬道："这是我个人的事，你管不着！"

　　一扭头回办公室去了。曹文瀚尴尬地愣了片刻，也蔫不啦唧地进了办公室。

第十三章

天气越来越冷，过年的日子越来越近了。

北风从枫林坳口吹下来，老家枫林坳一带，村民已穿起了厚厚的冬衣，加上一件件毛衣和秋裤，有的还卷着围脖，戴着绒线帽，那模样，几乎成了装在套子里的人。

清晨，雾多了起来，那浓浓的雾气将村庄包裹得严严实实的。雾缕缕飘过来，整个村庄若隐若现，树杈、房屋、远山，仿佛进入了朦胧梦幻的童话世界。

池塘里结起了薄薄的冰，孩子们站在塘坎上，捡起一片小石块，奋力朝冰面上掷去，不料，小石子竟未能击穿冰面，反而咻溜一下滑走了。

村庄内外，办喜事的多了起来，经常可以听到嘀里哇啦的喇叭声，还有长长的送亲队伍，甚至还有抬着花桥，里面端坐着盖花布头巾新娘子那种复古式的婚礼。

过年前的一周里，在震耳欲聋的喇叭声中，龙游乡家具办的几位工作人员正忙着走村串户，往那些老木匠家跑，往那些从广东顺德家具企业务工返乡人员家中跑。目的只有一个：积极鼓励和发动他们迅速行动起来，投身到县里日益浓烈的家具产业创业发展大潮中去，早日兴办属于自己的家具企业，并在年初二一起到乡政府开个会，共商大计，共谋发展。

此刻，乡政府家具办正布置工作，办公室只有四个人，出发前，主任曹德贵慷慨陈词，做了一番分工。

他一只脚踩在凳子上，嘴里叼着一支烟，眼睛睁得大大的，看着前方，用他那粗大的嗓门，喊了一声："开会啦！"

三个部下迅速坐到了面前，正襟危坐地看着他。

他吸了几口，看到烟雾太多，连忙掐灭烟蒂，挥舞着右手，叫喊道："那个，我说一下啊，我们几个人分下工，不要一窝蜂，没头苍蝇一样，乱跑乱窜，那是没有用的。这样，具体划分一下，我负责圩镇和西部片区五个村庄，你们三个……"

他停顿了一下，眼睛朝另外三个人一瞟，小杨、小林、黎广胜三个坐在对面看着他，静悄悄的，个个洗耳恭听的样子，他感到非常满意。

两个年轻人没说话，不置可否的样子，黎广胜一听"圩镇"两字，有点不自然的表情，意思圩镇这么近，就你自己去搞？这不是捡了个大便宜吗？你都还有摩托车呢。

四个人中，就他条件最好，有摩托车，速度快，效率高，机动性能强。

曹德贵注意到黎广胜的细微反应，他直截了当解释给他们听："西边比较偏远，村庄分散，加上圩镇三四百户人家，工作量很大，所以我嘛，作为领导，就只能率先垂范，能者多劳了。——无私奉献，啊！这叫'无私奉献'哈！"

曹德贵突然想到一个新词，来个借题发挥，顺便拔高一下自身形象。

看到林晓蓉盯着他的脚，不自然的表情，便把脚放了下来，站直身子，咳嗽一声，继续发号施令：

"杨涛，你负责南部片区，南部村庄多，人口稠密，路也好走，都是沙子路……"

"曹主任，那么远，你也晓得，我都没有摩托车啊，怎么去？"

杨涛瞪大眼睛，黏黏糊糊，为难的表情，插了一句。

"没关系，你虽然没有摩托车，但你是家具局杨局长的公子，随便哪里一招手，还怕没人带你去？不要说跑个一趟两趟，叫他们带着跑个三天三夜，他们都乐意！"

杨涛一听，有道理，乐呵呵地笑了，表示同意。

其他两个人也跟着笑了起来，心悦诚服，想：曹主任，你还真有两把刷子呀，怪不得能当我们的领导。

"广胜，你就负责……"

曹德贵刚刚开口，广胜脑子一闪，忙抢了过来："我就负责北部片区吧，就是枫林坳那一片，那一带我更熟，搞起来也快。"

黎广胜不愧是会计出身，算盘打得精，他静静地琢磨，还剩下北区和东区了，东区更远，也不顺脚。

北区连着自己老家一带，来来回回方便得多，正如杨涛说的，我也没摩托车，破单车一辆，鬼才会去东区，骑到东区天都黑了。

北边共有四个行政村，除了枫林坳，另外三个村，分别是大坝垴、上坑、大墩。

其中，以枫林坳为中心，上坑位于东边，最为偏远，山高林密，人烟稀少，按广胜的话说，"去不去都无所谓"。大坝垴位于西边，人口比枫林坳还要多，但木工很少，大部分是泥工和篾匠，另外就是些在广东、福建做衣服、做鞋子的，仅有少部分木匠，并且都是些不专业的二吊子货，从业时间短，技术不过硬，大部分是些半路出家的，像他自己这种堂堂正正的木匠世家根本没有。所以，大坝垴村，按黎广胜的话说，"去一趟就可以搞定它"。

剩下个大墩村，顾名思义，是个一马平川的地方，那是圩镇边缘一个平平坦坦的村庄。按照农村一般的说法，大墩之地，自然交通便利，生活富裕，外出务工或经商的多，轻松赚钱的多，辛辛苦苦做工的少，木匠师傅更屈指可数。

另外，自己出入圩镇就要路过那里，挺方便的，按照广胜的说法，那里，"分分钟都可以搞定"。

说来说去，显而易见，只剩下一个东部片区了，那边还有五个村庄，虽然人口不多，但木匠师傅偏多，又都是些小屋场，零零散散，人都会搞死。

"小林，就东边了，噻噻，非你莫属哟！"曹德贵没开口，黎广胜扭头看着左边端坐着的林晓蓉，嘻嘻笑开了。

"东边，东边怎么啦？我刚来不久，东南西北都分不清，东边怎么样啊？！"

"东边哪，东边有老虎哟！"

杨涛故作一脸惊恐的样子，绘声绘色地描述："那里要经过一大片森林，黑压压的，几里路都看不到一个人影呀！"

黎广胜扑哧一声笑出来。

"哎呀呀！那我不去，我不去，黎主任讲的，我又没有摩托车，哎呀呀，我怎么去呀？"

她坐在椅子上，浑身居然战栗起来，脸色都有点苍白了，眼神游离不定，仿佛看到了鬼。

曹德贵打量她一眼，又好气又好笑，摇摇头，安慰道："没事，美女，实在不行，到时候我骑摩托车带你去。去你总得去，大家都下去，就你不去，这不公平，你说是吗？"

"是……"

"那是，你一个人在家里待着怎么行，你得下去熟悉工作，发动群众，推动家具产业大发展嘛。"

广胜毕竟是个副主任，也算是半个领导了，他偶尔也会拿出点领导的派头来，要不然，副主任副主任，这半个主任究竟体现在哪里？总要起点作用，不能老是当作虚无缥缈的墙头纸吧？要是那样，副市长、副省长都等于零。

上午布置完工作，看看还早，不到十点钟，曹德贵一挥手：

"散会吧，开始行动了！"一转身去院子里骑上摩托车，嘟一声溜走了。

黎广胜看看老大走了，也紧跟着出去推过破单车骑上，吱呀吱呀地踩着走了。

他得赶回去一趟，这几天樟树下边缘，正在放石灰线，几个泥工正在清地基，挖土砌沟，准备盖两间房子。广发想在那里开个杂货店，筹备了好一段时间了。他老婆在家里开了个杂货店，由于位置太偏，没什么生意，闲得整天打麻将，打得天昏地暗的，做饭洗衣都会忘记。有一次，一桶衣服塞在厅堂角落里，沤了两天，一股霉味渗透出来，自己还带着一伙人打麻将，打得炯炯有神、天昏地暗、乐呵呵的，里头有两个抽烟的，抽得一屋子烟雾缭绕，宛如人间仙境。

广发回来看见了，气不打一处来，咣当一声，连桶带衣服扔门口晒谷坪上，木桶还顺势在地上滚。

肖金妹也不生气，扔下麻将子，连忙颠颠地跑出去捡，引得屋子里的赌客笑成一片。

曹、黎两位领导一走，没有交通工具的小林、小杨正傻愣愣的，坐立不安地走来走去。三个家具老板前后来到这里，第一个是曹桂生，杨涛试探着问："曹老板，主任有指示，这几天要下村，我又没有摩托车，你看，能不能带一下？"

"可以呀，可以呀，有问题，我带你去，转一转，这两天闷，我本来想下村去兜兜风，正好哩。"

镇上有三家家具厂，除了本地人曹桂生、曹南京外，还有一个外地人潘世贵，湖北还是哪里的。

这三个人看到杨延庆的儿子杨涛分配到镇里家具办来了，高兴得合不拢嘴，他们想这不是趁机跟杨延庆拉关系、套近乎的大好机会吗？几个老板三天两头往家具办跑，有时是办些事，大多数时候是过来喝茶闲聊，跟里头的几个人热乎热乎。所以当杨涛一说要他们带着下村去转一转时，三个老板个个不假思索满口答应了。

杨涛下去转了三天，分别由三个老板带下去的，最先完成了任务，片区内所有的老木匠、小木匠、务工木匠，木匠之家、木匠世家，凡是跟"木"字有关的村民老表，统统拜访了个遍。

三个带路的很精，嘴都比较快，知道发挥一下优势。

比如第一天，在一个叫乌石坳的小村庄，曹桂生一进门，没说上两句，便把他身份"暴露"了，主动亮了出来："这位是我们县里家具产业局杨局长的儿子杨涛干事……"

男主人眼一睁，激动起来："哎哟哟！局长的公子亲自上门来，难得，难得，这么看得起我们呀！老婆，快去烧水泡茶，然后去把那只生蛋的老母鸡宰了，炖锅汤，中午招待小杨同志在这里吃饭。"

搞得杨涛很不好意思，连说："不用，不用，我们还有事呢。"

边上曹桂生背后扯他衣摆，示意不要吱声，自己说："吃就吃，品尝一下你们的好手艺。"杨涛搞不懂，以为这里农村有什么禁忌，就不说话了。

那边男主人笑道："哪里有什么手艺？乡下人，煮熟了就行，但我的鸡保证是吃稻谷吃虫子的，百分之百农家土鸡，味道鲜美，营养丰富，绿色食品啊。"

他老婆傻看了一眼，心想，一只老母鸡，咋吹上天了？

曹桂生反客为主，调侃道："土鸡不土鸡，我们吃才知道，要是真正的土鸡，以后送到我家具厂来，有多少要多少，我们全包销，大量收购！"

男主人笑得合不拢嘴，连声说："今天吹东风，遇到贵人了。"

杨涛灵机一动，"纠正"道："大哥，你不是遇到贵人了，你是遇到桂生了。"

几个人都被他逗笑了。男主人活跃起来，应承道："是是是，遇到桂生了，桂生老板，明年过了年保佑你越做越大，我好多卖点鸡。"

桂生向杨涛介绍，男主人姓张，叫张龙生。

龙生老婆一边忙不迭地烧水，找茶叶，脸上洋溢着灿烂的笑容，仿佛年已经开始过了。

一会儿茶水烧开，桌上冒出了阵阵茶香，屋外传来鸡叫声。

杨涛转头四下看了看，屋子里颇为简陋，除了旧桌椅和一些农具棍棍锤锤之外，别无他物。屋顶梁子更恐怖，由于常年烧杂草柴火熏得乌漆麻黑的，像刷了一层墨水，还挂着几缕线状的吊尘灰，看着有点瘆人。

他心里暗自感叹，扭过头，问龙生："大哥，你们生活怎么样，还可以吧？"

龙生不好意思笑笑，脸一抬："你看看，就这样子。"意思是这屋子，都没法见人了，穷不穷就不言自明。说完，他垂下头，叹了口气，神色有些黯然。

杨涛安慰道："没关系，慢慢来嘛，现在，我们县里马上要大力兴办家具产业了，就是要让大家快点富起来。你们这些木匠师傅要互相转告一下，年初二上午到乡政府来开个会，大家一起商量一下，看看明年怎么干。你们这些老木匠都要发挥好技术优势，创办自己的家具企业，才能尽快翻身富起来呀。"

龙生眼神痴痴地望着对方，没有吱声，好像是有几分畏难情绪，一下子又挠挠头皮，喃喃自语道："办家具厂，这个我都没搞过，该怎么弄呢？一脑子的糨糊哇。"

曹桂生趁热打铁，拍着胸脯，鼓励道："冇问题，哪个天生就搞过？我们还不是从零开始，一步一步摸索过来的。只要你想搞，技术我负责，尽管问我好了。"

龙生想了想，最后牙一咬，把茶碗蹾在桌上："好！干也穷，不干也穷，干了总有一点希望！不干就死路一条，一辈子做工早就穷死了，也实在穷怕了！"

"没错，人就是要有上进心嘛！到时做起大老板来了，发了财，别忘了，再请我们来吃炖老母鸡哟。"

"可以，可以，等我发了财，杀头猪给你们吃都可以。"

龙生老婆提着宰杀好的母鸡从堂屋内经过，她要拿到厨房里去切片，听到他们谈话，开心地幽默了一句，引得一片哄堂大笑。

"杀猪就不要，发了财，杀个羊就可以了，我们一起来烤羊肉串，香喷喷的，最好吃。"曹桂生眉飞色舞插了一句。

"好啊，好啊！"杨涛忽然记起了一件事，"哦，过了年开会有红烧羊肉吃，在老三餐馆，谢书记都安排好了。"

"好啊！有羊肉吃必须去。"曹桂生的声音。

"要去，要去！"张龙生嘿嘿一笑，五官挤作一团，三十来岁的人，显出与年龄不相称的皱纹。

正说着，门外一个老人戴着破草帽，捏个羊鞭子，赶着一群黑山羊悠然走过，羊儿咩咩地叫着。

"咦，哪个人的羊？"

杨涛跑出去看，他记起曹德贵问过两次哪里有羊卖，好像想买一只过年吃。

"大爷，停一下，羊卖不卖？"

老人和羊群匆匆过去，眼看就要拐过屋角去了，那里有一条小路通向后山，老人应该是去后山放羊的。

"卖，怎么不卖，你要多少？"老人立住脚步，淡淡地问。三个人跑了过去。

"一只，先买一只吧，带回乡政府去。"

"才买一只呀，我以为要十只八只。"老人不在意地看了他们一眼，他感觉曹桂生那样子，胖胖的像大老板。

"不是钱的问题，骑摩托车，不好带……帮乡里家具办的曹主任买的。"

曹桂生感觉脸上挂不住，语气有点冲。

"那好吧，龙生，拿把秤出来！"老人听到是乡干部买羊，态度好了许多，一边喊，一边小跑着前去抓羊。一只肥大的公羊被按倒在地，一边挣扎，一边咩咩直叫唤。曹桂生蹿过去帮忙。老人从口袋里掏出预备好的粗麻绳，将四条细羊腿捆了个结实。张龙生一手提着杆秤，一手拎着根大竹杠。

四个人配合，七手八脚将羊倒着抬起来过秤。

……

饭后，曹桂生骑着摩托车出乡里，后面坐着小杨，小杨后面绑着一只黑山羊，横着身子，咩咩地叫了两声。

张龙生夫妇站在屋门口送别。张龙生挥了挥手，看到摩托车远去，才转身回屋。他定住身子一看，大门边刚贴上一张大红告示：

公　告

各位乡亲父老：

龙游乡党委政府为响应县委、县政府号召，大力兴办家具产业，兹定于 1994 年 2 月 11 日（大年初二）上午 9 时于乡政府大会议室召开家具产业动员大会，望广大木匠师傅及外出务工返乡木工人员，家具、木器企业负责人积极到会，共商大计，共谋发展。

请相关人员互相转知，积极参会，不得缺席。

开会备有午餐，请有意参会者于年前农历二十八日前到乡政府家具办报名登记，以便确定席位，避免不必要之浪费。(相关优惠扶持政策，县里正在制订中，年后将尽快向全县人民公布。)

特此公告

中共南溪县龙游乡党委

南溪县龙游乡人民政府

1994 年 1 月 30 日

第十四章

广东乐从飞马家具厂，人气骤然淡了下来，节奏慢了许多，往日机声隆隆的车间已经偃旗息鼓，车间内除了几个清点库存的小组长和仓管外，几乎看不到人影。

厂区内外，生产基本停止，除了油漆车间零星飘逸出来的熟悉气味，那阳光下枝叶高耸的椰子树，那脱下工作服换上便装穿戴整齐进进出出的打工仔、打工妹身上，早已看不出一丝家具厂的气息。

春节临近，再过两三天就放假了，工人们正陆陆续续地离厂而去。虽然没有正式宣布放假，但因为年关临近，厂里员工大部分人家在农村，他们着急赶回去，除了跑跑村庄屋场，收账付账，理顺一下旧欠，或者要置办一些过年使用的物品。比如打造些家具用具，带老婆小孩上街，添置些新衣服、文具、生活日用品等，或者买回一辆新灿灿的凤凰、永久单车，方便年后出行，撑撑面子。

这些天，厂里的事越来越少了，这次年终会上，老板蔡长茂明确宣布，家中有事的可以提前辞工回去。

随后，他卖了个关子，一脸庄重地说："但是，我有一个要求，非常重要，不知你们能否做到？"

大家急问："什么要求哇？"蔡老板乐呵呵地说："希望你们年后早点回来！"

大家乐了，齐声道："回来，肯定回来，飞马家具厂都是我们的家了。"

蔡长茂一听眼圈红了："好好好，你们的认可，那是对我最大的褒奖和肯定，金山银山都换不来。"

工人们纷纷祝贺："那好啊！蔡老板年后一定发大财，挣座金山银山回来。"蔡长茂兴奋得连连作揖，又一个鞠躬致谢，那腰都弯成了九十度，比日本女人还礼貌。

蔡长茂虽然文化不高，但平时喜欢看小说，尤其偏爱古典小说，《三国演义》《水浒传》《隋唐演义》《杨家将》，手不释卷，翻得滚瓜烂熟，几乎可以倒背如流。

多年的闯荡与生活积累，他通晓一个道理："水可载舟，亦可覆舟。"做人做事，要广交朋友，广施仁义，广结善缘，义气为重，钱财如粪土，仁义值千金。

平日里，厂里经常有老乡上门拜访，熟的，不熟的，张三李四王五的亲戚朋友，还有八竿子打不着的远亲，蹭吃蹭喝，住宿落脚，回家借点差旅费的，形形色色，各种情况都有。这给他增加了不少麻烦，他却很看得开，能满足的尽量满足，从来没有捉迷藏，推托，怠慢，或抱怨过。

在老家枫林坳，他口碑很好，如同梁山泊的及时雨宋江，仗义疏财，义薄云天，忠肝义胆。难怪有人说，飞马家具厂，这些年，几乎成了乐从龙游老乡的办事处，半个南溪老乡的招待所。

"开会了，开会了！"六楼会议室传来黎大龙急切的呼喊声，黎宗武一骨碌从床上爬起，利索地穿好衣服，跟随人群顺着楼梯小跑上六楼去。

表哥蔡志辉走在他前面，回头看到了他，笑了一下，喊道："快点，宗武，你今天有奖嘞！"

"哦，你怎么知道？"黎宗武紧跑几步，与他并排走着。

"大龙告诉我的。"

"那你有没有奖？"

"做梦！"

会议室正前方墙头高挂横幅一条，上书一排大字——"广东省顺德飞马家具厂1994新春年会"，题头大得有点吓人，乍一看，还以为是省委、省政府的招商引资大会。

这次很例外，台上空无一人，蔡长茂等高层个个很"低调"，撤到了台下第一排。黎宗武后来才知道，台子小，留点空间，那是为了颁奖的需要。

年会开得很热烈，内容也很丰富多彩，老板讲话，厂长黎大龙讲话，其他高管讲话，做部门工作总结。两个职工代表也上台讲话，一个是车间的老木工郭师傅，一个是策划部的小美女杜小欢。郭师傅的发言很短，几乎是捏着稿子，逐字照念，满口安徽腔，紧张得不断结巴，腿肚子打抖，手上的稿子也在微微颤动，搞得大家忍笑不住。

杜小欢兴奋得像一头奔跑的小鹿，穿着花裙子，一脸灿烂的笑容，声音清脆响亮："我很激动，也很感动，也有几分紧张……飞马家具厂是个温暖的大家庭，感谢老板和厂领导的关心爱护，我们决心明年继续回来奉献热血青春……"

台下开始鸦雀无声，都被她精彩的演讲所吸引了，待听到最后，哟！她都要奉献"热血青春"了，骤然爆发出一阵欢快的笑声。杜小欢自己脸也红了，她微微一笑，给大家一个深深的鞠躬，台下顿时掌声雷动。

稍后，办公室主任张莉莉上台，她扭动火辣性感的身材走到台前，声情并茂地宣读飞马厂明年的战略规划。

张莉莉高高的个子，身材挺拔，胸很挺。今天看起来精心打扮了一番，上穿淡黄色的小马甲，下穿紧绷绷的深蓝色牛仔裤，扎着条黑闪闪的宽边腰带，显得腰更细了。头上扎着小蝴蝶卡子，背后长发披肩带点卷，显得时尚又好看。

"……明年，是至关重要的一年，我们飞马家具厂将迎来崭新辉煌的发展时期。我们将竭尽全力，加快速度，坚持以家具制造为核心，加大家具设计的对外输出业务，继续扩大家具设计部的团队建设，增加设计师数量，吸引精英设计师加入进来，壮大队伍规模，提升创新设计能力，目标面向厂内厂外两条线……广州飞马服装厂加快建设步伐，力争明年五一前隆重开业，投入生产……"

紧接着，老板娘黄秋花慷慨激昂地宣布获奖员工名单，整个年会，好戏连连，一波接着一波。

……

一个下午，蔡长茂、黄秋花、黄晓强、黎大龙这几个元老纷纷登台亮相，此外还有一个新秀黎青山，让黎宗武看得既惊异，又羡慕不已。他由衷地感到高兴，大龙和青山都是我们枫林坳人的骄傲。

黄晓强上台，看得出，他是一个精明干练的人，只讲了几句话，语速很快，吐字清晰有力："创业不易，我们作为飞马家具厂的原始股东，与大家一路风风雨雨走来，见证了飞马的整个发展历程，创业艰难，谋生不易，感谢大家的辛勤付出与奉献，我相信，未来，飞马在大家的共同努力下，将更加灿烂辉煌！谢谢大家！"

台下静坐的黎宗武一头雾水，不是说黄晓强退股去开建筑公司了吗？这是怎么回事？

年会后的当晚，他特意问了黎大龙。黎大龙告诉他，黄晓强是退股了，股金退清了，但保留了股东的名誉，还有百分之五的股权，以及参与重大事务的权力。

大龙补充了句，这是他姐黄秋花的主意，两夫妻真正不是为了争股权，而是为了统一决策权，就是避免黄晓强在一些重大事情上的掣肘。蔡长茂需要黄晓强的配合，但不需要他在一些琐事上的打岔扯皮。争来争去，不是钱的问题，说到底，就是话语权以及谁是老大的问题。

稍后，伴随着轻快的乐曲声，十名优秀员工上台领奖，他们被光荣地授予"十佳飞马人"的荣誉称号，其中有黎宗武、黎青山和张莉莉等人，他们身披金黄绶带，胸前挂着大红花，红艳艳的，像怒放的玫瑰。

奖品却非常简朴，只有两条毛巾，一黄、一蓝，外加一个小红包，里头塞着五百块钱奖金。因为老板心里很清楚，奖品只是个象征，工人们真正感兴趣的是奖金，毕竟他自己也是打工出身的，对于工人们的心理活动，他简直是了如指掌。

蔡长茂手持小话筒，头发梳得油光水滑，一丝不乱，上穿一件乳白色西服，下身是银灰色西裤，脸上洋溢着志得意满的微笑。

此刻，他正站立台上，声嘶力竭地高喊："现在，我宣布今年的飞马之星是——"他拉长音调，又不马上喊出来。大家一下子静了下来，竖起耳朵直直地听，眼睛睁得像铃铛，等待谜底被揭晓。

"今年的飞马之星是——"

他重复了一遍，还故意延缓了一两秒，不知是激动还是表演，大家刚落下的心又嗖地提了起来，目光紧盯着台上这个身材不太高的老板，等待着全场最庄严时刻的到来。——"孙大旺！"

会场哇的一声炸开了锅，因为孙大旺进来还没有半年，又是加薪又是升职，现在居然被评为了"飞马之星"，成为全厂熠熠生辉的明星，太意外了！

刚刚从台上下来的黎宗武心里咯噔一下，他以为自己本是众望所归，当仁不让，你想想，前几个月拉到两个大客户，一年几千万的业务，唉！自己辛辛苦苦，东奔西跑，跑遍了周边四五个城市，广州、中山、江门、佛山、阳江，运动鞋都跑烂五六双，为飞马的发展打下半壁江山，现在他这个魁梧雄壮的大黎，居然搞不过瘦得像个麻秆的小孙，真是龙游浅处遭虾戏，落毛的凤凰不如鸡，太意外了，太失落了。

他看着噔噔噔跑上台去挥舞双手笑容灿烂的孙大旺，心里很不是滋味，无奈地垂下了头。

"怎么是孙大旺？"黎宗武听到边上的蔡志辉问黎青山。

"他是飞马厂的技术骨干，最近研发出了好几款新式家具，一经投放市场就销得跑火，价钱又好，市场价值很大，老板高兴坏了……"

"嚯嚯！这下蔡老板要发财了！也难怪……"

"孙大旺这个人很敬业，工作起来热情很高，是个拼命三郎。"前排的黎大龙也扭头过来小声补充了句。

……

最后是全体起立，伴随着墙脚的小音箱响起，两三百号人站姿挺拔，神情严肃，满怀深情地高唱飞马家具厂厂歌《努力吧，工友们》：

> ……我们的工厂绿树成荫，我们的厂区鲜花怒放，我们的车间机器轰鸣，我们的食堂饭菜飘香，努力吧，工友们！我们齐心协力，努力才有希望！……

年会结束，走出会场的那一刻，黎宗武看到一个身穿紫色衣服的女人，那人是生产区的一个仓管，好像是杨玲的表姐，叫肖秀芝还是什么吧，不太记得清了。

以前，她和杨玲两个人并排在厂区走着，很亲密的样子，头碰头低声聊着，叽叽咕咕，不时发出一阵轻快的笑声。

这一幕，恰巧被黎宗武看到了，他便问身边走过的蔡志辉。蔡志辉眼镜一照，马上认了出来，说那是杨玲的表姐，老家肖庄人，仓管，在这里干了一两年了，杨玲每次来都会到仓库去找她，看起来，她们两个关系极好。

当时，黎宗武心里就闪了一下，猛然跳出一个思路，自己那么喜欢杨玲，又苦于没办法接触她，能不能从肖秀芝身上想想办法，做点文章，打开突破口呢？

基于这个目的，他开始有意无意地接近她，空闲时候就刻意到仓库附近去转悠，希望碰到肖秀芝。

第一次，他一看到肖秀芝，就上前几步，点个头，微微一笑，用家乡南溪话问候一声："老乡，这么早下班嘞？"

开始，对方一愣，他又笑容可掬地自我介绍："我是营销部的负责人黎宗武，我们都是南溪老乡哇。"

肖秀芝一听，哇，那都是中层领导，比自己级别高多了，于是就眼睛一亮，笑盈盈地回应："哦，黎经理，您好！"

而后，黎宗武又没话找话地闲扯了几句，装作漫不经心地说："我还认识你的表妹，叫杨——"

"杨玲，是吧？"

肖秀芝毕竟是一个结了婚的女人，她眼睛一闪，顿时有点明白了黎宗武献殷勤的意图了。这世上没有无缘无故的爱，也没有无缘无故的恨。眼前这个高大帅气的小伙子一定是迷上自己小表妹了。

她想，反正表妹也没嫁人，有人喜欢她也是正常的。

"我表妹她回去了，前几天，杨玲她回南溪老家了。"

肖秀芝见黎宗武欲言又止的样子，呵呵一笑，心想这小伙子有意思，她干脆直截了当地告诉他，省得他牵挂。

马上，她发现黎宗武脸上表情复杂，喜忧交集，呆愣了几秒钟，喃喃地问："明年她还回来教书吗？"

"不回来了，她爸妈要她回去的，催了几次，一个女孩子家跑那么远，家里很不放心。她学校放假了，她辞职了。"

"她家住哪里？是在南溪县城吗？"

"没错，水东街，最东边，那栋白色四层的房子就是她家的，门前有两棵桂花树。"

两人边走边聊，来到走廊一个人少的拐角处。

好啊！感谢上帝，终于摸到杨玲的去向了，黎宗武心里怦怦一跳，又鼓起勇气问了一句："水东街几号？"

肖秀芝似乎犹豫了下，看了宗武一眼，警惕地说："不记得了，好几年没去了。"

黎宗武感觉她是有所保留，毕竟自己与她不太熟，毕竟杨玲是一个艳丽如花的女子，安全第一。

"快走吧，秀芝姐，快点去吃饭……"

一个女孩子过来催她快走，大约是吃了饭要一起上街买衣服。肖秀芝歉意地朝黎宗武点了下头，转身和那女孩快步离去了，留下心事重重的黎宗武倚立在栏杆上，如同一截木桩子。

"怎么啦？看上那个少妇了，那么老你也要？嘻嘻！"

黎青山不知什么时候冒了出来，拍一下他肩头，嘻嘻哈哈打趣道。

"乱说什么！"

没等黎宗武澄清事实，蔡志辉又挤过来解释道："青山，你搞错了，怎么是这个老少妇？是上次中秋晚会那个女主持人呢，嫩得像水葱的小妞！"

"嚯嚯！杨小姐，我的天哪，宗武，你胆子真不小，你胆大包天哪，居然敢去打她的主意，会死掉！"

黎青山眼一睁，惊叫起来，边上下楼梯的员工看过来，窘得黎宗武脸都红了。

"她怎么啦，她不是人吗?!"

黎宗武显然被激怒了，也许是伤了自尊，牛脾气一下子上来了。他心里想，你们认为我不行，我偏要证明给你们看。

"哈哈！她是仙女呀！"黎青山不敢说话，蔡志辉在边上帮他解围。

"什么乱七八糟的?! 废话那么多!"

黎宗武脸一沉，骂了句。他的意思，你拼命抬高别人，那不等于践踏了我的尊严吗? 这不等于认定我黎宗武没有出息，没有前途和未来吗? 切，什么人!

他一甩手，冲出包围圈，转身想走，忽见黎大龙迎面走来，惊问："三个人躲角落里做什么哟? 鬼鬼祟祟的，想搞什么阴谋诡计?"

"怎么，大龙，晚上你有请吗?"

黎宗武马上换了笑脸，打趣道，同时看了蔡志辉和黎青山一眼，目的是缓和一下刚才的尴尬气氛。

"怎么要我请，食堂不是准备了宴席吗? 走，一起下去吃，好酒好菜，全体员工都有饭吃。"

大龙大手一挥，走在了前头，领导派头自然流露出来。

四个人顺着楼梯曲折下去，他们走得比较慢，边上员工一拨拨从身边走过，因为放假了，一个个欢天喜地，边走边笑闹着。宗武走在了大龙后头。

一会儿，下到了大院里，在去往食堂的路上。

"你们什么时候回去?"黎大龙站立回头，问身后的三个老乡。

"明天""后天""大后天"，宗武、志辉、青山分别回答，日期都不一样。

"要回就一起回，都后天回吧? 什么明天后天的。青山，你还有什么要紧事吗?"黎大龙倡议道。

"没有，可以，放了假，我就想玩玩，逛逛街，有群就一起回去吧，回去照样好玩。"黎青山抓抓头皮，不好意思地笑笑。

"真是的，没玩过，家里还更好玩! 回去打牌，枫林坳村一大伙的赌鬼，可以开个赌场了!"黎宗武嘟哝了句，说到后面，自己都笑了。

"你去开哇，看看有没有比打工赚钱更快。"青山开玩笑永远不好笑，略显生硬，但还是有人笑了。黎宗武不舒服，不理他。

"不打牌了，我回去要练书法。"蔡志辉推推眼镜，一本正经的味道。细心的人可以发现，他肚子不知什么时候凸起来了，把天蓝色的衬衣撑得鼓鼓的。大龙回首等了一下，看到蔡志辉那副派头，一半像老板，一半像领导，忍不住笑了一下。

"笑什么？"蔡志辉疑惑地问，不由自主地整了整衣领，又扯了扯衣服下摆，他以为自己衣服没穿整齐，看着食堂外穿梭的人流，显出尴尬。

大龙眼眨了一下，又用欣赏的眼神看了他一眼，没吱声，转身跟前方熟悉的工友打招呼。

"阿贵，你还没回去？昨晚是不是进按摩店了？我看到你很晚才回来，鬼鬼祟祟的。"

"哪个去按摩店？我一个人去看电影，《泰坦尼克号》，哟哟，大龙，我看你肯定进过按摩店，你那么清楚？"

"切，鬼去过！"

"依我看，你们两个都不是什么好东西，长得就色迷迷的样子。"

黎宗武赶上去，打量他们两人一眼，那语气夸张又古怪。

广西人阿贵没在意，扭头在看一个女的，好像叫了他一声。大龙装作没听见，可能考虑食堂门口人太多，采取了"冷处理"的办法。稍后，淡淡一句："胡说八道！"

只有蔡志辉两个人快活极了，笑得走廊边几个过路的美眉频频回首。

……

当他们走进公司食堂时，发现里面黑压压地坐满了人，饭菜的香气飘逸出来，黎宗武感到肚子在咕咕地叫。

从搞笑中回过神来，他心头默念着一串串名字——"南溪县城""水东街""白房子""桂花树",反反复复,念了五六遍,怕一不留神就会忘记。

回家,过年,我要放开手脚大干一场。明年,老子也要当老板了!

食堂里,人头攒动,笑声洋溢,充满了温馨热闹的气息。

很快,开席了,干部员工很随意,几乎是如虎似狼的架势,一个个大碗喝酒,大口吃肉。说笑,夹菜,倒酒,碰杯,互相说些吉祥祝福的话……

面对沸腾的红男绿女,热火朝天的场面,他咬紧牙关,跺了跺脚,心底暗暗发誓:

"芸芸众生,人海茫茫,这辈子,我黎宗武迟早要出人头地,否则,死不瞑目!"

第十五章

那天比较晚，天黑沉沉的，爸妈都睡了，黎宗文看了一会儿电视正准备上床睡觉，做了一天的木工非常疲惫，他伸了一下懒腰。

天越发冷，起风了，北风吹得屋外的桃树梢呼呼地响，像舞动着无数条马鞭子，院顶上玻璃膜也哗啦啦地响个不停。

他正在掩盖堂屋门，那木门的轴心吱呀一声很刺耳。

突然，听到院门被敲得笃笃笃地响，那声音在风中时隐时现，黎宗文疑惑地听了一会儿，以为自己生产了错觉，刚想回房去，马上一个熟悉的声音传来："哥，我回来啦，开下门！"

声音比较高亢，黎宗文一下听出是弟弟黎宗武的声音，听起来，洪亮中还带点粗犷，有几分成熟男性的味道。

黎宗文心里一激灵，快步跑出了院子，开门的那一刻，宗武那张熟悉的大脸盘出现在眼前。

黎宗文看到弟弟拎着两包东西，背上还背着一个包，鼓鼓囊囊的。身上仅穿着一件薄薄的军绿色夹克衫，在风中瑟瑟地微颤着，头发有点长，在额前散乱着。

脸上的线条粗犷了许多，显得沉稳又帅气，一双眼睛明亮而深邃，隐含着果敢、坚毅和智慧的光芒。宗文伸手接过了他手上的东西。

"哥！"黎宗武亲亲热热地喊了一声，一闪身跨进院门来，黎宗文感到他身体也更壮实了，走路带着一股风。

宗文掂了掂，一个包很大，但不太沉，另一个小，反而更重点。

"什么东西，搞得这么多？"

"衣服，还有吃的，这有多少？他们还更多，三四包。"

宗武笑笑，率先进了堂屋。

里头还亮着灯，爸爸披衣出来了，精神头不错，眼睛一眨一眨的，应该还没睡。随后是妈妈，睡眼惺忪的样子，头发蓬松散乱，用手在梳理。

"爸，妈，我回啦！"

宗武一进门，亲热地喊了一句。

宗文感觉他嘴甜了许多，以前嘴巴笨得像木勺，有时家里人喊他，他也会装作没听见，或"嗯"一声。你看看，笑容也甜美了许多，以前喜欢木着个脸，像人家欠他钱似的。

这是一个任性的人，有时还不太懂事。

除了礼貌不够，宗武还有一个最让父亲不喜欢的特点，就是会顶嘴。比如小时候，包括读中学时期，父亲有时训他哪里没做好，他听得恼了，涨着脸，来个反唇相讥："你就做得很好吗？你就很会吗？！"硬生生一句，顶得父亲直翻白眼。

"宗武回来啦？吃饭了没有？"

"吃了嘞，在圩上吃的。"

可怜天下父母心，妈妈永远是关心子女吃饭穿衣，生怕他们饿着冻着。爸爸则比较含蓄，默默打来一盆温水，让宗武洗把脸。

"圩上，在哪里吃的，是人家家里吗？"

他猜想，是枫林坳哪个熟人家里吧？

"不是，就在老三餐馆，好几个人。大龙他们都回来啦，太晚了，他们就说在圩上吃。街上打听，问哪里好吃，他们说老三新开了家餐馆，搞得很不错。去了一看，果然是，很干净，饭菜也很好吃。"

宗武看起来心情不错，话多了起来。

"大龙也回来啦？志辉、青山两个呢？"

黎宗武在低头洗脸，稀里哗啦的，没空闲回话。

"都回来了。"隔了一会儿，他边擦头发边回了声。

黎宗文有好一段日子没见到他们了，这几个家伙，挺想念的。有空要聚拢起来，好好玩一玩，或吃个饭。

他一下子想起了广东飞马家具厂朝夕相处的那段时光，那个辛苦、快乐又充实的打工岁月。在那里，他认识了很多朋友，也学到了不少东西，回首往事，懵懂青涩、喜怒哀乐、苦辣酸甜都有。

"都回来啦，厂里蔡总的司机送我们回来的。"洗好脸，宗武一边晾毛巾，一边回话。

"太晚了，汽车票都买不到了，汽车站、火车站到处人山人海。蔡长茂一听，痛快地说：'早说哇，买什么票?! 小丁，你开车送他们回去！'呵呵！一车刚好五个人，包括小丁。"

"小丁是哪个？"

黎宗文走的时候小丁还没进来，所以他听不懂。

"蔡长茂新招的司机，就是原来那个厂长老丁的堂侄子。"

"你是说，老板的小车子送你们回来的？"

父亲睁大眼睛，很吃惊，不可思议的表情。

要知道乐从到这边一千多里路，年关将近，老板自己肯定也事一大堆，收款付债，走亲访友，杂七杂八的。

比如农村，一到过年农村老表家家户户都这样，不要说是一个工厂老板，出门办事，没有四个轮子是不行的。

"是，他那辆崭新的别克车，很舒服，跟官老爷坐轿子一样，呵呵！"

一家人都笑了，尤其是妈妈，脸上笑成了一朵花，她觉得特有面子。这说明，我儿子有出息了，坐小车子回家呢。明天出门去，她要好好地跟阿庆嫂她们说一说。这些年呀，两夫妻都穷了大半辈子，一家人寒碜透顶，窝囊透顶，这下好了。

"哎哟哟，这蔡老板这么好啊？"回过神来，黎广发两夫妻几乎异口同声，做梦一般，傻傻地问，似乎还有点不相信。

"这有什么？以后我做了老板，也会这样的，我还可能做得更好呢，我都经常载工人去旅游，庐山、黄山、张家界、九寨沟……"

"你哪有那么多钱？"

他妈妈觉得不可思议，低声问了一句。宗文静静地笑。广发则当作没听见，一会儿，又反驳了句："别想入非非，等你发了财再说。"

宗武感觉有点累，不想跟他们解释太多，坐到了饭桌前，把两包东西翻了出来。

三人睁眼一看，一包是衣服，买给爸爸的一件青色棉袄。买给妈妈的是一件淡紫色毛衣，款色新颖，质地好，一摸，柔软又暖和。另一包是吃的，荔枝干、桂圆干和一些海产干贝大虾小鱼干之类。

"嚯嚯，海产品，都是大补的东西！"宗文夸张的一句，几个人乐开了花。

说话间，蔡桂花烧开了水，泡上一壶热气腾腾的茶。宗文忙找出四个新买的玻璃杯，四个方向，倒满了茶水。

妈妈摇手："我不喝，喝了睡不着觉。"

说完四下看了看，进房间睡觉去，走廊里又传来交代声，她折了回来："那吃的东西要放好，放桌上会招老鼠，不要又咬掉了。那些遭瘟的，越来越多了。明天赶集要买到一点'那个'来，死东西，半夜会'造反'。"

农村老鼠多，尤其是冬天，田野里没有吃的了，半夜往屋里钻，都是肥嘟嘟的"硕鼠"。"那个"，就是指老鼠药，农村人迷信，不敢讲，怕老鼠会"听到"。

"晓得，晓得，你去睡吧，我和爸他们商量点事。"

宗武急性子，他觉得妈妈话太多了，零七碎八，鸡毛蒜皮。男子汉大丈夫，要聊就聊大事，扯那些小事情干吗？

"爸，什么时候办厂子啊？"

"这段时间你们准备得怎么样了，宗文？"

他来个单刀直入，一石二鸟，既问爸爸又问哥哥。

宗文有些意外，平日他都是叫"哥"的，很少直呼其名。看来，弟弟是提前把自己当"同志"看待了，而不是单纯的兄弟。可见，宗武干事创业的紧迫性，火烧火燎，箭在弦上，不得不发。

"过了年哇，都准备好了，就等你回来。"

黎广发喝了口茶，不紧不慢回了一句，一副胸有成竹的样子。

"那就好，场地找好了吗？"

黎宗武不太放心，又追问了句，脸转了一下，眼睛紧盯着黎宗文，似乎哥哥的话更有权威。

"都找好了，万事俱备，只欠东风，明天带你去看一下。"

"在哪里？"

"圩上，离乡政府不远，曹桂生家具厂隔壁。"

回话的是爸爸，因为宗文停顿了一下，正在吱吱地喝茶。茶水有点烫，他用嘴吹着散热，慢悠悠的，胸有成竹的样子。

"曹桂生隔壁，就是曹文瀚家的那工厂隔壁？"

黎宗武忽然想起了什么，诡异地看着黎宗文，眨眨眼睛，笑了一下。黎宗文极不自然地"嗯"了一声，眼睛迅速地瞟了他爹一眼，又马上移开了。

"曹文瀚，曹文瀚怎么啦，招你惹你了？"

"没什么，我和曹文瀚很好哇，我们是同学。"

说到曹文瀚，黎宗文有些心不在焉，低着头在想什么。

爸爸直接问起，他才应付了句。

对面坐的黎宗武微笑不语，眼皮跳了跳，哥哥和蔡慧娟、曹文瀚之间的那点"趣事"，他是一清二楚，大部分是来自妹妹黎宗英，一部分是来自黎宗文自己。以前在广东，黎宗文没少给他说些悄悄话，尤其是几次两个人一起在曹天生的南溪菜馆喝酒吃夜宵的时候，黎宗文喝着喝着，心情不好，什么事都会对弟弟讲。

其实，男女之间也就那么点破事，偏要弄得神神秘秘，好像很复杂似的，黎宗武突然有点走神了。

"这场地本来就是他爸爸曹桂生介绍的，原来老粮管所的仓库，现在废弃不用锁着门，院内都长草了，要不是他介绍，我们根本找不到。

"曹桂生都是我师弟，钱没有帮上忙，这件事算帮了大忙。他还骑摩托车带我专程跑了一趟县里，到粮食局找人。没找到，又在县城跑了几圈。一个破仓库还要粮食局局长批，嘻！麻烦死了！大冷的天，坐个摩托车，东奔西跑，冷风呼呼响，冻得死狗一样！"

黎广发说到场地，兴趣来了，滔滔不绝，眼睛闪烁着熠熠的光彩。

看得出，相比以前，他对曹桂生印象好多了。以前说到曹桂生根本不吱声，很大一个原因就是彼人经济上比较抠门，借过两次钱，都是推诿搪塞，一毛不拔。

这次帮忙搞定了场地，这叫作"失之东隅，收之桑榆"，形象得以稍稍改善。

也难怪，事情终于敲定了，现在黎宗武也回来了。年后，就可以选择时机隆重开业了。机器一响，黄金万两，鲁班先祖，托您的福，我们黎家，这么多年过去了，风风雨雨，千辛万苦，终于迎来了崭新时代，马上要走好运过好日子了！

——想到这里，他笑了笑。

看着墙头的鲁班画像，很开心，很惬意，心里像灌满了蜜，浑身舒坦轻快得简直想飞起来。

"小事情，赚到钱，到时买个小车子，爸，以后你要去哪里，我开车送你去。"

要是往日，黎广发会训两句，至少也是冷着脸不吭声。不料，这次一反常态，居然用赞赏的目光打量着小儿子，笑着点了点头，鼓励道："好，好！有志气，以后你们把生意做好了，赚了钱，要什么都有。唉！穷了一辈子了，这下终于要大翻身了！"

"爸，你还不到五十岁，哪里有一辈子？太夸张了吧？！"

黎宗文不打"瞌睡"了，一咕噜抬起头，脱口而出，逗得广发和宗武都笑了。

"是呀，爸，才开始创业呢，你不要未老先衰啊！心态要年轻才行。"

黎宗武冷不丁又凑上一句，气得黎广发眉头一皱，骂道："我还未老先衰？我天天一大早出去干木工活，晚上回来还加班做菩萨，你们两个都比不上我呀！"

黎宗武讪讪地笑了下。黎宗文赶紧岔开话题，问他爸："爸，最近好像菩萨牌匾更少了？"

他爸顺口答道："和尚就不要过年啊？有一些厅堂牌匾，我推掉了，时间太紧，不敢接，怕误人家的事。"

"那是，我也推掉两家，蔡家庄的，说先付一半定金，另一半做好就结清，过年前要赶出来，我说不行，不是钱的问题。"

"怎么不行呢？不要推掉了，做不赢我可以一起去啊。"

黎宗武一听到钱，心疼极了。

"新式家具，床头还要雕花，你哪里做得了？"

黎宗文摇摇头，将眼睛移向别处，对于弟弟的那点三脚猫功夫，他心里一清二楚。"那两家人要求很高，那个钱不是很好赚的……"

宗武"哦"了一声，昂头看墙头那把开山大斧，若有所思的神情。

随后，父子三人又沟通了一些细节，买机器、招工、安排生产、找业务、打市场，等等。父子三人做了初步分工，父亲黎广发负责生产，当然还要请一个更专业的师傅，因为木工和家具生产还是有区别的。黎宗文负责经营管理，财务收支，黎宗武负责市场和销售……

年后，过了元宵，去一下县里、市里，转转，先把机器买回来。

……

零零碎碎，计议停当，墙头的石英钟指向了十二点，父子三人散了伙。黎广发去院子里看了看，才拖着疲惫的身躯进屋休息去了。黎宗武进里屋找衣服，洗澡。宗文将桌上的食物裹起来，塞进了米缸里，盖上木板，又压上了沉甸甸的木工箱子，骂道："死东西，你吃啊！趁早买点药灭了你们，让你断子绝孙！"

院子里传来宗武舀水的哗哗声，格外响。

新的一年，对于黎家兄弟来说，是开天辟地的一年，他们的青春和生命将轰轰烈烈地走向一片波澜壮阔的商海，迎来一个全新灿烂的新征程。

未来，更加严峻的考验在等待着他们，他们凭借自己的才华和努力，将一步步迈上人生之巅，掀开一页瑰丽多彩的生命画卷。

夜深沉，屋外寂静无声。堂屋内，灯光通明，墙头的鲁班画像显得分外明晰，这位木工的祖师爷正神采奕奕地注视着他们。不久的将来，眼前这个木匠世家，将迎来一场翻天覆地的大变革。

第十六章

春节前夕，就在黎宗文暂时抚平了失恋的伤痛，一心一意准备筹建家具厂时，在那憧憬着美好与希冀的时刻，事情却发生了悄然变化，蔡慧娟与曹文瀚的感情发生了危机，两个人多次争吵后，几乎到了分手的边缘。

这样一来，整个情场发生了微妙的变化，他们二人之间牢不可破的感情同盟出现了离心和松动，命运给了黎宗文一个起死回生的契机。

从古到今，堡垒往往是从内部攻破的，无论情场、战场都是如此。

春节前的第三天，黎宗英回来了。这些天一家人正提心吊胆，日日夜夜，翘首企盼着，焦急地等待她的归来。

按理说，学校早就应该放假了，这女娃子这么还不回来，不会发生了什么事吧？这些天，广发夫妇一天八遍地念叨，时时站在院门外朝村头小路那边眺望，期盼宗英能提着包穿着花衣服从天而降，欢天喜地地扑进妈妈的怀里。

这天下午四点半左右，宗文和宗武从县里看机器回来，班车坐到圩上，又不知怎么回村里去，焦虑之际，宗文抓了抓头皮，说："有了，去一下肖秀芹的麻将馆吧，二旺舅舅应该会在那里，叫他用摩托车送我们一下。"

宗武一脸懵逼，他也不认识什么"肖秀芹"，疑惑地问："哪个肖秀芹，二旺舅舅在那里做什么？莫非他们合伙开了麻将馆吗？"

宗文笑笑，欲言又止，只轻轻地说了句："你别问那么多，去了就知道。"这下宗武更是满腹狐疑了。

顺着那条车来车往的大公路走去，穿过圩镇中央，拐了两个弯，肖秀芹的麻将馆到了。

店内照常围了一圈赌客，其中有宗文上次见过的蔡半仙和林小娟，两个人正吵吵嚷嚷，原来今天他们不玩麻将，改打牌了。林小娟输了牌，气咻咻地说："蔡半仙，你有炸弹怎么不包，杀我猪啊？跟你打牌都打不得，每次净杀猪，打鬼哟！"

蔡半仙一脸无辜，他把牌摊在桌面，强辩道："林小娟，你老说我杀猪，鬼才杀猪，你看看我这牌，怎么打，主没一个，一手净烂货！"

说到"烂货"两个字，肖秀芹敏感了，她脸唰地沉下来，瞪了蔡半仙一眼。

蔡半仙尴尬极了，起了身，推了推眼镜，连连告辞："不打了，不打了，吵吵嚷嚷的，没意思，回家看电视。"

跨出门槛又嘟囔着："天天来打牌，饭也没人管，净输钱，不打了。"

"滚吧，老杀头鬼！每次赚到钱就溜，冇点赌德，看不得！"

看着蔡半仙走远，肖秀芹恰到好处地骂了一句，既消了气杀了威，还不得罪人。

除了牌桌上几个人，还有三四个看客，其中有个年轻人，色迷迷的眼神。他挤在桌子边缘，表面上看桌上的牌局，实质眼睛死盯着林小娟的领口。她这天衣服比较宽松，露出脖子底下鼓鼓囊囊的东西，白乎乎的，锁定了不少赌客的目光。那人居高临下，雾里看花，虽然不太真切，也算过了一回眼瘾，望梅止渴的味道，边看边吞咽口水。

林小娟一抬头，也觉察了什么，胸口一拉，训道："看什么?!"

年轻人脸色绯红，嗫嚅道："没看什么，你衣服上好像有一只虱子呢。"

"虱子在哪儿，我怎么没看到？"林小娟白了他一眼，明知他在推托。

年轻人语塞，正绞尽脑汁，想脱身。

"虱子不会跑吗？人都会跑。"二旺做好了桌上散乱的牌，顺口插了句，为那人解了围。众人笑笑，那人哼着不知名的小调，顺势溜走了。

黎宗文踏了进来，在门外时，肖秀芹骂人的话都听到了，蔡半仙出去他也看到了，刚刚他们兄弟在路边说了会儿话。

黎宗武站在门外等，因为二旺的摩托车就停在那儿，亮闪闪的，宗文告诉他，这是二舅的新车子。

宗武兴奋地看了几圈，上上下下看了个遍，一边摸着，露出一脸羡慕的表情，突然脱口而出："不错，不错哟！过了年我也去买一辆。"

宗文瞟了他一眼，不置可否。其实，他心里也挺矛盾，买吧，马上要开厂了，处处要用钱，资金本来吃紧，爸也不会同意。不买吧，出门三步都成问题，还老板，工人看到都会笑死嘞。

家里就一辆破单车，至今躺在院子角落里，风吹日晒，一天天锈着，没人去骑。你想想，出村一个大长坡，推都推死人。

"二舅，这么巧，你刚好有在这里呀？"

一进门，宗文热情地向二旺打了声招呼。

"嗯，宗文，你怎么跑这儿来啦？"

二旺有些心惊，因为他和肖秀芹毕竟是"露水夫妻"，自己外甥走过来，他感到几分不安。透过门洞，他还看到门外宗武高大的身影，正站在自己那辆摩托车旁侧，上看下看的。他心里有些忐忑，上帝，这兄弟俩不会是受人之托，特意前来调查自己

"生活作风"问题的吧？

看着黎宗文越来越甜的笑容，转瞬间，二旺又打消了疑虑，看样子不像是来找事的。再说，我是舅舅他是外甥，这也不合逻辑，要找事的应该是大哥蔡大旺、姐夫黎广发，外加老婆钟莲娣一起组团上门来才对呀？

二旺心里平静下来，恢复了做长辈的风度，大模大样给黎宗文挪了一把椅子，并招呼相好肖秀芹："快点泡壶茶来，外甥来了。"

宗文听了哭笑不得，心想，你应该说"我外甥来了"，怎么是"外甥来了"？简直不伦不类，你们是夫妻还是恋人？真是做贼多了不怕丢人。

他又不好说什么，忙连连摆手说："不用，不用，二舅，你能不能送我们一下？回下村里去，今天没有骑单车……"

说完，他不好意思笑了下，看着肖秀芹和林小娟诧异的眼神，唉！真是丢人丢到家了，一个大男人，还办厂，连个交通工具都没有，寒酸成什么鬼样子？这年头，也许，在有些人看来，真正丢人的是你，而不是他二旺"两夫妻"。

蓦然，他想起一个词语，叫作"笑贫不笑娼"。最早据说是台湾、香港传过来的，他心里乱糟糟的，泛起一阵阵的悲凉。

难怪，蔡慧娟那么喜欢曹文瀚，如果是你自己，作为一个女人，你是蔡慧娟的话，你又会怎么样？他不敢再想下去。

好在二旺比较粗放，虽然生活上不拘小节，但人并不势利，也不计较。

这不，他大大咧咧一笑，说："宗文，马上要做老板了，买一辆摩托车吧，不要这么省，出门办事才方便，走路骑单车几耽误事呢。"马上掏出钥匙，爽朗道："走，我送你们去吧，比较冷哟！"

在宗文、宗武说"不怕不怕"时，呼一下，他人已经走出去了。

与此同时，屋里两个女人目光落在了门外的黎宗武身上。与哥哥宗文相比，宗武更加魁梧粗壮，个头也高了一些，外加浑身上下洋溢出来的男子汉气息。广东待了几个月，那种时尚、大方、潇洒的气息也隐隐地散发了出来……所有这些，都成了他吸引年轻女性的重要资本。

黎宗武自然不傻，那些火辣目光，他自己也感受到了，刚刚眼角余光一瞟，立马接收到了屋内两个女人发射过来的电波。他转过脸，干脆大方地朝对方对视了一眼，露出一副灿烂的笑容，并优雅点了下头，屋内两个女人触电一般，震了一下，笑得更甜了。

"笑什么，那么高兴？"

黎宗武在喊舅舅的时候，蔡二旺几乎同时提问，彼此仅仅相隔了两秒钟。宗武先笑，不答，稍后说："舅舅，看到你高兴哇。"

二旺笑着点头："好，那就好！"跨脚上了摩托车。一打火，嘀了一声，示意他们上车。宗武在前，宗文在后，有点挤，二旺往前挪了挪。待两兄弟坐稳后，一阵风往枫林坳方向飞去。

风驰电掣，摩托车载着三个大汉在村道上颠簸前行，呼呼的冷风吹得后面没戴头盔的两人很不适应，脸和手脚几乎都麻木了，加上位置又挤，搞得动弹不得，黎宗武被挤在中间，有点像农村老作坊那种榨油的感觉，这更加坚定了他要尽快搞钱解决交通工具的想法。

一路上，黎宗武胡思乱想。这次打工，虽然带回四千多块钱，但买东西外，还给了爸爸两千，给了妈妈六百，赶了两趟圩，每次中午都约朋友吃了饭，就老三那里。

前两天，闲得无聊，又到大龙家打了两次牌，手气又烂，输了一些，也不多，百把块钱。但七搞八搞，现在身上只剩下一千来块钱，连半个摩托车都买不到了。"唉！"他轻轻地吁了口气，好在风呼呼的，没人听得到。

没多久，车子刷刷刷下了长坡，一眨眼来到了大樟树下。黎宗文坐在最后，看不到，只感到车子吱嘎一下就停下了。当他随着前面两人一起下来时，居然惊异地发现了两个最牵挂的女人站在了不远处，一个是妹妹黎宗英，一个是自己魂牵梦绕的女神蔡慧娟，两个面对面地看着，蔡慧娟正流着眼泪，并小声抽泣着。

妹妹在小声地安慰她，嘀嘀咕咕的，听不太清楚，感觉神色也是黯然得很。应该是蔡慧娟发生了什么事，这究竟是怎么回事呢？黎宗文心里咯噔一下，他不由自主地向前走了几步。

不远处，曹明海戴着白光眼镜，穿着米黄色的风衣正静静地伫立着，笔直笔直的。

看见他们几个，他露出友善的笑容，点点头，表示招呼。石桌上，放着一个米色大包，应该是黎宗英的。曹明海手上提着一个小包，后面还背着一个，但感觉都不太重。他没有介入两个女人的对话之中，距离有六七米，不远不近，正好给了她们说悄悄话的空间。

宗英跟二舅他们打了下招呼，又继续与蔡慧娟说着悄悄话，声音更细了，神色更凝重了，别人无法听见。宗文离得最近，仅四五米，也听不真切，他怀疑她俩是否用暗语在接头，电影里的地下工作者一般。

天比较冷，风更小了些，紧一阵慢一阵，没有规律，仿佛在玩人。几个人远远地溜达着，不时瞭一眼，二旺若无其事地抽起了烟卷，不太优雅地吐着烟圈，在两位时髦的青年女子面前，他企图玩酷。

黎宗武瞭了两眼，认出是妹妹跟蔡慧娟，他跟蔡慧娟不熟，但看妹妹和哥哥的神色，勉强也猜出来了。

这也难怪，整个枫林坳美女不会超过十个，看眼前那架势，看黎宗文那副故作镇静烦躁不安的样子，傻子也可以做出准确的判断。

此刻，黎宗武溜着小圈子，踢着小石子，眼光画着一条条弧线，一会儿看两个女人，一会儿看哥哥宗文，一会儿望着远方的田野。黎宗文则显得紧张不安，站不是，坐也不是，走又不是，窘迫得手脚都没处放。

两个女人的伤感话终于完结了，黎宗英还拉起了蔡慧娟的手，一边叮嘱几句，另一只手拿着纸巾给她擦泪，那样子，有点像一个满怀慈爱的母亲。

蔡慧娟"嗯嗯"点着头，脸上舒展了许多，随后回了声："好，我知道了，我会跟他好好谈谈……"

这句话音量提高了许多，除了宗文，在场的另外三个男人都听到了，都有或大或小的一点反应。

蔡二旺的纸烟抽得差不多了，他将手中的烟蒂朝小路上一扔，掏出口袋里的车钥匙，晃了一下，准备打道回府了。麻将馆里，肖秀芹已炒了几个好菜，打了一壶水酒，正等他回去吃中饭呢。

"要不要我送你们回去了？"

二旺其实是明知故问，黎家老屋离这儿才数百米远，黎氏三兄妹都在，他一辆摩托车根本没法载。果然，三兄妹异口同声"婉拒"："不用，不用！几步脚的工夫。"

二旺转身想走，刚跨上摩托车，咔嚓打了火，背后传来黎宗英急促的喊声："二舅，等一下，你带慧娟回乡政府一下吧。"

蔡慧娟急急地小跑过来，她脸上的泪水被风干了，似乎还看得出水涸过的痕迹，显得更加楚楚动人。

二旺求之不得，忙不迭地应道："好好好，我送你回去，我正要回圩上哩。"

蔡慧娟倚坐在二旺的摩托车上远去了，她也许很少坐摩托车，脸上露出开心的笑容。二旺边骑车，似乎一边在编着什么小笑话，逗得她咯咯地笑。

黎宗文目不转睛地望着蔡慧娟远去的身影，怅然若失的神态，心里在想，我要是二旺舅舅就好了。我骑着摩托车，说些开心有趣的小段子，保证逗得慧娟心花怒放。

慧娟呢，亲亲热热，搂着我的腰，将温热的身体凑过来，贴在我的背上，吱呀！一股"电流"传遍了全身，那感觉，太爽了。

路不平，坑坑洼洼，车子一弹一弹的，我不时故意踩踩刹车，慧娟控制不住，那高耸的胸部挤压过来，呵呵！那感觉也太美妙了。嘻！自己活了二十三岁，还从来没有体验过那份甜蜜的滋味呀！可怜哪！……

黎宗文骑过几次摩托车，在广东打工的时候，是厂里食堂买菜师傅的，载过黎宗武和蔡志辉去兜风，所以他对骑车子深有体会。

想着想着，他不好意思起来，脸上也泛起了红晕，他觉得自己特肮脏、特丢人。他不由自主咳嗽了一声，以示对自己的"警示"。

他偷看了弟弟妹妹一眼，发现他们正定定地看着自己，也许刚才自己傻愣愣地看蔡慧娟那样子早被他们察觉了。想到这里，他脸更红了，他忽然怪自己为何这么粗心，为何当众之下如此"出丑卖乖"？"唉！"他叹息了一声。

在看到宗英的两个哥哥出现后，曹明海顺理成章地告辞了。走上前，他恰到好处地走上前，礼貌地邀请宗文兄弟："宗文、宗武，有空过我家来玩玩。我们家别的没有，好茶叶是常年都有，我一个姑姑在福建安溪开茶场，每年会寄几大包过来。我们一起来品茶，好好聊聊。宗英，你带你哥来哇，不行就我来接你们吧。"

黎宗英看着宗文兄弟乐呵呵的表情，心里甜丝丝的，如同大热天喝了山泉水，简直爽透了。在两个哥哥"好好好"之后，她故意白了曹明海一眼，"呵斥"道："谁要你接？枫林坳我都认不得吗？！"

"训"完，又哧哧地笑了起来，曹明海知道她很喜欢，就挥挥手快活地离去了。

黎氏三兄妹顺着村庄小道往前慢走，宗文手上拎着个小包，宗武背着一个大包，宗英空着手走在最前面，两只手晃着，哼着小调："谢谢你给我的爱，今生今世我不忘怀。谢谢你给我的温柔，伴我度过那个年代……"

"宗英，你们刚才在聊什么？慧娟她怎么哭了？"

黎宗武在后面慢悠悠的，眼睛东看西看。黎宗文赶前两步，与宗英并肩走着，忍不住问起了刚才的事。

宗英的回答让他大吃一惊。

她板起脸，气愤地骂："曹文瀚，不是个东西！他脚踏两只船，偷偷与另外一个女同学来往，听说已经约会好几次了，在县城看电影、吃饭、吃夜宵。"

"哎呀！有这事，那慧娟怎么知道的？"黎宗文脑子嗡了一下，简直不知所措了。

"慧娟姐看到了他的信，曹文瀚偷偷塞在了枕头底下，还没看完就出去了。恰巧慧娟姐去找他，看他枕头脏，就想帮他换洗一下……一看，就气得跑了出来，一路上流眼泪漫无目的地走，走到大樟树下，恰巧碰到了我和明海。"

"天哪！曹文瀚他怎么能这样呢？太不要脸了！"

黎宗武赶上来，义正词严地嚷了一句。

黎宗文则陷入了沉思之中，他在想，曹文瀚出了问题，那对我是好事还是坏事呢？蔡慧娟是否会与他分手？或者受到伤害，干脆走向另一个反面，将自己封闭起来，痛恨所有的男人呢？这样的故事他听得太多了，《福建青年》《辽宁青年》《甘肃青年》，那些杂志上登得到处都是。

一阵集体的沉默之后，还是黎宗英打破了僵局："哥，你暂时没有机会，不要想太多。等你厂子办好了，到时我再看看情况，看能不能帮帮你吧，唉！凡事要看缘分，强扭的瓜不甜。"

"切，宗英，你不要说得那么玄乎好不好?！什么强扭的瓜不甜，这年头，有钱什么样的瓜买不到?！哥，好好赚钱，一切都会有的，有钱什么样的女人没有？没钱就不要整天胡思乱想，想来想去一场空，没有用的。"

"嘻嘻！还是宗武通透，现实主义。"宗英竖起大拇指，赞美了一句。

宗武不好意思地笑笑，他振奋精神，走在了前头。

其后是朝气蓬勃的黎宗英，身姿挺拔，秀发飘逸。

黎宗文走在最后面，犹豫片刻，一扫颓废之气，露出了坚毅果敢之色，赶了上去。

他觉得弟弟的话不无道理，自古至今，无论情场、商场，还是战场，说来说去，输赢胜败，靠的不是泪水、叹息，而是实力、才干，一个人要想成功，必须具有主宰自己命运和时局的能力。

跨过枫林桥，黎家那熟悉的院门就要到了，桃树矗立在寒风中，枝丫坚挺，不屈地仰望着长天。

推开院门，爸爸妈妈欢快地迎了出来，或许是父母早已有了心灵感应，预知儿女们的归来。

宗英甜甜地喊着："爸、妈。"

妈妈一脸笑成了一朵花，站立在宗英面前，拉着她的手上看下看，感受着女儿的变化，宗英那一身上下的"洋味"，活脱脱一个城里姑娘了。

爸爸则静静地看着，随手接过了宗武手上的包裹。宗武不太自然地喊了一声"爸"，广发"嗯"了一声，然后高兴地问："你们都回来啦？嘿，怎么那么巧呢？"

宗文打趣道："三兄妹，这可能是'心灵感应'吧。"一句话将大伙都逗乐了。

炊烟袅袅飘上屋顶，被微风吹散。黎家堂屋内充满了欢声笑语，这是一个古老而温馨的家园，因木而生，因木而长，充盈着木工文化的质朴和坚毅。

饭熟了，一家人坐在饭桌前，和和美美地边吃边聊，他们憧憬着，谋划着，期待来年美好生活的早日到来。

第十七章

蔡慧娟最近比较烦。

自从上次她从曹文瀚枕头底下翻出一封情书后，两人大吵了一架，此后，彼此好几天没有说话，一直打冷战。

后来，曹文瀚一次次道歉解释，说是那个女同学自作多情，自己理都没理睬她，并且夸张地说："那女人跟你比起来，切！"

"比我怎么样？"话未说完，蔡慧娟急切地问。

"狗尾巴草比牡丹花！"

逗得蔡慧娟笑弯了腰，顺坡下驴地信了他，警告他下不为例，到此为止。

谁曾想到，一波未平，一波又起，搅得一潭水汹涌翻滚，浊浪滔天。真可谓，树欲静而风不止。

下班后，曹文瀚就骑上他爸的摩托车往村里跑，回枫林坳家里去过夜，乡政府那间宿舍形同虚设。

吃饭也不进政府食堂，一溜烟去了他爸的木器厂，到厂里小厨房去吃。

木器厂离乡政府不远，直线距离不到三百米，走路也要不了几分钟，但曹文瀚偏偏喜欢骑车子，他喜欢骑着车子迎着寒风呼啸前行的那种感觉，进出政府大院时，也能招来不少妙龄少女含情脉脉的目光。那崇拜的目光投射过来，与曹文瀚骄傲的眼神交织在一起，往往能迸发出激烈炫目的火花。

龙游乡政府有一大特点，花花绿绿的美女多，比如那位林乡长的侄女林晓蓉就是其中之一。那位大眼睛白皮肤的美女就在曹文瀚隔壁上班，彼此办公室门挨在一块，进进出出几乎抬头不见低头见，用近水楼台先得月来形容那是最好不过了。

有那么几次进办公室时，蔡慧娟站在桂花树下远远地观望，看到他们两人你看我我看你，卿卿我我，用炙热的眼神亲切友好地对视。

你听听，林晓蓉那声音，甜丝丝的，娇滴滴的："哇，小曹，你长得好帅哇！"

那腔调，听了让人陶醉、肉麻，女人听了迟早要"沦陷"，何况曹文瀚这种朝气蓬勃、活力四射、体格健壮得像水牛牯的大老爷们。

曹文瀚当即回应她，绘声绘色："哇，小林，你也长得好好漂亮，好好性感哟！"

林晓蓉听得心花怒放，咯咯地笑。两人在门前定住脚步，本想做进一步"深入"的交流，却看到蔡慧娟加快脚步走了过来，表情冷冷的，苍白的脸皮几乎要拧出血来，眼里填满了愤怒的火焰。

要不是看在她是乡长侄女的分上，蔡慧娟早已上去抽她两个耳刮子了。但她当时强忍住了，理智战胜了感情，人在屋檐下，不得不低头。

刹那间，她想到了日日夜夜在值班室门口站着的爸爸，佝偻的腰身，苍老的面容，虽然是一个小小的保安门卫，但好歹是一份轻松稳定的工作。

还有自己，虽然实习，工资不高，但政府机关不是想进就能进的。若是自己一时冲动，啪啪！两个耳光下去，痛快是痛快，但父女二人的工作就要不翼而飞，还可能会牵连大伯蔡春生。

比如上个月，党政办新来了两个有关系的实习生，林文海一句话，就把自己和曹文瀚从党政办调到了农业办。政府大院的人都知道，党政办比农业办重要多了，是乡政府的"机要部门"。

而农业办是新成立的机构，整天就研究一件事，如何搞好农业生产，要么就下村去检查水稻长势，到山区去治理果树病虫害。

慧娟在党政办待惯了，抄抄写写，上传下达，一下调到农业办，整天聊一些农作物话题，她很不习惯，感到一点劲都没有，郁闷了一个多礼拜才缓过来。

曹文瀚倒无所谓，整天揣包阿诗玛，见人就发，尤其是农业办的顶头上司刘大年主任，一根接一根，发得勤。刘大年牙口黄黄的，本来一老烟鬼，美美地抽着曹文瀚发过来的好烟，对他喜欢得不得了，"小曹""小曹"的，几乎到了称兄道弟的地步。

曹文瀚借助自己的手腕，以及父亲曹桂生的经济实力，在整个龙游乡政府大院，混得如鱼得水。

相比之下，他那些优势，显然自己根本不具备。

那次，蔡慧娟忍住了，没有冲动，古人云："打掉门牙和血吞。"

曹文瀚装作若无其事。下班后，人走光了，蔡慧娟坐在他对面生闷气，曹文瀚过去，抚摸着她的肩膀，笑嘻嘻地解释："慧娟，你知不知道，林晓蓉是乡长林文海的亲侄女，我只是想利用一下她，多积攒些人脉，为自己以后调动工作和职务升迁铺平道路。我以后想搞仕途，走政府路线，发挥我们曹家庄人的传统优势……不就聊聊天，逢场作戏，这都什么年代了，你不要那么小气嘛！"

蔡慧娟半信半疑，冷冰冰地看着他，目光犀利如刀，而后，咬着牙，一字一句，告诫道："姓曹的，我姑且再相信你一次，但我警告你，搞仕途可以，但千万不要搞来搞去，最后搞到床上去了！"

曹文瀚笑坏了："嘻嘻嘻！哪能呢？我不是那么随随便便的人耶，慧娟，你想多了。"

蔡慧娟一甩手走了，走到院子里，她觉得很委屈，靠在桂花树上，轻声抽泣着，她爸今天休假，回家去了，不然会很难堪。

曹文瀚急匆匆跟了上去，赔着笑脸，一个劲地花言巧语讨好对方，稍后，眼珠子一转，干脆塞给她一沓子钱，关切地说："有空多回家里去看看，给爸妈买点好吃的，给妹妹买点新衣服。你妹妹多漂亮啊，不能老是穿得那么朴素。其实你们两姐妹都很漂亮的……你要是稍微多打扮一些，就如花似玉，美若天仙了。"

蔡慧娟扑哧一笑，顺手扯过钱，用力拧着他耳朵，骂道："姓曹的！你不要猫哭耗子假慈悲，下次你再敢跟那个姓林的拉拉扯扯、勾勾搭搭，我就拿剪刀把你废了，不把你搞成小太监我就不姓蔡！"

曹文瀚闻言，瞪大双眼，脸煞白煞白的，胸口怦怦地跳。蓦然，他好像发现了什么，顺手往外一指："咦，你妹妹来啦！"

蔡慧娟一看，果然，妹妹蔡琴正站在大院门口，怯生生的，正四下里找她爸。值班室左看右看，没找到，正惶惑不安，没注意姐姐蔡慧娟奔了过来。

"蔡琴，你怎么来啦？学校不是放假了吗？"

眨眼间，蔡慧娟站在了妹妹跟前，亲热地喊了一声。曹文瀚也随即出现了。

蔡琴读初三了，是龙游中学的三好学生兼校花。

"姐，我来找爸爸，爸哪里去了？"

很快，曹文瀚惊异地发现，一年多不见，蔡琴长高了，皮肤也细腻了许多，头发乌黑顺溜，身材亭亭玉立，从外形到气质，明显更漂亮了。

蔡慧娟与蔡琴，两个人站在一块，一个如雨后怒放的玫瑰花，一个如清晨带露的白莲花。蔡慧娟洋溢着青年女子青春灿烂之美，蔡琴则带着未成年少女天真活泼之美。

"蔡琴，咦！长这么高了，快赶上你姐姐了。"

曹文瀚走到蔡琴面前，上看下看，像在欣赏一幅世界名画，看得蔡琴很不好意思，脸色微微泛红，羞答答地低下了头。

蔡慧娟看到曹文瀚色迷迷的样子，颇为不爽，白了他一眼，喝一声："看什么?!"

曹文瀚回过神来，讪讪地笑笑，又补了句："不错，长得比你姐还好看哇。"

他看到蔡慧娟越来越难看的脸色，一溜烟回办公室去了。办公室换了块新牌子，以前叫"农业办"，现在叫"农业开发办"，中间多了两个字，以示强调和重视。

南溪县来了新领导，除了加强工业建设，兴建了家具工业园区，重点打造了包括龙游乡在内的四个乡镇，快马加鞭推动家具产业发展外，还结合南溪县山坡丘陵多，红壤土多，适合种脐橙、沙田柚的特点，大搞果业建设，决心一手抓家具，一手抓果业，两手抓，两手都要硬。

"姐，我们班明天要去冬游，爬县城外的仙女峰，还要登上山顶的宝塔寺，坐车和中午吃饭，要交十块钱，我来问爸拿钱的，爸又不在。同学们都交完了，就等我一个人呢。"

蔡琴怯怯地对姐姐说，她知道家里条件不好，姐姐刚刚实习，也没有几个钱，爸又刚好不在，她不知道姐会不会骂她。

要是妈妈，准保劈头盖脸一顿："不要去! 读书就读书，什么冬游? 家里哪里有钱? 你以为捡得到哇?!"

妈妈的脾气不太好，因为农活家务压得她喘不过气来，她个子小，一家人在外面，没人帮得了她。她一个人像蜗牛一样艰难地负重前行。前些年，姐姐慧娟还能帮她干些农活和家务活，后来慧娟读了大学，长年累月在外面，妈一个人更累了。爸爸根本指望不上，拖着一条残腿，走路都很费劲，像被风刮得摇摇晃晃的一棵枯树，体力活根本干不了，家务活时间也不多，他有自己的工作，值班室就是他每天坚守的岗位。

慧娟不假思索地掏出二十块钱塞给妹妹，关切地说："没事，老师让你去你就去吧。出去游玩，既可以增长知识，也可以适当放松一下，书要好好读，但不能当书呆子。"

蔡琴伸出手，犹犹豫豫的样子，没有接，眼睛里却又闪烁着期待的光芒，嗫嚅地说："不要这么多，十块就够了。"

蔡慧娟知道，蔡琴是一个初三学生了，零花钱是必不可少的，女孩子也有女孩子的花销。但她没有言明，将钱硬塞给她，带着强迫的口吻说："给你你就拿起来，跟姐姐还客气什么?! 你不要吃饭吗?"

看着蔡琴愣了一下，她和缓了些语气，勉励道："好好读书，将来考上大学你就有钱了。"

蔡琴点点头，顺口补充了一句："姐，这次期末考试，我又考了全年级第一名，还被评为了'三好学生'呢。等我将来考上大学，咱们家就有钱了，妈也不用每天下田去干农活了，姐，你说是吗?"

"嗯，没错!"

蔡琴说完露出了得意的笑容，顺手从怀里掏出一张"三好学生"奖状，展开，给姐姐看。

慧娟接过，细细一瞄，上面写道："蔡琴同学品学兼优，积极上进，本学期被评为'三好学生'，特发此状，以资鼓励。"

蔡慧娟将奖状交还妹妹，勉励道："蔡琴，好好读，你从小就很聪明，你一定会比姐姐有出息的。"

蔡琴忙不迭地点头，眼珠子熠熠有神，目光定定地看着前方，仿佛看到了十年后的自己。看得出，这是一个充满自信的女孩子。

一会儿，她揣起奖状，说了声"姐，我回去了，还要做作业呢"就一溜烟出了院门。

蔡慧娟追出去，大声地问："你回学校还是回家里呢?""回学校，明天班上冬游，七点钟集合。"

她的意思，明天早起，今晚就住学校了，回蔡家庄住，肯定来不及的。

蔡慧娟静静地沉思了一会儿，正想转身回办公室去，还有一份文件要写。一抬头，爸爸蔡秋生出现在面前，她惊喜地喊了声："爸，你这么快回来啦?"

蔡秋生淡淡地说："我坐蔡二旺的摩托车出来的，这值班室放空怎么行? 回去看了一下，送了包腊肉回去，还拿了两百块钱给你妈，过年了，到处都要钱哪。我领那点工资，吃饭还债都不够，唉!"

"是，爸，刚才蔡琴来过了，拿了一点钱，她班上明天组织冬游，去仙女峰。"

"我远远地看到了一下，等摩托车溜过来，她拐进小巷子跑掉了，紧喊她没都听到。"

"她还不错，期末考试得了全年级第一名，又被评上了'三好学生'。"

"远水解不了近渴啊! 明年她就要到城里去读高中了，城里的开销比这里大得多。成绩好以后还要上大学，那就更要钱了。嗐! 这些年，供你就花了不少钱，家中欠债都好几千。这几天，每天都好几个债主上门讨债。像今天上午，两百块钱送回去，马上还债还掉了，唉! 你妈手都没有焐热。"

蔡慧娟静静地听着，脸色越来越阴郁，她没想到家里窘迫成这个样子，以前就单知道伸手向父母要钱花，以为钱会像水一样哗哗流过来。

平日里，她虽然也知道自己父母很辛苦，但万万没想到家里经济状况会差到这个地步，看起来，田地、家务，忙死累活，早出晚归，但收入微乎其微，农村人，从古至今，就一个字——"穷"。

她想起学校里和曹文瀚一起吃牛排，吃一次五六十块钱，虽然吃得有滋有味，但要是自己掏钱，爸爸半个月工资都没了。奇怪，曹文瀚家怎么那么有钱？

马上，仿佛心有灵犀，蔡秋生来了一句，他定定地看着闺女的眼睛，上政治课一般："你看看曹文瀚家，小货车两辆，摩托车两辆，工厂生意越来越好，一车一车的木料往城里拉，家里有钱哪！"

恰巧，门外的马路上，咣当咣当响，又一辆大卡车慢悠悠地驶过，车上载着一车厢方形杉木条子，满满当当的。

秋生父女看了一眼，都知道那是曹文瀚家送半成品木料去城里的卡车，每天来往四五趟，乡政府的人没有不知道的。

"慧娟，你进来一下，爸问你个事。"蔡秋生一瘸一瘸进了值班室，蔡慧娟迟迟疑疑跟了进去。

"什么事，爸？"她有种要挨训的预感。

"听说最近你跟曹文瀚闹矛盾了？"

"嗯！你听哪个说的？"

"这你别管！但我告诉你，这件事你一定要慎重。曹文瀚的家境比那个什么黎宗文强多了，你心中要有数，他还是正儿八经的大学生。我不否认，黎宗文人很聪明，但他只是个乡村小木匠，家境又不好！在我们这个地方，木匠师傅千千万万，吃苦流汗的，日晒雨淋，拼死拼活的，能有多大点出息？"

蔡慧娟感到值班室空气都要凝固了，她偷偷看了父亲一眼，印象中，父亲从来没有像今天这样严厉过，那架势，犹如在讨论一场决定千万人前途命运的战争。

"爸，我知道了，这件事情，我会慎重考虑的。"

父亲点点头，不再说话，坐在了靠背旧木椅上，眼睛看着窗外走过的行人，陷入苍茫邈远的沉思之中。

爸爸个子矮，又佝偻着腰，比女儿低一个头。

慧娟居高临下，看到爸爸头上的白发又多了一些，额头"裸露"的地方在不断扩张。她鼻子有些酸涩了，她转身走了出去，再不走，她怕自己会掉眼泪。

走着走着，她一路想着自己与曹文瀚的事，何去何从？实在难以决定。

当她走到办公室门口时，终于做出了决定。猛然间，她记起了一件事，曹文瀚的叔叔是财政局第一副局长，主持日常工作，这件事，除了爸爸，乡政府很多人都提起过。

权衡利弊，综合各种要素，蔡慧娟决定先稳一下，再观察观察，给他一个改过自新的机会。

第十八章

大年初二上午九时，龙游乡政府大会议室，家具产业动员大会隆重召开。

到会的有乡党政代表、家具办全体人员、各行政村书记村长，另外还有全乡木工代表、老木匠代表、三家家具企业的负责人，共计两百多人。整个会议室挤得满满当当的，除了原有的固定座位，还在过道上添加了临时座，中间和四周过道上见缝插针地添加了一溜的淡黄色折叠木椅，那些椅子新灿灿的，还散发着些油彩气息。

开会前，大伙一走进会议室，觉得新鲜，颇为亮眼，叽叽喳喳地议论了一阵。这个说："咦，新椅子这么多，乡里好有钱啊！"

那个说："我们龙游乡肯定有钱，出门打工的多，商品经济很活跃呢。"

边上一个人喜欢抬杠，嗤的一声，反驳道："打工跟乡政府有什么关系？乡政府都死穷了！听说借债过日子。"

"好像是，好像是。"几个人七嘴八舌附和，前面那个人理不清头绪，晃晃头，就不吱声了。

"正因为穷，才要大办家具产业，发展经济嘛。"黎广胜的声音，他刚刚进门，端着一个玻璃水杯子从边上过，听不惯，瓮声瓮气凑了一句。开会带水杯，这是黎广胜的老习惯了。

"是呀，是呀！黎主任说得有道理。"

"还是领导水平高哇！"几个人是普通的老木工，跟黎广胜都是老相识，知道他现在是乡里家具办的副主任了，吹捧带点调侃的味道，兴许还有点不服气。

老木匠中的学问人蔡大旺一大早就来了，身穿黑棉袄，头戴鸭舌帽，戴个小眼镜左看右看。一进门，晃着他那充满智慧的大脑袋，迈着八字步，从后排径直走到了主席台前，提高音量，对着大家伙由衷感慨道："哟哟哟！好热闹啊！自从'文化大革命'以来，我们龙游乡都没有开过这么大的会议了。"

话一出口，引得众人一片哄堂大笑，连书记谢东山、乡长林文海都笑了，他们心里暖融融的，觉得这句话是对这次会议最大的肯定，说白了，也就是对乡里工作最大的肯定。

"大旺先生，'文化大革命'你被批斗过吧？"

黎广胜刚刚就位，看着蔡大旺又踱回后面去了，远远地调侃道。

"批斗，何止，牛棚都被关过。"

其实，蔡大旺自己也不记得有没有被批斗过，干脆信口胡诌一番。

"大旺，那牛棚里牛粪臭不臭啊？"

一块瞎侃那几个人不怀好意，故意要使大旺难堪。

"你进去闻一下啊?!"蔡大旺气得脸都发白了。

众人一阵哄笑，笑过就出现了短暂的沉默。

"反正我记得自打'文化大革命'以来，乡里都没有开过这么大的会了！"

蔡大旺又溜达着往主席台走，走到走不动了，又大声重复了一句，感觉有点唠唠叨叨的样子。众人又是爆笑。由于挨得近，声音又洪亮，主席台的几位领导听得真真切切。

谢东山头发梳得溜光，为了冒充学问人，不太近视的他居然弄来了一副小近视眼镜，架在鼻梁上，拿着讲话稿细细地温习。他想临时抱佛脚将稿子全吞到肚子里去，到时来个"脱稿演说"

"即兴发挥"，树立一下本书记口才卓越、演讲一流的光辉形象。

看了一会儿，又觉得不习惯，摘下小眼镜搁在一边，继续裸眼阅读起来。

人越来越多，会场里叽叽喳喳的，一般的议论他充耳不闻，当他听到蔡大旺那句"自从'文化大革命'以来……"的话时，耳朵像雷达一样产生了过敏，他感觉其他人说的基本是废话，或叫空话，唯有这句话最悦耳动听。

他和坐在旁侧的林文海乡长对视了一眼，同时忍俊不禁地爆发出了极为开心的大笑声，显然，蔡大旺这句话说到他们心坎上了，春风拂面，温水烫脚一般舒坦。

谢东山猛一抬头，循着声源看过去，大声赞道："说得好哇！"

林文海激动不已，桌子一拍："讲得很有道理！"

马上，他又觉得自己动静过大，偷看了谢东山一眼，发现谢东山笑吟吟的，继续审阅稿子，没有任何异常的反应。

于是乎，干脆伸过脖子去建议道："谢书记，这个蔡大旺是乡里有名的文化人，也是一个老木匠了，经验丰富，威望很高，要么干脆请他到主席台上来就座，以示乡里对人才的尊重，您觉得可以吗？"

谢东山慢悠悠地翻看讲话稿，停顿了一两秒，林文海僵在那里，以为他对自己的提议并不赞许，正觉得有些唐突，不料谢书记大声地"好"了一声，并对他努了下嘴。

林文海拿起小话筒，站立起身，对着台下"喂"了两声，确信话筒没失效后，对着全场大声喊道："请蔡大旺同志到主席台来就座！"

蔡大旺正在跟着一伙老木匠和家具老板曹桂生等人东拉西扯地刮白，背对着主席台，挥舞着手搞演讲。冷不丁听到广播，顿时僵住了，他万万没想到还有人会广播邀请他上主席台。

一般来说，在他的印象中，这主席台都是大人物坐的，他自己是个什么角色？不要说大人物，小人物都算不上，一个风水先生，充其量就是好看看书，猪鼻子插根葱——装象，平日里，喜欢戴个副子低度的近视镜滥竽充数冒充文化人罢了。

　　这些年，书看多了，他觉得自己才高八斗，学富五车了，便开始舞文弄墨，利用些业余时间茶余饭后写写小散文、小杂文、短小说，居然歪打正着发了十来篇豆腐块，蒙上了省内外的一些小报小刊，自此，蔡大旺先生形象大变，出了点子小名，"风水先生""老抠"之形象日益洗白，文化人的形象逐渐凸显并高大丰满起来，此刻，这一声震耳欲聋的喇叭声就是明证。

　　这蔡大旺转过身子，还在发呆，嘴巴咧着，眼睛睁得大大的，如同范进中举一般失态。他这一失态，搞得林乡长有些尴尬，台下两百多双眼睛齐刷刷看着他，都带着质疑的神情，以为他是不是搞错了？怎么会将一个风水先生叫到庄严神圣的主席台上去呢？

　　林文海焦急地看了一眼墙头的石英钟，8：55，糟糕，还有五分钟就要正式开会了，他对身旁站立着的新任的党政办主任潘小新使了个眼色，潘小新急匆匆下去，赔着一副笑脸，把正畏畏缩缩、左顾右盼的蔡大旺拽了上来。

　　看着蔡大旺一副受宠若惊、不知所措的样子，满场爆发出一阵更猛烈的笑声。

　　后排一个信息灵通人士告知黎宗文，那些新折叠椅是阿桂家具厂的曹桂生老板捐献出来的。宗文"哦"了一声，转身看了一眼不远处，曹桂生正坐在同一排隔了三个位置，那副正襟危坐的样子，颇有点大老板的派头了。

　　黎宗文是开会前十分钟进入会场的。那天，他特意穿戴一新，换上了新买的浅灰色的西服，藏青色的西裤，乌黑油亮的皮鞋，三分头梳理得整整齐齐，新剃的头发不长不短，显得精神又好看。他一身亮眼的打扮，自从踏进会议室大门起，便迎来了齐刷刷的关注目光，包括一些女孩子，如家具办的那位林晓蓉，目光几乎汇聚成了一束激光，看得黎宗文浑身不自在，差点缩小了一半。

黎宗文四下搜索了几圈，他看到了叔叔黎广胜和曹德贵，但并没有看到蔡慧娟和曹文瀚。那时，他还不太清楚，他们两个虽然在乡政府工作，但农业办是分管农业和果业的，主要负责农业技术、水稻种植、蔬菜生产、果树栽培、化肥农药之类，跟家具产业并不搭边。

随同他一起进入会场的还有乌石坳的张龙生，就是上次杨涛和曹桂生到上门走访并邀请的那位。此刻，张龙生虽然来到了现场，但心里还忐忑不安，做贼一般，心里老是在想，我家里都穷得叮当响，压根就没有什么存款，还办什么家具企业，就是来开个会好像都是混饭吃的。

他坐在最后一排的角落里，低头弯腰，目光胆怯而警惕，陈旧的灰白夹克衫，一头乱蓬蓬的卷发，贼眉鼠眼的样貌，活生生像一个闯进政府大院的小偷，根本不像能创办企业的种子选手。

主席台上，一共坐了五个人，除了乡长、书记、人大主席，以及死命拉扯上来的蔡大旺外，还有县里家具产业局的一个副局长贾春山。

这个贾春山五十七八岁的年纪，就是上次局长杨延庆跟黎广发吃饭时说起过那个混日子不求上进的"某领导"，由于临近退休，颇有点得过且过的味道。此刻正坐在主席台上昏昏欲睡的样子，或许是昨晚打牌打得太晚，影响了正常的睡眠和休息。

第一排坐的是乡里的一些副职，副书记、副乡长之类。家具办的曹德贵等人坐在了第二排，他进入会场比较早，入座却比较晚。他四下里转悠着，寻找熟人，他手里掐着一包阿诗玛香烟到处发，满口甜丝丝的，像涂了蜜，这个大哥，那个兄弟，仿佛全会场都是他家里人。

此刻黎宗文坐在第三排，他稍稍一抬头，仍可清晰地看到贾大局长那双红肿疲惫且布满血丝的眼睛。

叔叔黎广胜坐在黎宗文前面的第二排，显得精神亢奋，充满期待的眼神，他本身是家具办副主任，再加上也是老木匠出身，有一种木工情结。此外，他心中还有个小九九，就是将来也有创办家具厂的打算，他儿子黎大龙回来了，本来叫他开会的，怎么现在还没到呢？

他又一次往后排进门方向看去，直到开会前最后一分钟，林乡长拿起话筒"喂"了一声，黎大龙才匆匆忙忙小跑进来。

黎宗文眼尖，一招手，黎大龙笑了下，赶忙跨步蹿到宗文右侧的一个空位上坐下，抱着两手，静静地聆听起领导讲话来。

父亲黎广胜看着他坐下，脸色有点阴，嘟哝了声："你怎么才来哇？"

大龙干笑了下，没吱声，装作聚精会神洗耳恭听的样子，广胜就扭回头认真听讲去了。

其实，黎宗文是积极主动，重在参与，家里至少提前半个多小时出发赶来会场，可惜骑个旧单车不争气，半路耍赖掉链子，一路咔啦咔啦。可谓越赶越慢，越慢越赶，搞他推着单车一路小跑差点迟到了，气得边跑边不停地骂娘。

而黎大龙是故意来得晚的，说白了是不感兴趣，他暂时还没有办工厂的那个"远大目标"。

那天父亲劝他来开会，他正看一本《水浒传》，懒洋洋地哼哼两声，随后又直截了当说："我没那个兴趣，我广东厂长当得好好的，我办什么企业？"

本来还想加一句："不需要投资，我还去投资，还去冒那个风险，我不有病吗？"怕他爸爸骂人，顿时咽住了。

广胜无言以对，过年前老板蔡长茂小车子送儿子回家过年，他是亲眼看见的，大龙带回来两大包"广东货"海产干货对虾干贝、荔枝干之类，他是吃了的，大龙给他和老婆肖金妹每人一个厚厚的红包，他也是乐呵呵地笑纳了的。因此，当大龙对乡里的家具企业动员大会"不感兴趣"时，他也不好说什么，心里还隐隐有几分妥协认同的味道。

他悻悻地想，好吧！那就晚几年再说吧，过河一样让别人先去试试水，看看水深水浅，看看好搞不好搞，有没有危险再说。自己上班，大龙打工，老婆打麻将，一家人都有"工作"，忙得团团转，急什么？

"大龙，你暂时搞不搞无所谓，去开开会有什么关系？听一听，增长一下知识，多交一些朋友，何况中午还有饭吃，在老三餐馆吃羊肉呢。哦，宗文也会去，你们两个正好有伴呀！"

"嘻嘻！吃羊肉，那好啊，回来后我还没吃过羊肉呢，那就去呗，就当去散散心，玩一玩耶。"

大龙转念一想，去吧，又不是上刀山下火海，就权当作滥竽充数蒙一顿羊肉吃吧，虽然广东也有羊肉吃，但他们的烹饪方法大不一样，广东菜喜欢煮汤放水，要么就是清蒸，搞得没一点味道，家里这边一般是红烧羊肉，大龙好久没有吃过了，正想去品尝品尝。

此外，顺便听听乡领导说些什么。反正广东蔡长茂那里开会也开多了，三天没会开还心痒痒不习惯呢。

飞马家具厂的老板蔡长茂也是一个喜欢召集会议的"会迷"，一上台，面对着一大帮人咿里哇啦讲上大半天，手舞足蹈，越讲越有劲，眼珠子亮晶晶的，唾沫屑子横飞，音调越来越洪亮，一点也不觉得累，他觉得滔滔不绝地训话是一种成就感和荣誉感。

"同志们，乡亲们，朋友们，现在，我宣布，龙游乡家具产业动员大会正式开始……"掌声如雷鸣般卷过。

乡长林文海精神饱满，高声宣布开会。

一番开场白后，谢东山书记讲话，他毕竟是做好功课的，加上口才利索，声音抑扬顿挫，把大家吸引住了。

全场肃静了下来，两百多双眼睛盯着台上，那是一双双求知若渴的眼睛，一双双渴望摆脱贫穷的眼睛，还有一颗颗怦然跳动火热的心。

……

那天中午，黎宗文和黎大龙都吃上了一顿香喷喷的羊肉，那滋味，他们终生也难以忘记。蔡长茂口中的所谓枫林坳村"五虎上将"，只有他们两个参加了会议，也吃上了这顿美味可口的羊肉，在以后的岁月里，一次次讲述中，黎宗武、黎青山、蔡志辉三人只有羡慕不已外加垂涎欲滴的份了。

龙游乡，春风拂面，春潮涌动，春雷滚滚，从此迈进了崭新的时代，即将谱写出传奇动人的新篇章。

第十九章

第二年农历五月十八日，黎家的家具厂或叫木器厂终于开业了，对应了那句古话："好事多磨。"还有陈毅元帅的那句诗："创业艰难百战多。"

那是端午节后一个晴朗炎热的日子，车间里机器轰鸣，一台带锯机，两台木工机吱吱嘎嘎地转个不停。七八个工人戴着草帽忙忙碌碌，投料、切割、搬料，墙角堆积着一摞摞的方条子、成形面板，木器馨香和粉尘弥漫开来。

黎广发戴着一顶崭新的草帽正在一台木工机上作业，他刚刚切开一片杉木板，打下手的一个女工将木料挪了过去，黎宗武急急跑进来，喊道："停停停，放鞭炮了，爸，你快出去吧！"

黎广发关了机器，手指了几下，向身边的几个工人交代了一些事，摘下草帽挂在墙上，脱下身上蓝色的工作服，在身上拍打了几下，随宗武出去了。

院门外，早已伫立了一帮子人，墙上挂着"龙游乡康华木器厂"的牌子。不远的一棵李树上悬挂着一串鞭炮，一直垂到地上还扭了两圈。

广发一抬眼，细细看了下，有蔡大旺、蔡二旺、黎广胜和蔡三庆等几个人。

蔡三庆就是开五金店的那个老三。老三去年冬天又开了家农家菜馆，他拥有两家实体了，非常忙，但为了表示对广发一家子的支持，还是抽空过来了，准备吃了午饭就回去。

黎宗文手持一根点燃的线香，引爆了树上的长龙，爆竹声震耳响起，腾起了一片的青烟，地上铺满了红色的爆竹纸，在微风中翻动，现场的人纷纷拍手叫好。

此刻，蔡二旺正满脸歉意地跟广发讲："姐夫，恭喜发财啊，鞭炮已点过，我就得回麻将馆去招呼生意了。"

黎宗文奇怪地问："二舅，你怎么这么早回去？"

"没办法，人手太少，今天客人又多，实在是脱不开身哪，不好意思啊！"

广发上上下下打量着他，看得二旺莫名其妙的，朝着广发眨眨眼。广发笑问："这么大的老板了？"

二旺尴尬不已，干笑道："玩玩，什么老板不老板。"

广发不知说什么好，正在沉吟，他远远看到一辆吉普车开来。

"有天大的事也等吃了饭再走！要走，下次就不要来了，什么人?!"广发说着，就向前走两步去观察。

蔡大旺走过二旺身边，瞪了他一眼，二旺就安静了下来，看着那辆车驶到了跟前。

车门打开，杨延庆风风火火踏了下来，跟着一个年轻司机，那司机三七分头，显得很有精神。

杨延庆看到满地的鞭炮纸，他两手打躬，致歉道："哎呀呀！广发，我来晚了一步，没能赶上最庄严、最神圣的时刻，抱歉，抱歉。"

接着他又解释道："刚才在乡政府有点事，耽搁了一下。"

"老同学，跟我还客气什么，你这么个大忙人，能来我就满意了，走走走，屋里请，喝茶去！"

黎广发笑吟吟的样子，杨延庆的到来，给了他莫大的面子，使他在亲朋好友面前有了光彩，因为他看到了大旺等几个人惊异而激动的神情。

屋里喝了一会儿茶，就吃饭了。

酒席规模很小，只有两台，一台是亲戚朋友，一台是厂里的工人，显得有点寒碜。

广发原本是要请乡里的谢书记和林乡长，还有家具办那些人的，正在犹豫，黎宗文打了岔："有什么好请的？开个小厂子，又不是很有面子，请了他们万一不来怎么办？那不更丢脸？"

黎宗文想，开个小厂子都一身的债，赊赊欠欠滚起来的，又不是很牛逼，还显摆啥？

一向好显摆的黎宗武也点头赞成："干脆，以后生意做大了再请那些土地山神！现在不要去扯那么复杂，刚刚才起步，请不请也没多大意思。"

广发没有生气，反而觉得很欣慰，觉得两个儿子都长大了，做事有了自己的原则。于是，就这样决定，官府的人一律不请，包括乡里和村里，县里单单请了一个杨延庆。

请杨延庆有三层意思，一是同学，二是主管领导，三是最重要一点，去年那次上门来他打过招呼，主动提出要讨一杯水酒喝。广发心里明镜似的，这是这位老同学热心，要不然谁跑个几十里路喝你杯烂水酒？何况还是一个位高权重日益显赫的家具产业局局长。

广发还听到一个消息，隐隐约约，杨延庆好像要提副县长了，不知真的假的。

中午的酒席上，广发一边敬酒一边探问："听说老兄又要高升了，要提到县里做副县长，是真的吗？"

杨延庆一脸茫然，矢口否认："哪里有这个事，我都没有听到，你哪里听到的？"

众人凝神静气，竖起耳朵在听，一个个酒杯悬在半空。

"道听途说，我也记不清哪里听的了，听了两三次了。我说好啊，邻舍做官，人人喜欢；同学做官，那更是家家户户都喜欢哪，哈哈哈！"

"好好好！谢谢美意，以后要是能高升一步，一定不会忘了你们，苟富贵，勿相忘嘛。"

"高升！杨局长，来，祝你早日高升！"蔡大旺为首，二旺、黎广胜、黎宗文，包括三庆，一个个向前举杯。

黎宗武却坐着不动，一个人喝酒吃菜，还心里想，拍什么马屁？他听着那一声声"杨局长"，单觉得那"杨"字很亲切，他自己一时也没反应过来，以为是以前《杨家将》小说看多了。

最近，他很怪，听到"杨"字就过敏。

恍惚间，他又闪电般想到了杨玲，她表姐那次说她回来了，并且还泄露了大概位置——县城水东街，白色四层房子，门前有两棵桂花树。前几天黎宗武抽空去了一趟县城，找到了水东街，从街头到街尾，来来回回跑了三趟，白色四层房子，门前两棵桂花树，有两家符合条件。他从围墙水泥花格窗探进去看，却没有看到一个长得像杨玲的人，连近乎相似的美人影子都没发现。

第一家，看到一个矮胖烫着黄色卷发的中年女人，正拿个塑料小喷壶给院里的花草喷水，一抬头，甩了自己一眼，冷冷的表情，没有吱声。

第二家看到一个彪悍的男人，正在院里溜达，边转悠边舞动两只手臂，那架势，既像运动员，又像个练家子。

那人光秃秃的脑袋，穿着灰色的白花背心，一条胳臂上刺着一条青龙，张牙舞爪，另一条胳膊上刺着一个青色狼头，张开血盆大口，那形象颇为吓人。

光头仿佛有心灵感应，黎宗武刚一探头，他立马转头过来，脸色一沉，目光犀利如刀："干什么的?!"

声音恶狠狠的，带着某种不怒而威的威慑力，让宗武打了一个寒战，他心头猛然蹦出三个字——"黑社会"，第一反应就是撒腿就跑，朝着街上人多那头猛跑。他想秀才遇到兵，有理说不清，要是他一出来扯住自己那将是后果不堪设想。

在他跑出不到十米远，在呼呼的风声中还清晰地听到咣当拉开铁门的尖锐声，惊得他将速度提高了一倍，将骏马的速度提升到了猎豹的速度。

待他气喘吁吁跑到水东街口，额头、脖颈的汗水像小溪般汩汩直流，他回头一看，街上人来车往，光头鬼影都不见一个。他感到自己丢脸丢到家了，美女没看到，倒吓了一大跳。

妈妈的！他愤怒地呸了一口，决定暂时不再去想那个女人了，无聊！还有那个光头屌毛，凶巴巴的，整自己一身的臭汗，魂都吓掉了，回头有空去打听一下，问问他究竟是哪个，什么来头。

不要身上刺点青，就装神弄鬼，老大一样。等有朝一日老子发达了，找人捏死你！

杨玲，杨玲，这臭娘们，你给我滚犊子去，操！

黎宗武坐在酒桌边上，脑子过电影一般，一声提示音把他惊醒，那是坐在身旁的哥哥黎宗文的声音，掷地有声，很严肃："宗武，你傻坐着做什么？起来敬个酒哇，敬一下杨局长，还有在场的叔伯亲戚，你以为自己做客啊？今天你才是主人呢！"

随后，他又凑在弟弟耳边提示："人家都很忙，都是抽空来捧我们场的。"

黎宗武一个激灵反应过来，提起酒瓶子给在场的几位添满了酒，又给自己倒上，举杯，诚恳地说："杨局长，还有各位亲朋好友，我感谢大家上门来为我们康华木器厂开业捧场，一句话，我们一家人一定踏踏实实、兢兢业业做人做事，把生意早日做起来，也希望大家以后多多支持！"

喝过一轮酒后，杨延庆看了对面端坐的黎宗武一眼，问黎广发："这位也是你儿子？好像我都没见过面。"

广发说："是，小儿子，叫宗武，刚从广东回来。"

杨延庆接着看了一眼黎宗文，又将目光移向黎宗武，觉得这两兄弟都不错，哥哥宗文聪明睿智、处事沉稳，弟弟宗武坚定果敢、雷厉风行。

他忽然想到自己的女儿杨玲，自打她从广东回来后，自己又忙忙碌碌，整天不是上班就是下乡，还没来得及跟她深谈一次，也不知道她有没有谈上男朋友，如果没有的话，和黎家这个老二还似乎比较般配，只是好像广发的两个儿子都没读过大学，事业又刚刚起步。而自己的那个宝贝女儿则是正儿八经的大学毕业生，人又长得鲜花一样，一般人她根本看不上。

还有自己的那个爱人，是县里的妇联主席，是一个"有身份"的人，有时候也比较拧，她会同意自己把女儿介绍给一个乡村小木匠吗？唉！看来，女儿的事得让老婆和她自己去做主，自己还是不掺和的好……

他思来想去，顿时打消了这个念头，只闷闷地喝了几口酒。饭后，说了一些勉励和提示的话，就挥挥手，坐车匆匆回城去了。

众人也纷纷离去，唯有黎广胜留了下来。

院子里，他叫住准备去车间上班的黎广发，支支吾吾问："哥，咱们村里小学校的课桌很破旧了，想要换一批新的，你们会不会做呢？"

黎广发睁大眼睛看他，抢白道："切！我做了二十多年的木匠了，怎么几张课凳桌就做不好呢？什么家具我没做过，这还消得问。"

黎广胜不介意，赔着笑脸进一步解释："不是问你会不会做，而是问你愿不愿意做。"

他看了一眼满脸不解的大哥，干脆直截了当地说："这项目是要垫资的，账一时半会恐怕结不了，因为村里也欠了一屁股债，就老三餐馆都欠了一两千，都是一些招待费，这一年多来，各部门下来的客人太多，你晓得，我们枫林坳是个大村，人来人往，嘿嘿！"

黎广发一听也乐了，嘀咕了句："哼！大村，你们个个打肿脸充胖子！"

广胜苦笑道："不充也不行，这些都是庙里的神，哪一个也得罪不起。怎么样，能做吗？曹桂生都抢着做，找了我两次了，说钱先垫着，欠个一年半载都没事。还有曹南京，就村支书曹南昌的弟弟，也来过村里，当着我的面要求他大哥包给他做，说这些年，龙游乡的小学校课桌大部分是他们厂做的。"

"那曹南昌怎么说？答应他了吗？"

"曹南昌知道自己快要退了，怕人家议论，就推说要开会集体讨论。说来说去，还是要我做主，因为我除了是村里的会计，还兼了乡里家具办的副主任，按组织程序，我算是曹南昌的领导哩。"

广发笑笑，思忖了一会儿，心里头翻江倒海，他不知怎么向弟弟说才好。按理说，这个事完全可以做，但有两点，他又颇觉犹豫，一是资金，二是价位，他做木匠多年，知道学校采购都是一口价，压得死死的，没多少赚头，总之不好弄。就问价钱怎么样。

广胜报了一下价，桌子多少，凳子多少，总共数量是八百五十套，交付期限是一个半月。广发觉得价钱确实低，时间又太紧，感到很为难。

这时车间那边已上班了，机器切割木料的噪声一阵阵传来。广胜嫌吵，急着要离去，就提高音调问他哥："哥，究竟行不行？你得抓紧回复我，明天村里就得定下来，学生要上课，拖不得。"

广发说："好！我和宗文商量一下吧，明天上午一定回复你。"

广胜说："好好！你们商量下，抓紧定下来，拖慢了我就没办法了。"

而后眨眨眼，神秘地透露道："好几个人都想做，就连乡政府的谢书记都推荐了一个人。"

"啊，他推荐了哪个？"

"城里的一个姓蓝的家具厂老板。今年城里开了一百五十多家家具厂，很多是广东打工回来的，县里正鼓励大家积极兴办企业呢。"

广发听了大吃了一惊，心想我的天哪！一夜之间南溪县家具产业风起云涌，家具企业居然突破两百多家了，他记得去年底杨延庆来他家聊天时说过那时全县是五十八家，包括龙游乡的三家。

现在龙游乡也正在迅猛发展，已经从原来的三家发展到十二家了，自己的康华木器厂就是第十二家。

康华木器厂注册法人是儿子黎宗文，并不是广发。

广发的意思，自己老了，快五十岁了，帮扶一下，还是干回老本行去，让他们两个年轻人去闯荡吧。

儿子面前，他还经常念叨着一句伟人的话："世界是我们的，也是你们的，但归根结底是你们的。"

言下之意，自己是暂时帮忙的，这个企业要不了多久他会退出，以便发挥宗文兄弟最大的自主权。自己待在这里，碍手碍脚，也许还会禁锢年青一代的思想，让他们畏畏缩缩，不敢放手大干，不敢大胆创新，最终不是帮忙，而是帮倒忙，反而会妨碍企业的快速发展。

果然，下了班，黎广发和两个儿子一商量，他们都一致同意接下村小学的课桌椅项目，宗文说："不管赚不赚钱，我们必须打响自己的品牌，把市场打开来。"

宗武表现得更为坚决："多赚少赚没有关系，我就不能让曹桂生他们做了，哪怕是垫钱也要干，毕竟还支援了小学校教育，我们都在那儿读过书，那是我的母校呢。"

广发一听到他说读书，火气上来："读书，你读到了鬼的书，整天不是掏鸟蛋就是打纸板，要么溜圈子，读书，读书，还好意思讲，切！"

宗文哧的一笑，低头看桌面。

宗武也不好意思地笑了，他涎着脸，进一步解释道："我是没读到书，这个事都过了，说也没用了。但我以后要努力争气，把生意做好了。为学校做课凳桌，做好了，也是为家里争面子嘛。"

"好，这话算说对了！宗文，那你就吃了饭去一趟乡政府，告诉你叔叔，这个事我们定下了，做，一定要做，并且一定会做好，这个活不能交给别人了！"

谢天谢地，前些天，就是开业前，为了不使企业停摆，父子三人想尽办法，没有揽到一点业务。

先前车间里机器轰鸣那都是做做样子，木条子一大堆，加工好了也不知道卖到哪里去，都还堆在车间里积压。

现在，康华木器厂终于有了业务，并且一下就是八百五十套课桌椅。

兵马未动，粮草先行，接着，他们商讨起最为关键的问题——钱。广发主张"借"，宗武主张"贷"，黎宗文沉吟不语，眼睛一眨一眨的。

父子俩急了，追问道："你什么意思？快说哇！"

黎宗文不慌不忙，说了一个字——"欠"。他马上解释道，欠货款，就是赊欠原材料，这是最好的一个办法。并且他还提出了两个具体目标，一个是舅舅蔡二旺，一个是蔡三庆，也就是老三。蔡二旺有木头，蔡三庆有油漆、五金、板材，我们可以跟他们结成战略合作伙伴，互惠互利，共同发展。

父子俩一听，恍然大悟，异口同声夸赞："有道理！"夸得宗文不好意思了。

广发说这两个人他负责去做工作："你们是晚辈，效果没那么好，也不好张口。我无所谓，我比他们大，他们总得给一点面子。"

后来，广发一去，果然顺顺利利地搞定了。

枫林坳小学的事就这样定下来了，虽然利润微薄，这是黎宗文兄弟创业以来的第一单业务，也是他们人生的第一桶金。

第二十章

　　三年一晃而过，随着改革开放的深入，南溪县也发生了翻天覆地的变化。城区面积在不断扩大，白龙江、赤龙江畔建满了房子，人口数量几乎翻了一倍，街道在不断拓宽、延长和新建。街道上，跑着不少摩托车，还有一些小汽车，这些驾驶着现代化交通工具的人，除了政府机关的干部，大部分是一些下海经商先富起来的商家和老板，其中，又至少有三分之一是家具行业新冒尖的老板和大款。

　　南溪县城习惯上叫东山镇，东山镇已今非昔比，除了城市面貌突变呈现出来的繁华，更有内在实力提升带来的阔气。

　　短短三年工夫，东山城区内现已拥有东山、西山、南山三大工业区，以及中心、东城、南城、西城、北城、北郊六大家具批发市场。形成了一核五区的家具产业格局，即以东山镇为核心，以邻近周边五个重点乡镇为依托，构成了群星拱月式的产业布局。

　　五个乡镇分别是龙游乡、龙溪镇、高岭乡、乌坝镇、大陂乡，这五个乡镇环绕在县城东山镇四周，形成一个五星拱月的态势，为南溪县家具产业的发展提供着广阔的土地、人口和战略纵深。

　　两年前，黎宗文的康华木器厂早已由圩镇搬到了城里，名称也改为了"南溪康华家具厂"，顾名思义，这家企业业务由单一的木料加工过渡为一家初具规模的实木家具生产制造企业，工人也由当初的八人扩大到四百八十多人。仅三年工夫，员工人数足足扩大了六十倍，发展速度是惊人的，黎宗文和他的康华家具厂已经在南溪业界小有名气。

一年前，两兄弟正式分家，经过两个多月的友好协商，最后达成了一致意见，签署正式协议，康华家具厂全权移交大哥黎宗文一个人，作为补偿，黎宗文付给弟弟黎宗武现金三百二十万元。

黎宗武从东山工业区搬到了西山工业区，创建了属于自己的飞鹰家具厂，经过一年的努力发展，飞鹰家具厂已发展到二百五十多人，区区一年工夫，企业规模达到哥哥的一半，发展速度远远超越了原来的康华家具厂，引起业界的强烈关注。

大约也是在一年前，就在黎氏兄弟分家不久，原龙游乡家具办主任曹德贵被查出了一些经济问题，挪用了公款十余万元。关押了十来天后，他爱人黄丽凭借自己在金融部门工作的优势，迅速利用关系退赔了所挪用的款项，加上谢东山等一帮朋友运作，曹德贵被取保候审。不久后，曹德贵因"认罪态度好""具有悔过表现"，被开除公职，南溪县人民检察院宣布结案。

曹德贵走出政府单位后，干脆一不做，二不休，投身商海，全职做起了生意，一边承包建筑工程，一边办起了家具企业，他的企业位于县城南山工业区，取名"南溪曹氏家具厂"，现在拥有员工一百八十多人，实力比黎氏兄弟稍逊一筹。但曹德贵气魄很大，一出手就是多元化战略，走的是家具制造和工程建设两条线，外加他爱人黄丽现在是龙游乡信用社主管信贷的副主任，长袖善舞，贷款融资极为便利，所以他在南溪商界非常活跃，朋友多，路子广，信息灵通，发展势头也非常强劲。

曹德贵一出山，业界纷纷惊呼，这个曹氏企业，不得了！初生牛犊不怕虎，实力不容小觑。

这天傍晚，黎宗文早早地下了班，从头到脚洗得干干净净，换了一套干净端庄的衣服，给值班的厂长黎青山说了一声，就驾驶着那辆新买的乌黑油亮的桑塔纳 2000 出门去了。

三个月前，在黎宗文的多次邀请下，黎青山从广东飞马家具厂辞职回来了，加入了黎宗文的康华家具厂，任主管生产的厂长。

出门前，黎宗文交代了一些工作，特别强调："青山，咱们是兄弟，俗话说，打虎亲兄弟，上阵父子兵。你先帮我两年，等我企业发展稳定了，你要自己做老板，我支持你，你要入股我这厂，我也欢迎。到时，你创业需要资金，尽管说一声，我一定尽力帮忙。"

青山当时感动得眼眶发热，连声应道："好说好说，我先帮你一把，都是自己兄弟，不要那么见外嘞，以后的事再说，我现在还没有那个远大理想呢。"

宗文听了呵呵一笑，拍拍他的肩膀，高高兴兴地赴宴去了。

黎宗文的厂子在东山工业区，位于城东近郊，离城市边缘两公里，而赴宴的地方在城西塔脚下附近。塔脚下是西北部近郊，这里属于山区了，山势延绵起伏，景色秀丽，白龙江和赤龙江汇流成龙江在这里浩瀚流过，水体清澈纯净，泛出蓝幽幽的光泽。

从县城看过去，可以清晰地看到塔脚下那一片巍峨的青山，层层叠叠，巍然耸立，山上还有一片片苍翠的树木，有木荷树、栎树、枫树、梧桐、香椿、酸枣，还有翠绿的毛竹林。

整个山头葱葱郁郁，绿荫密布，成了一片绿色的海洋。远方最高处云雾缭绕，孤峰凸起，像一位侧脸遥望的仙女。仙女峰海拔 828 米，为南溪县第二高峰。第三高峰是枫林坳口外的枫林嶂，也叫羊公垴，山高 812 米，在枫林坳口北部两公里处，那附近是当年黎宗文爷爷黎昌贵打游击的大本营，当初他们的老营就驻扎在枫林嶂脚下。

第一高峰叫天门嶂，比较远，在南溪县最偏远的一个山区乡镇林上乡境内，位于南溪和安南、盛宏三县交界处，离县城有八十多公里，海拔 1026 米，是南溪县境内唯一一座千米高峰。

仙女峰因风景秀丽，交通便利，慢慢成了一个旅游景点。山顶有一座宋代宝塔，因年久失修，现已坍塌，仅存塔基半尺，露出厚厚的青砖和红条石，色泽黯淡，布满了青苔。

宝塔不远处，建有宝塔寺一座，年代不久，为八十年代末所建。宝塔寺规模不大，一座大殿，两座偏房，外加一幢矮平房，被留守僧人作为厨房用。

塔脚下是大山下一个仅十余户人家的小村庄，因为临近县城，游客较多。今年春上，一夜之间，这里搞起了餐饮生意，冒出来四五家小餐馆，并且口味都不错，加之环境又极幽静，吸引了不少城里人前来聚会就餐，尤其是晚上。中午则相对客人少些，毕竟与县城隔了一条河，很多人要上下午班，时间短暂，太过仓促。

此刻，大约是下午五点十分，黎宗文驾驶车子沿着南溪县城滨江路顺流而下，车子的速度远远超越了白龙江河水的速度。

话说，"春风得意马蹄疾，一日看尽长安花"。这句古诗恰好代表了他此时轻松美好的心境。

这些年，经过一点一滴的拼搏和积累，他已经小有成就，成了南溪县内小有名气的家具厂老板，报纸、电视都上过，别人是羡慕不已。然而，他自己却感到并不满足，至少，在情感上，还是一片空白。曾经的女神蔡慧娟已经杳无音讯了，自从第二封信发出去，如石沉大海一般，他受到了深深的刺激。还有乡政府那次，蔡慧娟的爸爸看着他冷冷的眼神，明显一副瞧不起的样子。蔡慧娟呢，也一副内冷外热、爱答不理的样子……她应该是曹文瀚的新娘了吧？

唉，人呀，人穷志不穷，要有一点尊严，男子汉大丈夫，何必总去自讨没趣呢？

快下班了，他只想开快一点，避开下班人流的高峰，避开骤如潮水的学生和上班族，尽快赶到塔脚下老木匠餐馆去参加一个同学聚会。

在离塔脚下不到二里地的一个路口，他看到弟弟黎宗武开着一辆银灰色的广州本田迎面而来，车子临近，吱嘎停在了路边，响了一声清脆的喇叭。

黎宗文也停下了，两辆车隔着马路，分别摇下了车窗。广本车上，探出了黎宗武胖嘟嘟的脸，鼻梁上架着一副宽边墨镜，看到宗文，笑吟吟的，很热情，很亲切。

种种迹象表明，上次分给弟弟三百二十万，他很满意。本来，黎宗武的期望值是二百八十万，没想到哥哥二话不说，多给了四十万。

黎宗文看到弟弟身旁坐着一位同样戴着墨镜的女子，面若桃花，一头乌发瀑布般流泻下来，他定神一看，差点惊掉了下巴，上帝，那不是广东飞马家具厂主持中秋晚会那个音乐老师杨玲吗？黎宗文早听说她回来了，但仅仅是听说而已，一直没见过人影。

娇小的杨玲坐在高大的黎宗武身边，明显地矮了半个头。她娇嫩的脸上浮现出志得意满的神情，看来，两人的关系有了长足和实质性的进展了。

"哥，哪里去呀！那么潇洒啊？"黎宗武永远是那种大大咧咧的高嗓门。

"去塔脚下吃饭，参加一个同学聚会，什么叫潇洒？"

黎宗文淡淡的笑容，对着杨玲点了一下头，杨玲也报之嫣然一笑，并轻轻点了下头。

黎宗文心里有数，杨玲在飞马家具厂时就看自己的眼神不一般，只是考虑到弟弟宗武对她一往情深，再加上自己一直挂念着蔡慧娟，心无旁骛，就因此错过了。

黎宗文想到这里，轻叹了一声。定了定神，他随口问了声：

"宗武，最近生意怎么样哪？"

这属于客套话，哪有大街上谈生意的？

黎宗武哈哈一笑，他不正气地看了杨玲一眼，转过头高声回了一句："还不错啊，你看看，这不，豪车、美女都有了！"杨玲娇羞一笑，顺势将头靠在了他的肩膀上。

马路对面的黎宗文很不适应，笑笑，用手点了点弟弟，意思是，兄弟，你太狂！他头一别，关上车窗，嘀一声，慢慢提速开走了。

那段路很直，两旁种着白桦树。透过后视镜，他看到黎宗武那车逗留了一会儿，才慢悠悠离去了。

黎宗文哪里知道，自己车子刚走，黎宗武和杨玲就在车内情不自禁地拥吻在了一起。两个人隔着座位凑过嘴去亲着，你来我往，亲了足足有十秒钟，像两只发情的小兽，亲得脸红心跳，全身血液都沸腾了。

黎宗武一边亲，一只手还很不规矩地朝着杨玲的裙子底部游动。

杨玲脸一红，"啪"地抽打他手背一下，嗔怪道："做什么?! 光天化日的，你还想调戏良家妇女？"

黎宗武涎着脸，坏笑道："你说错了，这不叫调戏，应该叫勾引，嘻嘻！"

"勾引，什么时候变得这么坏了？黎宗武，你给我老实交代，总共勾引过几个女人?!"

杨玲皱了皱眉头，粉嫩的脸越发红扑扑的，审问犯人的口气。

黎宗武慌了神，涨红了脸，急忙辩解起来。后面传来刺耳的哨子声，后视镜里出现一位高挑俏丽的女交警，口气尖厉，急匆匆奔过来："广州本田，快走！别挡道！"

黎宗武一急，一溜烟将车子开走了，边开车边应付身边那个浑身散发着茉莉香水味的女人。

"宝贝，天地良心，我爱你都爱得死去活来，还会去找哪个女人？你说，我有这个必要吗？"

杨玲看着他紧张兮兮的样子，知道他非常在意自己，脸上露出得意之色，嘴上依然不依不饶，"哼"了一声："难说嘞！这年头，男人有钱就变坏，哼！你们男人都是属猫的，有几个好东西，整天一门心思想偷腥……"

黎宗武哈哈一笑，加快油门，晃晃那硕大的脑袋："好好好，我是猫，走，我带你到维多利亚鱼馆吃鱼去。"

黎宗文已经穿过龙江坳口电站坝顶的单行路，透过车窗可以看到坝下喷出的三股白练，犹如三匹宽大的锦缎，伴随着巨大的轰鸣声。

顺着山脚谨慎驾驶，绕了两个弯，老木匠餐馆到了。当他踏进小院的那一刻，闻到了小鸡炖蘑菇的香气，还诧异地看到了一位老熟人——曹天生，就是在广东开南溪客家菜馆那位。

以前打工那会儿，黎氏兄弟是他们店里的常客，吃饭、消夜，有时候就要瓶啤酒、花生米、酸萝卜片，找个僻静的角落聊聊事情。黎大龙、蔡志辉他们也经常去，有人打趣说，曹天生那儿，几乎成了南溪枫林坳老乡的"地下交通站"，专门用来接头对暗号用的，当然谈恋爱勾勾搭搭的也不少，比如大龙和那个广西姑娘阿莲。

曹天生正在水池里剖一条红鲤鱼，已弄好，洗手，水花四溅的。听闻脚步声，他猛一抬头，顿时"啊"了一声。

"咦！天生老板，你怎么回来了？"

几乎同时，黎宗文也发出一声惊叫声，三步两步蹿到了曹天生面前，转着头，左看右看的。

"九江鱼子归九江，我今年都五十多了，离开老家都十五六年了，我老婆前几年就吵着要回来，一直拖到去年秋天才回来。"

曹天生的老婆杨兰芳闻声从店里走了出来，笑着问候了宗文一声。宗文应付着，发现她的头发没有以前在广东那么卷、那么黄了，以前是做了发型染了色的，显得更洋气，现在自然朴实了几分。

"回来好，回来好，还是家里好，熟人多，住得舒适多了，你看看这山上，空气多好，有空我们就去爬山，身体都好多了。"

杨兰芳永远是那种快人快语、风风火火的性格，与腼腆厚道的曹天生反差很大。

略事寒暄，在曹天生的带领下，宗文进到了里头的一个房间，发现里面已经坐着五个人，都是高中时期的同班同学，有章鱼、带鱼、鱿鱼、黄鳝等人，听起来，净是些"水生动物"，来到东海龙宫一般。

"黎宗文，你小子，姗姗来迟，等你老半天了，等会儿罚酒三杯！"

章鱼一见面就叫嚷嚷的，印象中，此人一贯很强势。

"唉，没办法，厂里事多，不像你们政府上班的，那么悠闲自在。"

黎宗文赔着笑脸，一把在章鱼对面的空位上坐了下来。

"什么事多？请两个小秘，不就行了？你没钱吗？你这家伙，还是老样子，死抠死抠，不舍得花钱！"

接话的是带鱼，高高瘦瘦的，手脚特长，说起话来，手脚乱晃，真是名副其实，一副带鱼模样。

"可以啊！你们帮我介绍两个吧，漂亮点的。"

"好，我慢慢来给你物色。"

黄鳝的声音，鱿鱼在低头翻看短信。

宗文个子高，坐着端正，放眼一扫，嚯嚯！今天来的都是一群"鱼"，这海洋世界啊？

想起来，宗文自己都笑了，什么乱七八糟的，这个鱼那个鱼，全是些外号。高中时经常乱叫。章鱼叫章杰，带鱼叫戴大贵，鱿鱼叫尤光明，黄鳝叫黄新民，都是些谐音结合外貌而成。他摇了摇头，心想：我们那班呀，太爱取外号了，都是些什么人哪？！

　　黎宗文环视一周，只有一个女的不认识，马上有人介绍，那是张瑜，低一届的同学。

　　一伙人七嘴八舌地调笑着，开着半荤半素的玩笑，桌上开始上菜了。大伙坐着一动不动，继续说说笑笑，似乎没人觉得饿。

　　宗文中午没吃饱，但忍着没动筷，四下看了看，故作绅士地问："人到齐了吗？怎么还不吃呢？"

　　章杰一本正经地回道："稍等，还有一个女同学，很重要，一个漂亮的美眉哦，等一下吧，不然显得我们没素质。"

　　"很重要？"

　　黎宗文蒙了，之前他知道，在座的大大小小都算是个人物了，还有什么人这么重要？

　　看看，章鱼章杰已经是县里交警大队的办公室主任了。黄鳝黄新民是林下乡的宣传委员了。带鱼戴大贵是星辰广告公司的大老板。这家公司在城里比较有名，代理的电视广告很多，还有户外广告牌横幅生意不少。鱿鱼尤光明是银行职员，龙游乡农村信用社的信贷部经理，副主任就是曹德贵爱人黄丽。

　　他们不讲，黎宗文也干脆不问，不烦不躁地翻看起手机来。门外传来急促的脚步声，门一开，一个熟悉的声音传入耳膜，是一个甜美的女中音："抱歉，同学们！太不好意思了，堵车，堵死了，滨江路那边出了交通事故，追尾，所以我来晚啦！"

　　黎宗文抬眼一看，长长的头发，高高的个子，鹅蛋形白皙的面孔，一双会说话的大眼睛，这不是蔡慧娟，又是哪个？

　　天哪！她怎么来啦？黎宗文感到既意外又惊喜，心头像揣了一只小兔子，脸上显出紧张羞涩的神色。

不料，他身旁的带鱼戴大贵上洗手间了，正好有个空位。蔡慧娟一边说着话，一边顺势坐到了那个空位上，更是搞得黎宗文心里怦怦直跳，脸几乎红透了。

黎宗文看到她手上提着一个挺漂亮的白色坤包，一进门，顺手挂在了墙头一个壁钉上，一切都是那么自然优雅。蔡慧娟，看起来已经是一个地地道道的成熟知性的女白领，不再是印象中那个单纯稚嫩的漂亮女学生了。

戴大贵回来了，说了声："哟！我的位置被你占了？"

蔡慧娟起身，笑问："要不要让给你？"

"不用，我就坐门边，端菜更方便。"

"看美女也更方便！"黄鳝黄新民的声音，"美女一进来你就扑上去。"

大伙发出一阵哄笑。

"去你的，整天美女美女，谁像你？老色鬼一个！"

"他姓黄，肯定都很'黄'，这也难怪嘛，这叫作'实至名归'。"

黎宗文拍拍上首黄新民的肩膀，逗得蔡慧娟扑哧又是一笑。

"唉，不存在，不存在，我们姓黄人不'黄'嘛，黎老板，你不要牵强附会。"

黄新民有点尴尬，急忙摇手，想洗白自己。

戴大贵坐到靠门的一个位置，接过了一个女孩子手中热气腾腾的砂锅猪脚，猪脚的香气飘逸出来，让人垂涎欲滴。

"蔡慧娟，最后一个到，罚酒三杯！"

章杰故意拉着个脸，敲了敲桌面。

看着蔡慧娟为难的表情，尤光明连声附和，说："该罚，该罚，这是我们同学聚会的老规矩了，最后到的一个人罚酒三杯。"

戴大贵非常勤快，一箱啤酒被翻开，抽了五六瓶上桌，撬开两瓶，蔡慧娟面前倒了三杯，整整齐齐，像敬神一般。

"喝，最后一个到的罚酒三杯，老规矩！"

众口一词，除了黎宗文。黎宗文看着蔡慧娟扭扭捏捏的样子，心疼极了，正在思考对策。

门外脚步声响，进来了一张新面孔，最后一条漏网之鱼鲇鱼曹大年到了。此人嘴有点大，名字又恰恰带个"年"字，同学们发挥丰富的想象力，把"鲇鱼"这一美称送给了他。

一阵寒暄过后，曹大年坐到了黎宗文对面一个空位上。

"喝，曹大年，你最后一个到。"

黎宗文顺势把蔡慧娟面前的三杯酒挪到了曹大年面前，蔡慧娟露出感激之情。

曹大年变成了曹大眼，两眼圆睁瞪着黎宗文，黎宗文毫不示弱，也直直地瞪着他，两只斗公鸡一般。

众人一片哄笑，纷纷催促道："喝！""喝！""别耍赖！"最后是一个甜美的女声，一直不吭声的张瑜在帮学姐蔡慧娟出头。

蔡慧娟感激地看了她一眼，张瑜对着她嫣然一笑，原来她们两个早就认识。

曹大年是个急性子："喝就喝！"昂头把三杯啤酒干了，喝完还把杯子翻转过来，全部扣在桌上，以示抗议。

众人新鲜，哧哧一片笑闹声。

马上有人告诉黎宗文："蔡慧娟已经是县电视台的主持人了，你知不知道？"

黎宗文大感意外，不由得看了她一眼，摇头："我真不知道呢，每天忙得晕头转向，哪有时间看电视呢？"

随后，热情地说："祝贺你啊，慧娟！"

"上个月进去的，一个小主持人而已，多大点事？"

蔡慧娟深情地看了黎宗文一眼："宗文，我听说你生意做得不错了？我倒是要祝贺你。"

"黎宗文，大老板了。"几个人七嘴八舌，带着几分夸张的语气。

随着菜一个个摆上桌面，七八个人边吃边聊，追忆起往日美好时光，说一些分别后的奇闻逸事，房间里充满了快乐的气氛。大家又仿佛回到了那个青春烂漫的学生年代，坐在书声琅琅的学堂，脑海里翻过一张张熟悉的面孔。

……

那顿晚饭，黎宗文发现蔡慧娟不太活跃，与往日的风格大相径庭。在简短的交谈中，他捕获了一个"重要信息"——她和曹文瀚已经分手了。

哇，感谢上帝！

黎宗文感到全身热血沸腾，心口怦怦地狂跳，脑子里几乎一片空白。那一刻，他隐隐地感觉到——机会来啦！

他暗暗在心底鼓劲，并默默地祈祷着。

……

第二十一章

第二天上午，黎宗文正坐在办公室里看一份资料，桌上手机骤然响起，一看，是弟弟黎宗武打来的电话。

"宗武，有事吗？"

"哥，你有没有听到一件事？"电话那头，黎宗武神神秘秘的样子。

"什么事？不会又是听到什么风流韵事了吧？"

黎宗文不紧不慢转动着屁股底下的转椅，眼睛一边看着半开半合的办公室门。门外车间主管黎小满闪了一下，手里拿着一根弯弯的榉木条子，似乎有什么事要请示汇报。

"切，还风流韵事，你自己的事，想不想听？"

"我有什么事？快说吧，没空闲聊呢，待会儿要去下车间了。"

"你傻啊？天天蹲在厂里，什么都不知道，蔡慧娟和曹文瀚已经分手了。"

"那又怎么样？他们分不分手跟我有什么关系？一下子，怎么又分手了，他们不是爱得死去活来的吗？"

黎宗文故意装出轻描淡写的样子，嘴上却连珠炮一般发问。

"哥，你别装了，在我面前，你装啥？曹文瀚那种人你不知道？水性杨花，见异思迁，风流成性，脚踩几只船。蔡慧娟那么清纯的人，你想想，她能受得了？曹文瀚那小子，看他还嘚瑟，这叫作'夜路走得多迟早碰到鬼，女人搞得多迟早要下水'，正好，给你创造机会了。大哥，你不能再犹豫不决了，得赶紧抓住机会，给我上！"

黎宗文感到弟弟的嘴皮子越来越溜了，自己远远不是他的对手。在他面前，自己经常不由自主地成为一个被动的倾听者。

"机不可失，时不再来，哥，你要有点男子汉的气概好不好?! 蔡慧娟已经到电视台上班，人也成熟漂亮多了，听说追她的人大把，在排着队呢，大老板、官二代都有。"

"哥，你要有点勇气，看到机会就给我上，不要老是像缩头乌龟一样！"

"好，你牛！那你去追吧？你以为这个女人很好搞定的？切，我又不是不认识她！"

黎宗文没有耐心聊下去，他淡淡的语气，想挂电话了。

门外黎小满焦急地走来走去，看来有什么急事，又不敢闯进来。

"我，我不是有女朋友了吗？杨玲，那个音乐老师，你不是认识？比蔡慧娟还漂亮呢。蔡慧娟，那是你的女人，我还敢乱来？嘻嘻！"

黎宗文很想回他一句，假模假式，德行，你乱来得还少吗？

话未出口，"笃笃笃！"又是一阵敲门声，一声比一声急促，估计不是黎小满了。

他探头探脑都好一会儿了，感觉有比较重要的人物光临，立马站了起来。

"好好，再说吧，我有事了，就这样吧。"

在挂电话前，他还听到黎宗武在嚷嚷："傻瓜，我来安排吧，我让她过几天来采访你！"

咔嚓，电话挂了。

几乎同时，黎宗文一扭身，急匆匆踏了出去。

人在江湖，身不由己，有时候来了些重要人物，如政府官员、媒体记者、银行、客户、朋友，个个怠慢不起，个个得罪不起，不要看你是个"大老板"，有时候连狗屁都不如。你弄得某个人不爽，某天，他们要整治整治你，还不是跟捏死一只臭虫一样？

半掩的门开了，门外规规矩矩站着三个人，右边是车间主管黎小满，手上还拿着榉木条子。

左边是两个穿着银行制服的年轻人，其中一个年龄大几岁，像是领头的。

"你们是？"

黎宗文看看，却不认识，一脸茫然地问。

平时有客人来，前台都会现带到隔壁黎青山的厂长办公室，过滤一下，如果权限不够，处理不了，实在有必要见老板黎宗文的，黎青山自己就会带过来。像这种陌生人自己找上门来的几乎没有。

"哦，你好，黎老板吗？我们是工商银行水西支行的行长，我姓黎，今天特地来拜访你，这是我名片。"

对方掏出一张白色小纸片双手恭恭敬敬地递了上来。

黎宗文接过，扫了一眼，原来是姓李，李南方，他听错了，以为对方姓黎，是本家呢。

那边黎小满又晃了一下手中的榉木条子，显得很着急的样子。走廊一端，黎青山脚步匆匆地走了过来。

走到面前，他笑着向黎宗文解释道："嘿嘿！今天客人多，茶喝多了，我上了下洗手间。这不，一个上午，财神爷一拨一拨地找上门，还都是熟人介绍的，刚刚送走信用社的，这工行的又找上门了。"

"那好啊，都说明你们厂生意兴隆，财源滚滚，马上要兴旺发达了！"

那个主任李南方人长得端正，嘴皮子也很溜，浑身上下干净清爽，透露出银行职员的干练和精明气质。

"这是水西支行的李行长，家具产业局一个领导介绍的，昨天打了电话来，这位是信贷员黄经理。"

"叫我小黄就可以啦，我和您弟弟黎宗武是朋友，我们都喜欢唱歌，经常晚上一起去城西那个好再来 KTV 唱歌。他有个女朋友，好像姓杨，人长得很漂亮，歌也唱得很好，哦，叫'杨玲'，很像那个杨钰莹，简直一模一样，我们都叫她'杨钰莹'，哈哈！"

没想到这个小黄经理更能聊，一聊起来一套一套的，为了套近乎，居然把杨玲神化成了"杨钰莹"。

黎宗文嫣然一笑，心里舒坦极了。这是人的共性，每个人都喜欢听好话，银行找上门本身就说明企业业绩和影响力在不断扩张，这没有什么不好的。

"屋里坐，边喝茶，有事慢慢聊。"

几个人室内茶桌旁坐定，黎青山哗哗地泡茶倒茶，动作娴熟。黎宗文的茶桌不像其他老板那么复杂，还是传统的白茶壶泡茶，小瓷杯喝茶。黎青山茶壶端得老高，水流下来像庐山瀑布，一点也不溢出。

看着对面站着干着急的黎小满，欲言又止的样子，黎宗文主动问他什么事。

黎小满露出一副苦瓜脸，他瞥了在场的黎青山一眼，吞吞吐吐道："这个马老板的材料不好，不能再用了，木材不坚实，老裂缝呢，这个做椅子腿靠不住，很不耐用，也不耐磨，一个湖南的经销商上午打电话来，说几客户用了不满意，都嚷嚷着要退货呢。"

"郴州的贾大山，他最多事，今天说油漆喷得不够亮，明天又说板材不够厚，叽叽歪歪的。不过他量走得快，上个季度地级经销商中冲进前三了，上升得很快，去年都排十五六位的。"

黎青山停止了工夫茶"表演"，因为他没有及时上报，有些压力，就朝着事情相反的方向，把不在现场的贾大山数落了一通，企图蒙混过关，大事化小，主观化为客观。

"贾大山是湖南郴州的地市级经销商，老家是南溪的，十七八岁去郴州做泥工就在那边安家落户了，后来改行搞了家具贸易，他是我们康华家具厂的一个老客户了，做事很踏实，贡献很大。"

黎宗文向银行的二位略略解释了下，接过一看，心里咯噔一下，感到头皮一阵阵发麻，发现那做椅子腿的木条子上居然有两条细细的裂缝。椅子腿是联邦椅顶力的地方，哪怕有一条裂缝都不行，会影响椅子的坚固度和耐久性，这样一整批发出去，时间一长，会严重损害厂里的品牌声誉，久而久之，康华家具厂的牌子就会砸掉。

看着两位银行职员诧异的眼神，黎宗文压力倍增，脸上也挂不住了。

他将榉木条子塞到黎青山手里，严肃地问："青山，这马老板是哪个人介绍的？以前不是张老板供货吗？每一批货进来有没有进行抽检？还有，有没有检查他们的产品检验证明以及合格证之类？做生意，要讲究认认真真，质量第一，信誉至上……"

李行长点头称是："对对对，做生意，产品质量第一。"

"退货！马上终止和马老板的合作，恢复和张老板的合作，以前不是用得好好的吗？怎么又换了一家？"黎宗文脸涨红的，盯着黎青山看。

黎小满等得不耐烦，坐下自筛自饮，连喝了三杯茶水，先回车间去了。

黎青山一脸为难的表情，挠着个头，这个那个半天，在黎宗文目光的逼视下，娓娓道出了实情。

"那个马老板是县里家具产业局潘局长的小舅子，潘局长打了几次电话来，实在不好推托，就试用了三批货，唉！真没想到会这样子啊。"

"你怎么不早说呢，一批货是多少？"

"两车，就普通那种东风大卡车，装三十吨的。"

黎宗文一听火了，啪！桌子一拍，骂道："黎青山啊，黎青山，你没脑子啊?! 这种事情怎么能随随便便做人情呢？原材料不好直接会影响产品质量，产品质量不好是会毁掉整个厂子的，你知道吗?!"

黎青山感到事态严重，额上汗涔涔，捡起搁在桌上的榉木段，忙不迭地应承道："好好好！我马上去处理，退货，辞掉这个姓马的。第一批货不错，鬼知道知道后面两批会这样子。什么鸟人?! 哪有这样子做生意的，太不是东西了！"

黎青山抹着汗，骂骂咧咧地出去了。

黎宗文脸色红红的，眼睛睁得大大的。咕溜喝干了一杯茶水，脸色慢慢舒展开来，给二位客人敬烟倒茶，亲切地问："二位，今天来找我有什么事吗？"

李行长犹豫了下，与小黄对视一眼，用一种非常客气诚恳的语气，急切地开了口：

"黎老板，您是干大事的人，我们知道你很忙，这真是无事不登三宝殿，我今天确实有一件事，想求你帮帮忙。"

"你说，什么事？"

"我是两个月前刚上任的，一上任就面临着巨大的压力。我们分行换了领导，新来的行长姓蒋，叫蒋少武，年轻气盛，非常倔强，急于要出业绩，想往上爬，拼命压任务。

"按他的规定，下一年，南溪县各个支行存款贷款任务大幅度增加，尤其是我们水西支行，增长了近一倍。并且，他还强烈要求每个支行签署了军令状，一年之内完不成的，就引咎辞职，唉，这段时间，我是日夜发愁，简直都吃不好饭，睡不好觉，到处去……"

李行长情绪高昂，滔滔不绝讲了一大堆，越讲越激愤，讲得口干舌燥，端起茶杯喝了两口茶水，又继续讲。

"……哎呀呀！压力好大，不好搞！"

讲到后面，眼圈红红的，叹了口气，又痛苦地垂下了头。

"是呀！是呀，我们支行小，就那么八个人，除了四个营业员，另外四个人每天都出去拜访企业老板，嘴皮都磨破了，腿都跑断了，但是也很难完成任务。"

业务经理小黄接过了话头，也是一脸焦灼的神情。

黎宗文静静地听着，越听越诧异，听得心里酸酸的，仿佛那些事讲到了自己身上。

他们所说的一切，他都经历过，只是大同小异而已。但领导拼命施加压力这一点，他没有太过真切的体会，因为他没有在体制内上过班，对那种层层加码，官大一级压死人的情况理解不是很透彻，也就是说，远没有当事人那种真情实感、切肤之痛。

望着李南方那期待的眼神，黎宗文犯难了，他想帮对方一把，但他有两家合作伙伴，一家是农行，另一家是信用社，都是多年的老关系了，也是创业之初，在企业最艰难的时候支持过自己的老朋友，有浓浓的人情在里头。

信用社就是龙游乡那家，前些年，虽然企业搬出了南溪县城，关系却一直没有断过，因为他户籍还在枫林坳老家。

去年冬天，他在鹭江花园买了一套三居室的房子，但户口没有迁，有朋友劝他迁出来。他说："没那必要，我就是做生意做到北京去了，我也是枫林坳的人。"

南溪县这几年经济活跃了，家具产业迅猛发展，达到了惊人的两千多家。企业多，用钱就多，贷款客户多，同时，资金流水也多，银行也就蜂拥而至，东城、西城、南城，银行遍地，连观音渡都开起了银行营业部，个个想分一杯羹。

为了争夺客户，他们展开了激烈的竞争，找朋友，拉关系，托领导，请吃饭，无孔不入，无所不用其极。

有时候，一上午来三家银行，个个都是朋友介绍的，缠着都不想走，偏偏哪家你又得罪不起，搞得他头都大了。

李南方见他不说话，遂改换了话题，聊了一些生意场上的闲天。聊着聊着，他拉近椅子，向黎宗文透露了一个信息，县教育局马上要招标一批办公桌椅业务，分配到城区几个中小学去，有六百多万的业务。他问黎宗文有没有听到这件事。

六百多万！那不相当于自己两个月的产值吗？他一听，心里怦然跳了一下，脑子在急速地运转，思考着怎么才能把它拿下来。

他马上想到，打蛇打七寸，擒贼先擒王，这么大的事，绕不开教育局局长，但他近几年很少跟教育部门打交道，原因是刚开始在龙游乡开厂子那年做了一批枫林坳村小学的课桌椅，不但利润压得很低很低，而且账还拖了将近两年，材料款、人工、利息，细细算下来，不但没赚钱，还亏了不少，人家做生意讲开门红，自家做生意开门赔。

就是那一次，半年后，父亲黎广发不干了，退出企业回家搞回他的老本行木雕生意去了。

父亲走后，弟弟黎宗武发挥出当年飞马家具厂拼命三郎式拉业务的劲头，凭借自己朋友多、路子广、脑子活、嘴皮子溜的优势，上蹿下跳，东奔西跑，早出晚归，两个月内，连续拿下三个百万大单。

这三个大单，是黎氏兄弟人生的第一桶金，虽然过去快三年了，黎宗文至今依然深深记得，分别是县敬老院床具桌椅业务，一百三十多万；南溪宾馆床具床头柜业务，一百八十万；南溪大剧院折叠椅业务，二百四十万。

这三笔业务相加，五百五十多万。请客送礼花了三四万元，各种成本费用刨除下来，利润足足有一百二十余万元。

出道之初，康华家具厂打了一个漂亮的翻身仗。

这三笔业务，成了他们起家的资本和基石。从此，黎氏兄弟在业界小有名气，也有了做大做强的勇气和信心。

后来，黎宗武念念不忘，再三跟哥哥强调：朋友关系，人际关系，人情关系，要不断打造，有时候比金钱还重要！

想到这里，黎宗文做出了决定，他动情地对李南方说："李行长，人海茫茫，我们有缘相识，就是朋友。现在既然你遇到难处，又找了我，那就是看得起我！我可以帮你这个忙，助你一臂之力。"

"现在，我正在龙游乡扩建二厂，设备差不多已安装好，马上就要投产了。这个厂的流水可以存在你们行里。当然，需要贷款时，我也会找你们的。"

"黎老板，真的太感谢你了，你帮了我们的大忙！"

李南方走过来握着黎宗文的手，进一步补充说，为了表示对他的感谢，他愿意向他引荐一下教育局那边新来的局领导。

"哦，那好啊，教育局局长是哪个了？"

黎宗文一听，正中下怀，眼睛顿时亮起来，整个人精神也焕发起来。因为，他知道教育局是个大单位，下面管着好几千号人马和大大小小几百个单位，中学、小学、幼儿园，林林总总，一大摊子。要是认识了教育局局长，就不愁没有交道打，比如每个学期，学校都有一定量的课凳桌、办公桌椅、床铺等需要更新添置，数量是十分巨大的。

"局长叫李大贵，就是我的堂哥。"

"好啊！那么巧啊?!"

黎宗文表面装作平静，心里却怦怦直跳。他觉得今天认识这个李南方真是太幸运了，他还暗自庆幸自己没有冷落和怠慢他们，看来任何时候真诚待人，广交朋友都是不会错的，尤其是像他这种商场之人，需要各种关系、人脉。

一晃，午饭时间快到了，小黄看了一下表，眼望着李南方，意思我们该走了。李南方倏地站起来握手告辞。

"黎老板，很不好意思，耽误你一上午的时间了，我们也该回去了。"

说完，他起身往外走，小黄也捡起桌上的公文包转身离去。门一开，黎青山进来了，说饭菜已搞好了。

"走什么呢？就这里吃个便饭，我都安排好了！"

黎宗文快步跟了上来，热情地挽留道。

"这，不好再麻烦了吧？"

李南方笑笑，为难的样子。

"来到我们这里都是客人，这有什么麻烦？"

黎青山像煞有介事地笑道。黎宗文随即附和说："没错，就食堂包厢里吃，等以后有钱了，我们再上大酒店吃海鲜呢。"

几个人一听都乐了，有人趁势恭维道："黎总，你这么聪明能干，为人又这么好，看得出，迟早要大发财的，一定一定！"

"谢谢！谢谢！那就借你们吉言了。"

几个人在黎青山的带领下向食堂包厢走去，刚到食堂门口，一阵小鸡炖蘑菇的香气飘逸出来，李南方不由自主地抽动了两下鼻翼。

果然，李南方说到做到，他在一天上午带黎宗文去了教育局，恰巧局长李大贵在，一番交谈之后，他们就这样认识了。

从此以后，黎宗文和李南方关系愈来愈密切。

通过李南方的指引，以及他在李大贵面前源源不断地说好话，康华家具厂终于打开了南溪县整个教育系统的大门，一年能做到十几所学校的生意，业务量也迅速增长，扩展了近十倍。随着业务量的增大，企业走上了快速发展的轨道，效益不断翻番。

这些，是他以前想都不敢想的事！

人生有偶然，也有必然。

不久，黎宗文提前兑现了承诺，在工行水西支行开了个户，存了一笔巨款，整整五十万。

正当黎宗文顺风顺水的时候，他万万没想到，弟弟黎宗武攻势更猛，居然远远地走在了自己的前面。

南溪县，属于黎氏兄弟的春天到来啦！

多少年了，谁曾想到，枫林坳村那个古老的木匠世家历经苦难，竟焕发出了惊人的生机与活力，如同枯枝发新芽，含苞怒放，拔节生长，成为南溪县引人注目的新星。

第二十二章

　　水西工业区 166 号，有一片红砖围墙，墙体高两米有余，超过了一般成年人的头颅。外面的人看不到里面的任何动静，里头的人也看不到路上的行人。

　　几株白玉兰树从围墙顶上伸出来，婆娑的枝叶覆盖着墙体内外，发出浓郁的花香，投下一片宜人的绿荫。

　　围墙靠左的位置，有一扇两开的铁栅栏门，比围墙还高出一大截，铁门顶部镶嵌着一根根银灰色尖利的标枪头，看上去有些瘆人，也展示出这个院落主人的气势与威严。

　　铁门的左侧，悬挂着一块硕大的牌子，上书几个黑体方块大字——"南溪飞鹰家具厂"，木牌的上部画着一只红色雄鹰，那张开的翅膀，形象而夸张，有点像小学生书写的"V"字。

　　下午四点左右，一辆溜光闪亮的广州本田不紧不慢地从马路上行驶过来。驾驶位车窗半开，露出车主黎宗武那张宽大的国字脸，浓眉大眼，脸部轮廓分明，目光投射过来，犹如鹰隼一般锐利，在那移动的一瞬间，眉眼一扬，光芒投射过来，像是在搜寻奔跑的猎物踪迹。

　　透过亮闪闪的前车玻璃，还可以清晰地看到副驾驶位上的一个人，那是一个长相富态的女人，应该比帅气的司机年长不少，至少有三十五六岁。那女人满头卷发，脸上抹着淡淡的脂粉，眼角精心描着眼影，连睫毛也好像精心修饰过，每一根都弯弯地向上卷起，还有耳朵一晃一晃的金丝耳坠，辐射出满身的雍容富贵之气。

车子绕过前部的办公楼，在院子中央的一棵大枫树下悠然停下。黎宗武下了车，年轻英武的脸上绽放出笑容，他绕过车身，打开副驾驶车门，并躬身做了一个请的手势。而后吐字明朗地用那种极其悦耳的男中音说道："兰姐，到了，请下车吧。"

那个被称为"兰姐"的女人慢悠悠地下了车，她穿着蓝底碎白花长裙，白色的女式小皮鞋，给人感觉与她实际年龄不相称。这是一个洋溢着成熟韵味的女人，整个形象，完全可以用"风姿绰约"四个字来形容。

兰姐走了两步，四下打量着，那双镶嵌在白皙脸盘上的丹凤眼简直像一对探测器，仿佛要在那短短的几秒内把整个飞鹰厂区尽收眼底。

"Mister 黎，你这厂区看起来就像一个大花园啊！"

边上两个路过的工人吃了一惊，听口音，兰姐的国语充满了"洋味"，抑扬顿挫，听起来跟这边的人根本不一样。他们不假思索地想，这应该是一个地地道道的华侨或华裔，来这边投资的富商吧？

"呵呵！哪里！我这仅仅是一个临时性的厂房，杂乱无章的。原来是一个国企食品厂，倒闭荒废十来年了。我前年租了下来，因为忙于生产，一直没有工夫去打理。今年春天，稍微花力气整治了一下，种了一些花草树木而已，不过，确实也好看多了。厂区嘛，就像一个女人的皮肤，也要经常花工夫去维护保养，才能显出年轻、漂亮、好看。

"慢慢来吧，我们正式的厂房正在设计，比这个漂亮多了，哦，在我办公室有一幅效果图，兰姐，走，我们上去看一看。"

黎宗武已经迈开了脚步，朝办公楼走去。兰姐优雅地迈着碎步跟在后面。黎宗武连走带等，走得很慢。

"可以啊！我早就知道，黎先生你是一个非常有生活品位的人，追求的是一种高品质的优雅生活。"

"谢谢兰姐，你把我描述得太完美无缺了……嘻嘻！不过，我真的有你所说的那么好吗?"

"当然啰，我相信自己的眼力。"

一番话，说得黎宗武心底暖洋洋的，浑身毛孔都舒张开来，脚步也轻盈了许多。

他吹起了口哨，好像是《小芳》的曲子，这是那几年很流行的一首歌，吹了几下又停下了。

走到楼梯口，黎宗武停下了脚步，一转身，兰姐边走边抛了一个迷离的媚眼，身子也不由自主贴了上去。

两个人亲亲热热，越靠越近，黎宗武不但能闻到对方身上散发出来的茉莉香水味，甚至还能感受到对方的体温传导过来。

踏上几段宽大的木板楼梯，穿过幽静的廊道，在三楼的靠右侧方向，他们来到了306房间，那就是黎宗武的办公室。

灯光一亮，屋内所有陈设尽收眼帘，那是一个阔绰大气的场所，棕色的办公桌后面，挂着一幅"飞鹰家具厂新厂区效果图"，图片尺寸宽广，清晰逼真，一目了然。

黎宗武拉开淡青色的窗帘，阳光齐刷刷地投射进来，反而冲淡了屋内本已大亮的灯光，让人有点睁眼不开。

窗外，一株白玉兰树巍然耸立，枝条四散开来，叶片绿油油的，大得像孩童的手掌。一阵微风拂过，树枝轻轻摇曳，浓郁的白玉兰花香弥漫进来，淹没了兰姐上身原有的芳香气息。兰姐站在窗边，抱着双手眼望窗外，有点陶醉的感觉。

黎宗武已经站到办公桌后，打开照明的壁灯，打量着壁上那幅新厂区效果图。

"兰姐，过来看一下。"他轻轻地呼唤了一声。

兰姐走过去一看，顿时被吸引住了。

规范整齐的设计，充满现代气息的办公楼，绿地、花园、喷泉、车间、宿舍、库房、运动场，一应俱全。一切都显得那么合情合理，精心细致，充分显示了企业主的聪明睿智和心思缜密。

"怎么样？这设计还行吗？"

黎宗武见站立身边的兰姐久久仰望，一副沉思的神态，就是不说话，忍不住试探着问。

"好！很好，很时尚，很现代，布局也很合理。"

黎宗武一听，心里一块石头落了地，他把兰姐带到了隔壁的茶室，喝着茶聊了起来。

"宗武，你这个设计是哪个公司做的？应该是北京或深圳的哪家大公司搞的吧？"

"嘻嘻！没那么复杂，创意策划是我自己。搞好图纸后拿给我大哥黎宗文看了一下，他提了些好的建议，比如车间本来在中间挪到最后面去了，将运动场挪到了车间前面，再将宿舍挪到了运动场前面，这样就将宿舍和车间隔离开来，避免了生产噪声影响工人正常的休息，也便于工人业余休闲健身，有利于身心健康，还可以保持旺盛的精力去投入生产工作中去……这叫作'管理人性化嘛'！"

兰姐听了频频点头，脸上表情丰富起来，眼神熠熠有彩，透露出女企业家长期积淀下来的那种果敢与精明。

"那你准备什么时候实施呢？"

她端起茶水吹了吹气，抿了两口。

"我也想尽快啊，万事俱备，只欠东风。"

黎宗武沉吟了下，话中有话地开了腔。说完，眼睛定定地瞧着茶桌对面的兰姐，观察她脸上的细微变化。

兰姐原名邓兰芝，她老公丁健是一个美国归国华侨，定居在香港铜锣湾一个富人别墅区。丁健七十有二，比邓兰芝大了将近一倍，他们是二婚的，在美国旧金山一个公园游玩时认识的。

那时，丁健已经是国际上一个赫赫有名的画家了，尤其擅长画风景和女人肖像，经常到外面去写生。他们认识时，丁健就在旧金山一个森林公园画湖水、轻舟和远山。

邓兰芝那时还是华盛顿大学一个普普通通的留学生，由于家贫，经常为学费和吃饭发愁。那次她快大四毕业了，正在做兼职导游赚取些微薄的薪水过活。

那天下午，冒着炎炎酷暑，她头戴小红帽，手挥三角旗，穿着印有某某旅游社字样的导游小背心，带游客游完船后，上岸从小路经过，碰巧遇到了丁健在湖边柳树荫下一丝不苟地画画。邓兰芝好奇，停下脚步凑过去看。见他正描画着湖上游览的一艘小游船，还有船上的几名游客。画上一位年轻的女导游站在船头挥舞旗子在向游人讲述风景，白裙子，红帽子，苗条挺拔的身姿，长发在身后飘扬。

邓兰芝蹲身一看，惊喜地叫了起来："哎呀呀！先生，这船上那个人不是我吗？您将我都画进去了！"

丁健正静静地勾勒着，听她猛然一叫，吓了一跳，以为发生了什么事。

他抬头看了面前这个青春活泼的小姑娘一眼，没有吱声，又低头继续完成手中的杰作。

邓兰芝乐呵呵地道谢："谢谢大师，还从来没有人给我画过画呢，您画得可真好啊！要是您能给我画一幅写真肖像画那该多好啊！"

"可以啊！改天你到我公司来，我免费给你画一幅吧。"

丁健微微一笑，手中笔一刻不停在修饰面前的画，寥寥几笔，一幅画更是美轮美奂、栩栩如生了，喜得她心花怒放，禁不住拍手叫绝，一个劲说太美了。

在她那颗年轻的芳心里，一股崇拜之情油然而生，古人云："美女爱英雄。"所谓"以身相许"，也许，就是这个道理吧？

就这样，一个偶然，他们相识了。

几天后，邓兰芝大胆地去了丁健的文化艺术公司，丁健免费给她画了一幅精美的肖像画。

画被抱回旅游公司后，整个公司沸腾了，大家说比《微笑的蒙娜丽莎》还要好，还要神秘。再一看，哇！丁健的画，不得了，那是赫赫有名的大画家呀，他的画一般都在国外拍卖行拍卖，有钱都不一定买得到。

邓兰芝听得乐呵呵的，感觉极有面子，似乎经理看自己都带着股崇拜的眼神，以前基本上像从飞机上俯瞰自己，裹挟着丝丝不屑一顾的味道。

第二次，她又去到丁健公司的画室。

一见面，邓兰芝就小麻雀一般叽叽喳喳向丁健汇报那幅画的巨大反响，以及在员工中的热烈程度。

丁健不动声色，从上到下看了她一眼，说："邓小姐，你的身材这么曼妙，如果能画一幅人体画，一定会比上一幅出彩得多，不知你愿不愿意？当然，我会付费的，五百美元，只要两小时就够了。"

邓兰芝一听，脑子一阵眩晕，几乎站立不稳。

天哪！两小时，几乎等于自己风吹日晒做导游半个多月的工资了。她几乎想都没想就答应了，在丁健过去拉窗帘的同时，已经开始解衣服上的纽扣了。

两小时后，画作完成，怀着无比激动的神情，两个人越走越近。最后，一番四目相望，就情不自禁拥吻在了一起，发生了人世间一切最有可能发生的事……

就这样，顺理成章，毕业后，邓兰芝嫁给了大画家丁健，从一个食不果腹、穷困潦倒的小导游，蜕变成了拥资数十亿的富太太，演绎了乌鸦变凤凰的辉煌传奇。

此刻，邓兰芝是南州市的一家投资公司的负责人，平日里，南州、香港两头跑，优哉游哉，风光无限，潇洒得很。

自从在一次企业家聚会上认识了黎宗武后，她就被对方浑身散发出来的男性魅力所征服，三天两头往南溪县城里跑，美其名曰"考察投资环境"，住在南溪最好的酒店南溪宾馆里，那一般是政府接待外宾的场所，环境条件在当地绝对是一流的。之后，她总能找些借口接近黎宗武。

……

"哦！需要多少投资？"

邓兰芝坐在黎宗武对面，拿出坤包里的小镜子照着，优雅地修饰着那两条弯弯如月的眉毛。

她手忙着，耳朵却异常灵敏，一听到黎宗武感慨那声什么"东风"，她顿时就明白了。

她心想，不就是钱吗？钱算个什么东西?！自从嫁给丁健以后，老娘这辈子最不缺的恐怕就是钱了。

她不经意地问了声，其实，对于这种规模的小项目她根本不在意，千儿八百万的小投资，对于她这种动辄几千万上亿元的大投资商来说，那简直是小菜一碟。

"总投资上千万，其中土地，房建，还有各种水电消防设施以及园林总共需要八百多万。加上后期的添置设备四百万左右，初步预算是一千二百万至一千三百万之间。土地还是政府划拨的工业用地，很便宜，才两三千块钱一亩。"

黎宗武一说起来，简直如数家珍，他那清脆的嗓音、伶俐的口齿又一次把邓兰芝征服了。她觉得面前这个男人和自己老公丁健差别太大了，丁健才华横溢，但比较闷骚，也不太擅长表达，一聊起来三句不离艺术，对于商业经济他不太感兴趣，甚至有那么一点点排斥，认为谈论这种话题铜臭味太重，有辱斯文，太庸俗低级了。

而面前这个年轻人则恰恰相反，反应机敏，兴趣广泛，能说会道，与丁健形成巨大的反差。这么想着，她暗暗打定了主意，决心把他搞定，当作调节生活的开胃果。

当然，她是一定不会离开丁健的，那是她身后的一堵高墙，一座大山，一棵摇钱树。

毫不夸张地说，丁健制造金钱的能力堪称恐怖，堪比一座中小型印钞机，灵感一来，大笔一挥，刷刷刷，十来分钟，一幅画作出来，就是几十万上百万，甚至更多。拿到国际市场一拍，那就是千万以上。一般的大老板在他面前根本是微不足道，连给他拎包拎皮鞋的资格都没有，更不要说面前这个刚出道的小年轻了。很多时候，玩归玩，逢场作戏，这也算是工作之外的一种精神"娱乐"吧，说白了，就是寻找一点点新鲜刺激。

"没事，我来给您投资吧，一千万，利息八厘，三年之后连本带息归还，以企业做抵押。到时，要是归还不了，我们可是有权力要求你们以企业厂房和所有设备作价偿还哦，黎先生，我这个条件，您能接受吗？"

邓兰芝抽了一支细小的南洋女士烟，跷着二郎腿，优雅地吐着烟圈，慢条斯理地说出了自己的想法。

"接受，接受，没有任何问题，我完全接受！"

黎宗武兴奋异常，从椅子上蹿了起来，看着不动声色的邓兰芝，又缓缓坐下了。

"请问兰姐，资金什么时候可以到位呢？不要拖得太久哟！我们那边已经在打基桩了，您也知道，我是一个雷厉风行，办事讲究效率的人。"

黎宗武眼睛眨了两下，按捺不住兴奋之情，把椅子向前挪了挪，着急地问。

"钱没有问题，细节谈妥了，签署了正式合同，钱三天之内就可以打到你们公司账上。"

兰姐还是那种气定神闲的样子，看起来，一千万对她仅仅是皮毛而已，根本不会大费周折。

"感谢上帝，感谢兰姐，兰姐，您是上帝派来的天使呀！看来，我黎宗武认识您真的是太幸运了，可谓三生有幸啊！太感谢您了，兰姐，我的好兰姐呀！"

黎宗武坐不住了，站立起身跃到了兰姐面前，弯下腰拉住了兰姐的双手，兴奋之情溢于言表。

兰姐端坐着，不说话，眼神迷离地瞅着面前的黎宗武，柔声地问："说说，你打算怎么感谢我呢？"

手一拉，黎宗武站立不稳，一个趔趄跌坐在了兰姐的大腿上，兰姐顺势搂紧了他，双手像两条不安分的蛇，在他宽厚的胸部缓缓游动起来。

黎宗武侧过脸，两个人抱成一团，忘情地拥吻起来。

黎宗武一边吻，一边伸手在兰姐胸部移动，抚摸起来。

兰姐兴奋地"哎哟"了一声，幸福地昂起脸，眯上了双眼。

她两手紧紧地搂住黎宗武的腰，不由自主地向下滑去，落到了他腰部紧束的皮带扣上，她急切地想要打开那个碍事的金属搭扣，但连解了两次，都无能为力。

黎宗武抽回正在兰姐身上游动的双手，利索地把绷紧的搭扣打开了。他脱下长裤，随手一扔，穿着紧绷绷的碎花短裤，干脆一下把兰姐拦腰抱了起来，一直抱到墙边的大沙发上。

他将她平躺着摊开后，看着那个曲线玲珑的女性躯体，按捺不住扑了上去。

……

第二十三章

正当黎宗武春风得意之时，黎宗文与蔡慧娟的关系也日益火热了起来。这一切，得益于弟弟黎宗武的谋划与对接。

黎宗武对大哥的事非常上心，他通过县广电局局长和电视台台长的关系，并在南溪电视台投放了半年"飞鹰"牌办公家具的广告。

后来，得到了台长的承诺，指定当红美女主持人蔡慧娟在百忙之中深入康华家具厂现场采访，并做了一期时长一小时，类似央视《面对面》这种人物专题访谈节目。

这天，恰好是周二下午，黎宗文推掉了一切会客活动，包括银行上门的金融服务活动。就是有些客户上门非得要自己见面，黎青山和黎小满无法处理的事情，他也一律改为了明后两天。如此一步步顺延，直至将本已约好周六去南州市区参加一个高中同学聚会的事给推掉了。

处理完厂里的一大堆杂务，他把办公室整理了一下，尤其是办公桌上杂乱无章的书本和文件，练书法的笔墨纸砚、字帖之类，统统收罗起来。

而后，他将满桌面的书整整齐齐地叠放好，码成了两摞，并藏起了一些多余的装饰品和摆件，像玉石环、竹器笔筒、通信录之类，单留下了一个玻璃水杯，一个越南黄花梨木雕刻的奔马，一个红酸枝雕刻的飞天仕女。那飞天仕女腰身婀娜多姿，身上穿着薄如蝉翼的纱衣，抱着琵琶，一边弹奏，一边在云雾中飘逸升腾的样子。

昨天上午一上班，就接到了电视台新闻中心打来的电话，当时黎宗文正在和黎青山聊事情，恰好又有人送一份特快专递进来，需要他签字。他一边签字一边接电话，只听到对方说："明天下午三点半有县电视台记者上门来做访谈节目，时间可能要一两小时，是上面领导安排的，请黎总做好准备，不要外出。"

黎宗文一阵惊喜，南溪县家具企业两千多家了，能得到县电视台的青睐和照顾，制作这么长时间的访谈节目，确实机会难得。

他满口答应，对方介绍完情况，挂了电话，并没有说女主持人是哪位。匆忙之间，黎宗文也没顾得上去问。

当时，他脑子闪了一下，会不会是蔡慧娟呢？

黎宗武上次不是吹牛说他来安排，会让蔡慧娟来采访他一下。但南溪县企业遍地开花，蔡慧娟只有一个，她又这么有名，也未必忙得过来。

管他是谁呢，只要有人来就行啦，这是康华家具厂和自己出头露脸的绝佳机会，等于免费打一次大广告，要是枫林坳老家的父母和在省城实习的妹妹黎宗英知道了，该会有多么高兴啊。

为了保持脑子清醒，应对记者采访，他特意延长了午休时间，睡了足足一个小时过十分钟。

起床后，用冷水洗了把脸，连洗了三遍，他感到脑子特别清醒，足以应付对方提出的任何问题了。

他瞄了一眼腕上的双狮表，时间指向三点整，预定的记者上门的时间已经到了，因为三点半就要进行正式的采访录像，摆弄机器，整理场地，沟通些事项，半小时的准备时间肯定是要的。

"笃笃笃！"几声礼貌的敲门声响起，当前台工作人员把电视台记者带进来时，黎宗文赶忙起身相迎。

他睁眼一看，天哪，这不是蔡慧娟吗？她提着一个小巧的白色坤包，脸上化着淡淡的妆容，涂着口红，描了眼影，头发往后面卷曲披散，黑油油的，闪烁着亮光，覆盖了整个背部。身上穿着一件白衣的外套，裁剪精巧，短装收腰那种，下身是深蓝色的西裤，脚穿棕色的女式小皮鞋。

走近时，一股淡淡的薰衣草香水味散发出来，使人意乱情迷，不能自已。

"哎呀！慧娟，怎么是你呀?!"

当黎宗文看到日思夜想的蔡慧娟突然出现在自己面前时，简直兴奋得有些手足无措了，胸口在剧烈地跳动着。

"怎么，黎大老板，我不能来吗?"

蔡慧娟嫣然一笑，露出一口洁净的大白牙，还是黎宗文熟悉的样子。

一晃四五年过去了，要不是上次在仙女峰塔脚下同学聚会，吃了一次饭，他几乎要把蔡慧娟淡忘了。

在他的潜意识里，蔡慧娟已经是曹文瀚的人了。曹文瀚又是自己要好的同学，自己再想，又能怎么办呢? 去跟人家抢吗? 这是万万不可能的事。

再说，人家堂堂的一个国家干部，你也抢不过人家，他家世好，工作好，又是正牌的大学生，听说已经当上龙游乡派出所副所长了，穿上了警服，威风帅气着呢。

切! 不要说你一个黎宗文，就是十个黎宗文捆一块，恐怕也未必干得过人家，搞不好得罪人，整出事来，还在同学中闹个大笑话。

黎宗文权衡利弊，觉得这确实犯不着。虽然，听说他们二人分手了，但分分合合是情场上司空见惯的事情，毕竟他们相爱了这么多年，感情深厚，搞不好短暂的分手之后，又会选择破镜重圆重归于好，自己见缝插针一下子猛扑过去，显然十分不妥。

"宗文，在想什么呢，心不在焉的样子。"

蔡慧娟款款走进办公室，将手中的提包搁在旁边的小茶桌上。一转身，发现魂不守舍的黎宗文，便笑着打趣问道。

"哦，没什么，想起我们以前读书的一些事情，还有文瀚他们。"

"一晃，七八年过去了，真怀念那段美好的时光啊，那时，过得那么快乐、纯真、无忧无虑。"

蔡慧娟就势在一张靠背木椅上坐下，木椅四周雕着荷花，板上方扣上一块松软的坐垫，坐垫很厚实，蔡慧娟跷着二郎腿坐着，一脸很享受的样子。

"是啊，同学各分西东，聚少离多，都在奔忙自己的事业，见个面真不容易呀！"

黎宗文也在她对面的木椅上坐了下来，有条不紊地泡起了茶，平时他喜欢红茶，今天泡的是西湖龙井。

他知道西湖龙井清香淡雅，一般女白领都会喜欢。而红茶带有苦味甜味，颜色红通通的，红中带黑，看起来不雅，一般政府职员都不太喜欢，尤其是年轻漂亮的女孩子。

边上，男摄影师孙晓果已经打开大提包，拿出几样东西，把摄像机竖了起来，并张起了两块雪白的遮光板。

"可以了，慧姐。"

孙晓果看起来像刚从传媒学院出道的大学生，头发卷向一边，一脸稚气的样子。摆设好后，又细细调试了一番，在机器后探头对蔡慧娟招呼了一声。

"OK，宗文，那我们开始采访吧，你准备好了吗?"

她瞄了一眼左手腕上小巧的西卡丹女表，抬脸问询了黎宗文一声，那眼神和神态，显示出白领女子高雅干练之气。

"准备好了，老同学，需要问什么问题，你就问啊，只要不涉及商业秘密和个人隐私，我保证做到知无不言，言无不尽。"

在茶桌对面坐定，黎宗文半开玩笑半认真的一句，把蔡慧娟逗乐了。蔡慧娟掩着樱桃小嘴哧哧地笑着，而后，幽幽地追问道："这么说，你还有很多隐私啊？"

显然在摄影师晓果面前，她觉得怎么称呼对方都不合适。直呼其名，显得不像在工作，也不够"礼貌"，因为，身边这位嫩嫩的摄影师肯定不清楚他们之间曾经密切到何种程度。你贸然一句"宗文"，他觉得你不尊重被采访对象，传回台里去影响也不好。

你要是满口称呼他"黎总""黎老板"之类，听起来挺客气，搞不好，对方会起疑，心想，你这是不是在挖苦我呀？

蔡慧娟入行虽然不算太久，但脑子灵光，这几个月，她进行了十余场个人专访，已经打磨成一位经验丰富游刃有余的女主播了。这十余个采访对象，有一多半是家具企业的老板，体现了县里对家具业的看重和支持。

她略略思忖，觉得不直接称呼对方好，有事问事，要么就干脆称他为"老同学"，这样，听起来，既不亲热，也不生分，更不暧昧。

"老同学，现在企业运行得怎么样？看起来蛮不错嘛。"

蔡慧娟看着正襟危坐，略显紧张的黎宗文，用一种较为轻松的方式开始了问话。她忽然抬头四下看了看，后面那句带着几分熟人开玩笑的味道，目的是想让对方放松下来，很随意地进入采访角色，摆脱那种刻板僵硬的样子。

那种干巴巴的采访拍出来不好看，像警察审问犯人一样，回去新闻中心主任一审，立马要挨剋，劈头盖脸一阵。

"怎么拍的？怎么板着脸孔问话呢？这什么节目，这是访谈节目吗？这应该叫《法庭内外》，法官在审问犯人啊！你看看，两个人都不苟言笑，一问一答的，这种节目拍出来你会看吗？！"

蔡慧娟第一次采访就是这种情况，回去过样片时被新闻中心的主任廖正明噼里啪啦当众剋了一顿，搞得眼泪都下来了。

后来，再后来，她下定决心，不断钻研专业知识，看书学习培训，空闲时虚心请教一些老资格主持人，外出交流细心观察，不断积累提升，一步步成长起来了。而今，蔡慧娟差不多成了南溪电视台的台柱子了，由当初挨剋的对象变成了剋别人的对象。

记得一次，台里看样片，廖主任聚拢一大伙人，一看别的那些小年轻的样片，瞪着水牛眼，劈头盖脸地把刚进来的实习生罗小娟一阵训："拍的什么鬼东西！个个拉着个脸，这是搞采访，还是开追悼会?! 看看人家蔡慧娟拍的，多么生动有趣！好好跟人家学一学，不要整天就知道闲聊、打游戏、睡懒觉！"

大伙笑了，都掉头看着蔡慧娟，蔡慧娟脸红了。小年轻罗小娟羞愧地低下头，捂着脸，竟嘤嘤哭泣了起来。

"嚯嚯！一上来就问这么犀利的问题呀?"

黎宗文愣了一下，脑子呼地一转，他笑了笑，机智地反问道，一下子，就把紧张的气氛缓和了下来。

"在商言商嘛，媒体对于企业家的采访，一般都会自然而然地切入这方面，这是大家最为关注和感兴趣的话题嘛。"

"你说得没错，唉，说来话长，很难哪！你是知道的，我的家境很糟糕，一直处于贫下中农状态，世世代代都是做工的，准确地说都是木匠师傅。

"我们就是一个木匠世家，到我们兄弟这一辈，已经是第五代了。我和弟弟黎宗武都没有考上大学，高中毕业后，一起到广东那边打工，接触了一些先进的思想和理念，一直想在命运上有所改变，于是一家人东拼西凑搞了一点钱，就创办了这家康华家具厂。后来，经过一步步发展，从老家龙游圩搬到了城东工业区，这几年累死累活，日干夜干，就有了现在的规模。

"前两年，我弟弟黎宗武分了出去，自立门户了，他在城西也创立了自己的家具企业，叫作飞鹰家具厂……"

"哦！那挺不错啊？两兄弟都开始办企业了，黎宗武他经营得怎么样呢?"

茶桌对面，蔡慧娟一边拿着小话筒，一边全神贯注地听着，不时点点头，轻轻地"嗯"一声，或说一声"对"，以示鼓励。当她听到黎宗武也创办了家具厂时，便停止了记录，眼睛睁得大大的，张大了原本抿着的嘴巴，一副惊讶的表情，看着黎宗文的眼光也变了。眼神里写满了含义，带着崇拜的神情，仿佛在说："你们黎氏兄弟，可以啊，真没想到!"

"没办法，人要生活嘛，这一切都是逼出来的……宗武的企业经营得不错，他很擅长交际，朋友也很多，方方面面关系处理得好，所以碰到点难事，能得到大家的帮助和支持，他是个做生意的好材料，企业发展得很快，比我干得好。"

"哈哈! 听得出，他也是挺能干的一个人啊! 看看，我们光夸你弟弟了，言归正传，快说说你自己吧。"

"我没有什么好说的，说起现在，我就会想起过去，过去真难啊，要人没人，要钱没钱，真可谓创业艰难百战多。

"这几年，我们作为创业者，不知经历了多少悲欢离合，历经了多少苦难，碰了多少壁，求了多少人，吃了多少苦，遭了多少罪。这些苦楚，只有我们自己内心知道，从来没办法向任何一个人诉说……"

黎宗文幽幽地诉说着这些年所经历的苦难，说到动容之处，脸色变得凝重，眼眶都湿润了。

这些，使得茶几对面的蔡慧娟产生了一种错觉，仿佛眼前换了一个人，以前单知道黎宗文是一个聪明睿智、坚强不屈的汉子，却不料面对着层层苦难，也一样会表现出常人应有的那种柔软与脆弱。听着听着，她自己也喉咙也不由自主酸涩起来，恍惚中，她想起了自己的童年，自己贫寒的家，还有那个残腿的木工父亲。

她突然意识到，必须马上转换一下话题，否则采访会在无限感伤的氛围中僵持下去，偏离既定的采访方案。不然，回去廖主任一看样片，又会挨顿臭骂，自己一直是受宠的，若突然变成挨剋的对象，那就太丢脸了。

"嘿！没想到，南溪家具行业大名鼎鼎的黎宗文先生居然也遭遇过这么多辛酸苦辣。不过，也可以理解，几乎每一个创业者都是这么过来的。因为，我知道，你们当中的大部分人都是出身贫寒，靠自己白手起家奋斗起来的，比如，你们现在所拥有的一切（她右手在眼前画了一个圈，以示所看到的所有东西），都是靠自己一点一滴打拼来的。我代表所有的媒体人向艰苦不屈的创业者表示致敬！祝贺你们！"

黎宗文脸色舒展开来，插话"谢谢"。

"那么你在创业过程中，最大的困局是什么？目前，企业发展最大的难点是什么？就是制约企业发展的最大瓶颈是什么？还有你痛苦的时候最思念的人是哪个？请您慢慢回答我这三个问题，谢谢！"

蔡慧娟一兴奋，滔滔不绝，话有点多了，几乎到了脱稿的边缘。边上那个孙晓果一边摄像，一边探着身子着急地连连使眼色。但她装作没看见，继续侃侃而谈。她表情丰富，言辞流利，配合着得体的手势，又显得那么天衣无缝。

孙晓果无奈，只得缩了回去，继续自己的本职工作。

黎宗文变换了一下坐姿，由"正襟危坐"改成了稍稍侧身一点，也许腿有点累，跷了一下二郎腿，又觉得在这位优雅的女主持面前不够庄重，旋即放下了。

他听着听着，忽然乐了，笑着问蔡慧娟："老同学，你这不是为难我嘛，您知道，我学历不高，连大学校门都没进过，却一下连珠炮般抛出了三个问题，这实在是超出了我的能力范围啊。"

对面蔡慧娟在笑，笑得很美，脸上隐隐露出两个小酒窝。

"那好吧，我就勉为其难，逐个地回答您吧。最大的困局，应该是资金与市场，做大做强，需要市场。而做大了市场，又需要大量后续资金的支撑，铺货、采购原材料、增加设备，乃至投放广告都需要钱，有钱好办事，没钱寸步难行……"

"那也是，理解理解，这一切都需要投资，实体经济嘛，首先是需要投资的，需要大量的投资。其实，很多行业都需要投资，就比如我们当初读书，从小学开始，初中、高中、大学，算一算，十多年读下来，我的天哪，得要花费多少钱哪?!"

蔡慧娟思路一闪，开始眉飞色舞起来，又恢复到了她那话多的特性。说话的同时，目光却始终没有离开黎宗文那张帅气俊朗的脸，那张脸轮廓分明，五官整齐，煞是好看。

她细心地注意到，但她不经意地提到"大学"两个字时，黎宗文眼皮轻轻跳了下，脸上露出了不易觉察的尴尬，但又迅速回归了自然认真的表情，礼貌地倾听着。

……

不知不觉，墙头的石英钟指向了"5"字，一个半小时过去，采访接近尾声。蔡慧娟自始至终优雅地端坐着，耐心地倾听着，但点头和"嗯"的频率明显少了，这也让被采访对象黎宗文在不紧不慢的倾诉中意识到自己该结束话题了。

"创业的话题三天三夜也说不完，正如我们永远也诉说不完的苦难经，生活就是这样，明知山有虎，偏向虎山行，这就是我们的命运。如果有兴趣，我们可以私下联系，或周末到这里来喝茶，我一定陪你慢慢聊……"

他抬头看了一下墙，说着又用目光征询对方的意见，他也明显感受到了蔡慧娟着急的样子。

蔡慧娟站立起身，把手伸了过来，跟他紧紧握在了一起，诚恳地道谢："不好意思，耽误你一个下午了，我知道你们搞企业的人时间是非常宝贵的。"

那边孙晓果已经关闭了机器，并打了一个"V"字手势，意思要说什么说吧，不用担心被"曝光"了。

其实，他们这节目仅仅是录制，而不是现场直播，但录回去廖主任一看也不好，又该揶揄一句："什么乱七八糟的，卿卿我我，你们在演电视剧啊？"

一办公室的人又要笑死。

"没事，欢迎您常来玩，如果您不介意的话。"

"好啊，我看一下，周六上午可以来吗？"

黎宗文略一思忖，果断地点头："可以，我安排好吧！"

孙晓果尿急，急匆匆上洗手间了。

黎宗文走到蔡慧娟面前，看着她的眼睛，长叹一声，深情地说："慧娟，你不知道，这些年我想你想得好苦啊！"

说着，眼睛露出火一般的炙热，几乎要把整个世界灼烧干净。

蔡慧娟一阵眩晕，几乎站立不稳。她脸红红的，心里头翻江倒海，却一句话也说不出来，只是重重地"嗯"了一声。

孙晓果回来，蔡慧娟和他收拾好机器，急匆匆要走。黎宗文再三挽留吃饭，对方说晚上还要加班，婉言谢绝了。

办公楼前，看到红色的夏利轰然离去，黎宗文呆呆地站立着，好久才转身回去。

第二十四章

周六，黎宗文推掉了许多应酬，吃过早饭去车间转了转，就心不在焉地回到了办公室。

他本来约好几个朋友去白龙江边钓鱼的，电视上看了几次钓鱼节目，不知不觉，这位企业主居然对钓鱼产生了浓厚的兴趣。

头几天，开车出去了一趟，到市内一家渔具店把渔竿都买好了。现在渔竿原封未动，用套子包着，还挂在办公室的墙头上，几乎成了一种摆设。

他坐在宽大的办公桌后，眼睛定定地盯着那扇门，门已经被关闭，只等待门后面发出一阵期待已久的"笃笃笃"声。大厅有接待小姐，他事先已做了交代，何况这间办公室并不难找，蔡慧娟已经来过一次，熟门熟路，门上还贴了一张比巴掌还大的白纸，上面写着四个黑体大字"敲门请进"。

黎宗文有关门办公的习惯，一个是为了清静；二是希望避开太多不必要的干扰，集中精力处理一些事情，看看文件，写写材料，或者有时间就看看书。

这些年，随着企业知名度的提升，每天上门的人员络绎不绝，形形色色，鱼龙混杂，各路诸侯都有。除了正常的管理单位和业务单位外，还夹带有不少"闲杂人员"，比如保险公司的业务员、材料厂商的推销员，还有上门求职的莽汉等，甚至有"生活困难"直接找企业老板"求助"的。

久而久之，黎宗文失去了耐心，便养成了闭门办公的习惯，与世隔绝，与世无争，两耳不闻窗外事，一心只读圣贤书。

"笃笃笃"，不到八点半，黎宗文正喝着茶，门果然被敲响。黎宗文一个激灵，从办公椅上跃起，同时声音异样地喊了一声"请进"，快步地走到了房门后。

门吱呀一声洞开，他一愣，没看到日思夜想的佳人蔡慧娟，却看到一张陌生的面孔，那是一个穿着随意的中年男人，后面跟着接待员张瑜。

黎宗文疑惑地看了来人一眼，问张瑜："小张，这位是？"

来人踌躇不安的样子，看着屋里大气的摆设，想进又不敢进，僵硬地立在门缝里，脸上带着一丝拘谨木讷的笑容，还随手掏出了一包皱皱巴巴的廉价烟，递上一支，畏畏缩缩的样子。

张瑜急忙解释说："老板，我不认识他，但他非得要进来，说是你小学的老师，现在是你老家小学校的校长，哦，还有呢，他带了一封你爸爸的信呢。"

小张手一扬，递上一封信。

黎宗文接过，瞄了一眼，随即一伸手，热情招呼："好好好！请进，不要客气，不要客气，我从来不抽烟。"

小张给来人倒上茶水后退下了。

黎宗文赶忙拆开信看，果然是父亲黎广发的来信，信很简短，只有寥寥几行大字，全文如下：

> 宗文，老家枫林坳小学的陈阳山校长是我初中同学，他们学校目前遇到困难，需要企业支持。你看看，能帮则帮，不要随意推辞。如不能帮，则解释清楚。
>
> 对人客气一点，生意做大了，做人更要注意，和和气气，千万不能摆出一副大老板的臭架子，让人背后说我们黎家人的坏话。
>
> 你现在厂子经营如何？做企业要专心耐心，广交朋友，一步一个脚印，踏踏实实，就一定能做好。

家里一切都好，不要牵挂。注意身体。

父亲

某年某月某日

黎宗文连看了两遍，差点笑出声来，什么时候父亲的文笔练得这么好了？看文采和措辞，这分明又是大舅蔡大旺写的，父亲他至多是个口述，他一个初中毕业生，哪有这么好的写作水平？

不过，字倒是父亲的亲笔所写，字体大又工整，一个错别字都没有。应该是大舅写好后，他又抄了一遍。这是一个要面子的人，也是一个做事认真细致的人。

自己南江职业学院函授毕业，也不一定有这么好的水平。说父亲能写出这种信来，就是打死他也不相信。

不过，这信中的口吻无疑是父亲的，作为儿子，黎宗文对父亲黎广发说话的风格是了然于胸的。这些年，父亲一贯挂在嘴上的话，大约就有这么三句：

一、"能帮就帮，不要随意推辞。"

二、"生意做大了，对人客气一点。"

三、"广交朋友，踏踏实实。"

这三句话，黎宗文闭上眼睛都能背出来，倒背如流，滚瓜烂熟，这是黎家的传家宝。

他把信塞进了抽屉，掏出一盒精装红塔山递了过去，微笑着问："陈校长，你会抽烟是吧？这盒烟拿着去抽。我不抽烟，拆了就浪费了，呵呵！"

陈阳山双手接过烟，如获至宝，高兴得眉开眼笑，连连称谢："哎呀呀！好嘞，抽你的发财烟呀！"

他把那包烟左看右看，又闻了闻，却不拆封，顺手揣进了衣兜，估计是想拿回小学校去炫一炫。

"陈校长，您找我有事吗？有事你就说吧，晚点我还有点其他事情要处理。"

黎宗文看着默默喝茶的陈阳山，心想这人怎么这么磨叽呀？从枫林坳大老远来找自己，见到面又不说话，这不急死人吗？

茶水有点烫，微微冒着热气。

陈阳山分明是个慢性子，他"嗯"了一声，捧着白瓷杯，慢悠悠吹着气，连喝了两三小口，把瓷杯轻轻搁在茶几上，慢条斯理地开了口。

"黎老板，村小学校的黎文峰老师，你可记得了？"

"记得呀，那是我四年级、五年级的语文老师，兼体育老师。人很好，个子很高，粉笔字写得工工整整，像印刷体。他今年应该有四十多了吧，哦，可能快五十岁了。"

"没错，虚岁四十九，黎老板，你好记性啊，一二十年了，还记得自己的小学老师。"

"嘿，这不是应该的吗？自己老师都记不到，还读什么书呢？陈校长，您也不要这么客气，叫我'小黎'或'宗文'都可以，我们都师生关系了，不要这么拘谨，随便一点，其实，老家很多人都知道，我这个人是没有什么讲究的。"

"我知道，枫林坳村的人都说你为人很好，很热心，所以我下定决心来找你。来之前，我也想了好多天，又怕给你添麻烦，心里一直拿不定主意，七上八下的。不来又不行，这事很急，很要紧，拖不得的，唉！"

陈阳山显然不好开口，绕来绕去，挠着头皮，又端起茶水来喝，不过喝得很少，做做样子，以掩饰内心的紧张不安。

"没关系，您说，是不是黎文峰老师出事了？"

"黎老师倒没出事，他家里出事了。"

黎宗文心里咯噔一下，分外紧张了起来，他紧盯着陈老师的眼睛，不由自主地"啊"了一声。

陈阳山咳嗽了一声，倾着身子，继续慢条斯理地往下讲：

"今年初，他老婆头一次上圩上卖菜，挑着担子，晃晃悠悠的。那天下着小雨，雾蒙蒙的，视线不太好，对面来了一辆摩托车，呼呼地开得好快。在一个拐弯处，他老婆被那辆摩托车不小心撞翻在地，连人带菜滚下了一个三米多的高坎……"

"哎呀！人掉沟里了，怎么样，伤得重吗？人没那个吧？……"

黎宗文听到这里，大吃了一惊，再也坐不住了，瞪大眼睛呼地站了起来，随即又缓缓地坐下了。

他不好直接问跌死没有，但陈阳山听得懂。

"唉！跌死了倒还好呢，就是没死，腰椎粉碎性骨折，治疗了大半年，瘫痪在家，每天打针吃药，生活都难以自理……这黎文峰可惨了，欠了好几万外债，又做不了一点事，连家务都做不了……"

"摩托车主呢？找到没有？"

"当场跑掉了，交警队一直找不到，大家分析，可能是隔壁县的，人海茫茫，哪里去找？"

陈阳山苦笑了下，心情不好，想抽烟，平复一下，便掏出黎宗文刚刚给的那包红塔山，犹犹豫豫，又舍不得拆。

黎宗文拿起桌上开了封的阿诗玛，抽出一支递了过去，并帮他打上了火。

其实，他心中有数，陈阳山根本不是他的老师，自己在枫林坳小学读书时，也压根没见过这么一个人。他应该是在自己走后从隔壁大坝垴或上坑某个小学校调过来的。

但事情往往就这样，你"发达"了，全世界都是你的亲戚朋友，大家都认识你，一个个往前凑。

你失败了，全世界你没有一个朋友，大家都不认识你，全躲得远远的。但他既然是父亲的同学，也是村小学的校长，又持有父亲的亲笔信，自己总得卖卖面子，热情礼貌地接待一下，这也是人之常情，也是作为一个企业主最基本的素质和人品。

陈阳山眯缝着眼，侧着身子，弯着腰，袅袅地抽着烟，随即又咳嗽了两声，一副愁苦的表情。看得出，这是一个热心肠的人，在为黎文峰老师的事干着急。

黎宗文慢慢听出来了，他是想让自己伸出援手，帮帮忙，拉这个苦难的家庭一把，不要让他们一直在苦难的深渊里陷下去。但这位陈老师又是一个极其要面子的人，总是闪烁其词，转弯抹角，不直接明讲，怕讲出来遭到拒绝而难堪，而丢脸。

黎宗文心里头翻江倒海，帮与不帮？帮是无疑的，但应该怎么帮呢？给钱还是给物，给钱应该给多少合适？一次性给，还是经常性给一点合适？

毋庸置疑，在广大的农村，包括城市周边，像这种家庭肯定不是绝无仅有的，最近他就碰到四五个，找关系，套近乎，以各种名义和理由上门求助。碰到这种情况，他总是抹不下面子，尽其能力给个一两千，而后打发他们回去。这两年，这种情况越来越多，有时候，真是感到压力沉重，很无奈，有些应付不过来。

他不是一个硬心肠的人，但企业毕竟是经营单位，不是慈善机构，有生存和发展的目的，也需要盈利和规避风险，社会负担过多过重，救助投入太多，这是任何一个企业都难以承受的。

正在沉思间，陈阳山已经站立起身，脸上带着失望而失落的表情，喃喃自语地补了一句："可惜他一个女儿，在读高二，学习那么好，下学期马上要上高三了，没钱缴哇，就要辍学了，唉，真太可惜了！"

他边说边往外走，步履有些蹒跚，腰身更佝偻了，后脑勺掺着不少白发，在日光灯的照耀下，像一根根闪亮的银丝。这是一位伟大的老师，也是一个负责任的校长，黎宗文看在他的背影，鼻子酸涩起来。

"请等一下，陈校长。"

在这位老师伸着枯瘦的手去拉门时，黎宗文急忙赶了过来，站在他身后。

陈阳山一回首，见黎宗文手里拿着一沓子钱，一时感到意外，没反应过来。

"陈老师，这是两千二百块钱，两百块钱你拿去坐车吃饭。不好意思，今天我有事，没办法接待你，也没时间陪你了，麻烦你到外面餐馆去吃个饭吧。另外两千块钱是给黎文峰老师的，先应应急，另外，我再想想办法，看能不能通过县工商联多找几家企业提供帮助，这样会更好些，毕竟人多力量大嘛。"

这老陈却不愿接了，也许是嫌黎宗文反应慢了，扫了他的面子，还是别的什么原因。他伸出双手死命往外推，嘴里不停地念叨："不用，不用，黎老板，我们也不是和尚，上门来化缘的，我们不是来化缘的……这钱我们不能要，不能要。"

这样三番五次，两人站在门口推来推去，搞得隔壁办公室的设计师探头探脑，以为发生了什么事情。

黎宗文眼看快九点半了，蔡慧娟马上要来了，他心里一着急，干脆把钱硬塞进了陈阳山的上衣口袋，有点生气地说："陈校长，我这人就是这样慢性子，你不要对我有什么误解。刚才我是在想怎么来彻底解决黎老师家的困难，钱是一个方面，小孩读书和他爱人治病也是一个急需解决的问题，我每年帮助的人不少，但这种情况还是第一次碰到，所以脑子一下子乱糟糟的，也理不清思路，转不过弯来，所以，请您多多包涵。"

陈老师一愣，嘴张了张，就不好说什么了。他说了一声"好，我回去了"，掉转脚往外走去，黎宗文也送了出去，先是一阵沉寂，只听到脚步的踢踏声。

穿过大厅，来到了大门外，黎宗文目送着陈老师离去，正欲转身回办公室。不料，又看见走到院门口的陈老师急匆匆奔回来。

黎宗文疑惑不解，不知他还有什么事情，正想张口，陈老师却站定身子，朝他鞠了一个九十度的躬，说了一声："小黎，我代表黎老师一家谢谢你！"

说完，他不再回头，迅速离去了。

黎宗文在大厅门口伫立良久，心里既酸楚又感动，热血一阵阵涌动上来，全身暖融融的，甚至能感受到呼吸和心跳的加速。

蓦然间，他想起了许多许多事，童年的苦难，少年的坎坷，青年的曲折，创业艰难，往事如烟，一幕幕，涌现在眼前。

这一刻，他感到自己的价值，感受到了做人的尊严，看来，这条路他是走对了。

无疑，这才是自己这一生必须走下去的道路，别无选择，义无反顾，永不回头。

人生啊！最美的风景，永远就在路上。

第二十五章

在一阵翻江倒海的等待中，蔡慧娟终于出现了，那是大约十点钟，正当黎宗文百无聊赖地翻看手机短信时，他心中曾经日夜思念的女神终于出现了。

但蔡慧娟优雅地挽着那只熟悉的坤包走到他面前时，令他有一种恍如隔世、如梦如幻的感觉。

他快步来到她跟前，一把拉起了她的手，定定地看着她的眼睛，激动得声音都有些颤抖了。

他好像不会说话似的，傻傻地笑着，语无伦次地反复问着一个问题："慧娟，你怎么来得这么晚啊？"

慧娟瞄了一眼腕上的小女表，轻描淡写地解释道："不晚啊，我周末睡得晚，刚刚去烫了一下头发，就匆匆忙忙赶过来了，看看，好看吗？"

她晃了一下那头乌黑微卷的长发，白皙的瓜子脸上充满了自豪骄傲的神情，看来，她对自己的美充满了自信。

"你在我心中，还会不好看？"

本来，他想说："你在我心中就像女神。"

但他觉得过于肉麻，根本说不出口，就临时调换了一下，并且声音越来越小，语速又快，囫囵吞枣般过去了。

就是这样，蔡慧娟也听得真真切切，她脸上浮现出幸福的笑容，笑得是那么开心与甜蜜。

坐下后，两人喝着茶聊起了一些事，大多是读书时一些熟悉的同学和老师，还有彼此共同经历过的奇闻逸事，聊得兴致勃勃的。

聊得高兴时，蔡慧娟会发出一阵清脆悦耳的笑声，那笑声，听起来如少女一般纯真灿烂。

"慧娟，你还记得李新生老师吗？"

"李新生，哪个李新生啊？"她一下子反应不过来。

"原高三（1）班班主任，教物理那个，高高瘦瘦，大家都叫他'竹竿'。高三那年，他不是和彭雪梅老师谈过恋爱呀，有印象了吧？"

"哦，我想起来了，是是是，竹竿。有一次从我们高三（3）班教室门口过，走得很慢，像极一根缓缓移动的毛竹。我忍不住，低声说了句'竹竿，竹竿'。

"人过去了，本来没事了，不料，同学们发出一阵哄笑，被他听到了。他一回头，气得脸色发青，正想发火，一看到我是个女生，大概人又长得还可以吧，就露出一丝自嘲的微笑，点点头，若无其事走掉了。

"哎哟哟！他转身那一刻，可把我吓死了，我还以为他会冲过来打我呢，要命！"

蔡慧娟绘声绘色地描述起往事，脸上还带着惊恐不安，眼睛一眨一眨的，那样子看起来是多么楚楚动人。

"怎么可能呢？想多了，你见过一个男老师动手去打一个美女学生的吗？"

黎宗文哧哧地笑着，眼神定定的，注意力很集中。

他喜欢倾听，话不多，但话锋犀利，往往一下子能击中要害，调动说话者的情绪，引发彼此深入的思考。

看得出，这是一个思路敏捷、行事沉稳的年轻人。一般人都会喜欢跟这种人聊天的。

"那难说哟，我怕当众折了他面子。一怒之下，他过来抽我两巴掌，那就惨啰。"

蔡慧娟讲到激动之处，脸红扑扑的，眼睛泛着异常的光彩，全身微微颤动着，胸口一起一伏，她忙用手按了上去。

"曹文瀚呢？他不会来个英雄救美，他那么喜欢你。——你们最近怎么样了，还好吧？"

黎宗文若有所思，故意揣着明白装糊涂，借以试探蔡慧娟和曹文瀚目前的关系，好确认自己下一步行动的目标。

"你提他做什么？无聊！"

不料，刚才还高高兴兴有说有笑的蔡慧娟倏地拉下了脸，眼里蒙上了一层淡淡的迷雾，面对着宗文探询的目光，昂起那张白皙好看的脸蛋，幽幽地解释了一句："我们早分手了。随他吧，反正他身边也不缺女人，他走他的阳关道，我过我的独木桥。我又不是他的附庸，少了他，地球照样转。"

黎宗文心里咯噔一下，看来弟弟的消息是准确的，他们二人确实早无瓜葛了。

这黎宗武可以啊，交游甚广，三教九流都有，信息来源很多，各种小道消息异常丰富快捷，难怪他生意做得那么活，崛起得那么快，看来，要不了两年，就会远远超越自己这个做大哥的了。

"那是，彼此彼此，天涯何处无芳草，你一个这么优秀的女主持人，身边也肯定不缺乏男人嘛，何必在一棵树上吊死呢？嘻嘻！"

黎宗文觉得空气有点沉闷，脑子灵光一闪，开起了玩笑，想逗一逗对方。

蔡慧娟一个激灵，眼睛定定地瞅着黎宗文，笑问道："什么意思啊？好你个黎宗文，拿我开心呀，什么我身边不缺乏男人？你给我介绍一个吧。"

说完，眼睛里流露出一丝异样的含义，带着浓浓火一般的光焰，显然，她话中有话，借机在试探对方。

黎宗文却不敢直视，点了一下头，"嗯"了一声，抬起头装作看墙头的一幅世界名画。

顺着他的目光，蔡慧娟也看了过去，蓦然，她发现那幅画非常美，一个女人抱着一个金发白肤的小男孩，充满了慈爱善良。小男孩眼睛看着前方，睿智成熟，如成年人一般。整幅画宁静安详，构图和谐，意境唯美，给人以艺术的享受和冲击力。

她被吸引住了，不再说话，走过去慢慢地欣赏，一副痴迷的样子。

"这哪儿来的，采访那天我都没发现！"

"买的，北京一个画家朋友花了三天画出来的，他是一个临摹世界名画的高手，一个朋友到北京出差，顺便带了回来。下午刚挂起来。"

黎宗文走上前去，详细地介绍了这幅画的艺术特点和创作背景，以及整幅画的价值所在。

一个家具老板，仿佛一夜之间成了一个专业的艺术家，至少也是一个颇具鉴赏力的文化人，这让蔡慧娟既意外，又觉得不可思议。

她不敢过分表露出来，如果大惊小怪，怕会触碰到黎宗文那敏感的神经。在以前几次有限的接触中，非常明显，他对自己没有读过大学一直耿耿于怀。

嘻！像他这样的人，自己作为一个读过大学的女人，措辞方面还是需要相当讲究的。

"爱情不在友情在。慧娟，我觉得你和我，还有曹文瀚都是老同学了，以前又那么熟悉，关系那么密切。现在，即使你和文瀚分手了，但我，我还先给他打个电话吧，不要到时搞出什么误会来，就没意思了。"

"打电话，你打电话给他做什么？画蛇添足，多此一举！"

"礼多人不怪嘛，有时候，尊重一下还是必要的。"

说话间，黎宗文已经拿起了手机，拨打起来。蔡慧娟站在边上很不屑的样子，拧着眉头。

一拨号，电话通了。

"喂，文瀚吗？你在哪里呀？"

"你哪个呀？"

"我是黎宗文，老同学了，怎么这么快就忘了？官当大了吧？呵呵！"

"噢，宗文，好久不见了，听说你做家具老板了，你小子，混得不错啊！"

"哪里哪里，还是你做警察好，看起来多威风，你想想，从来坏人就怕警察，哪里会怕我们这些老板呀？哈哈哈！"

"老同学，照你这么说，我们这些警察是专门来吓人的，嚯嚯，那你说说，我是个披着狼皮的羊，还是跟在老虎后面的狐狸呢？"

"差不多，都差不多吧。"

黎宗文哈哈大笑，对方也在电话里呵呵地笑，全然没有一点"情敌"之间剑拔弩张的气氛。

……

两人嘻嘻哈哈聊着。边上，蔡慧娟尴尬极了，脸色越来越难看，手放在门把上，拉开门想走了。黎宗文跟了出去。

"长话短说吧，那个，文瀚，你和慧娟怎么啦？是不是发生了什么误会，要不要我跟你们调解一下？"

"用不着，我们早分手了，各过各的，各奔前程，还调解什么？我们又没结婚，自然也用不着离婚，还调解什么？宗文，你说是吗？"

"那是，那是，那个老同学，我问你，这个事，你，你真的放弃了吗？"

"放弃，百分之百放弃！我们在一起根本不合适，她整天老是疑神疑鬼，我活得很累，神经高度紧张。本来我的工作就够累了，面对一伙犯罪分子，再这样下去，我简直都要崩溃了！"

"去你的，哄谁呢？乡下哪里有那么多事？你不就在龙游派出所搞副所长吗？我们老家有那么多的'犯罪分子'吗？嘻嘻！"

"我不在龙游派出所了，上个月调到县公安局刑侦大队了，专门逮坏人的，哈哈哈！"

"哦！是大队长吗？文瀚，你混得不错啊，步步高升了，恭喜你啊！"

"没有，副大队长，滥竽充数吧。不过，大队长空缺，我等于就是负责人，所以特别忙，每天都忙得晕头转向。"

"好好！恭喜，恭喜你……那个，文瀚，我问你哈，那个，像慧娟这么好的女孩子，你真的就不想珍惜了吗？你是不是喜新厌旧呀？"

"黎宗文，你好无聊啊，你凭什么管我的事?！你自己要喜欢她，你就去追吧，不要转弯抹角的。——你去追吧，我没意见！"

咔嚓！电话挂断，黎宗文一愣一愣的，又惊又喜，一股兴奋感腾地涌上心头，弥漫到了全身上下。

蔡慧娟顺着走廊走在前头，走得很慢，她在等打电话的黎宗文。黎宗文边走边打电话，与她保持着一定的距离，他们说的话蔡慧娟隐隐约约听到一些，但听得不太真切，心里直犯嘀咕。

走到大厅里，前台的张瑜微笑着站了起来，热情地向蔡慧娟打招呼，她隐隐感觉到这个女人和自己老板关系不一般。果然，只见她一转身，黎宗文急匆匆赶了上来，脸上绽放出笑容，印象中，张瑜从来没见过他对哪个女人这么上心。

"你们在聊什么？我怎么听到你在说我呢？神神秘秘的。"

黎宗文一走近，蔡慧娟拧着眉头，半开玩笑半认真地发问。

"本来就是聊你，怎么，生气啦？"

黎宗文想了一下，就干脆实话实说了。

"哦！聊我？聊我什么呢？"

蔡慧娟瞪大了眼睛，沉着个脸，似乎很不高兴的样子。

"说你年轻漂亮，聪明能干，温柔善良，在我们班上，不，在我们全年级女生中是最优秀的，也是最多男生追的！"

黎宗文站在前台边上，当着张瑜和另一个小姑娘的面，故意云里雾里夸大其词，将蔡慧娟死命吹捧了一番。蔡慧娟听得心花怒放，咯咯咯的，笑得根本停不下来。

停止笑声后，她轻轻捶了黎宗文一拳，嗔怪道："好你个黎宗文，什么时候学会在女孩子面前油嘴滑舌了？你以前不是挺老实的吗？"

"我现在也很老实啊，你看看，二十六岁了，女朋友还没有一个，人家孩子都上幼儿园了。"

说完，他朝前台内的两位小姑娘挤挤眼，一副肆无忌惮的样子。

张瑜站在边上，尴尬地笑着，此刻，她心里翻江倒海。

这个来自龙游乡乌石坳村的女孩子一直喜欢自己这位年轻帅气的老板，但几次热情洋溢的暗示均得不到回应，心里正焦灼不安，不知如何是好。

但她没有放弃，决心慢慢地寻找机会，时刻准备填补他身边那个空缺的位置。

过了这个村就没有这个店了，她身边的几个闺密，甚至她老家的父母得知这些情形，也极力撺掇，希望她尽快把这个搞家具厂的钻石王老五搞定。

她哥哥张龙生也是搞家具行业的，在龙游圩上搞过个小厂子，十多个人，专门生产学校的课桌椅。怀着满腔热情，折腾了一阵子，由于缺乏资金和人脉，产品又销不出去，一两年就倒闭了。

那个时候，黎宗文还在龙游圩上搞厂子，二人经常有来往，关系还不错。黎宗文自己生意好，看着张龙生缺业务老是愁眉苦脸，心里过意不去，接到大单时，就让他帮自己代加工过两三次。

后来，黎宗文兄弟搬到了城里，张龙生厂子关停后做回了乡村木匠，两人来往就少了，一个是距离问题，二个是心理问题，张龙生眼看着昔日的同行越做越大，一种自卑感油然而生，没什么事，就很少主动联系黎宗文了。

张瑜在南州林校读了个中专学历，学问、模样都不算差，对黎宗文也是一往情深的，偏偏黎宗文迷着蔡慧娟，旧情难忘，对她一直若即若离的，搞得她无从下手，郁闷得很。

这边在张瑜关切的目光下，黎蔡二人并排在大厅的大沙发坐下了。他们早已停止了说笑，正小声地聊着什么事情。蔡慧娟依然带着微笑，四下张望着，打量着大厅里进进出出的人。

黎宗文走到门外接打了一个电话，回来后，则恢复了企业主那种刻板严谨的表情，一脸深沉的样子，仿佛遇到了什么难题。

张瑜给二人奉上两杯热茶，并对着蔡慧娟友好地笑了笑，蔡慧娟感觉很温暖，也报之一个甜甜的微笑。

张瑜心中一凛，这女人笑起来真好看啊，有一种成熟女性的知性美，难怪老板对她那么痴迷、那么眷恋，这在康华家具厂已是公开的秘密了。

一杯茶水后，黎宗文带着蔡慧娟到车间转了一圈，以弥补前几天采访的缺陷。那天由于安排失误，时间掐得死死的，居然车间都没有拍到，也压根没来看过一眼。

车间离办公楼不到五十米，二人一踏进车间门口，机器轰鸣声扑面而来，随即飘荡起一阵阵烟尘，那是锯木的粉末，粗的落得快，细的则飘飘荡荡，浮在半空中。

阳光透过窗户射进几缕光柱，那尘埃粒子清晰可见，在上上下下跳动着，如同小时候看动画片的感觉。

厂长黎青山和生产主管黎小满闻讯赶来，他们得知这位优雅的女子居然是本村人，又是南溪电视台的女主持人后，那热情的劲头远远盖过了黎宗文。

他们一左一右前头带路，非常积极地回答蔡慧娟提出的任何问题，遗憾的是车间里噪声比较大，几个人说话都像在"吼"，并且一句话时常要重复多次，感觉很费劲。

然而，蔡慧娟显然并不在意，脸上始终洋溢着满足的笑颜。

不得了！一千二百平方米的三个大车间，已经从实力和规模上把她彻底征服了。当他们从车间里走出来时，黎宗文发现她看自己的眼神都变了，变得柔和和充满了敬意，他顿时心如蜜罐，甜丝丝的，这是他有生以来最开心的一刻。

"走，慧娟，我带你到江边吃鱼去。"

车子出厂后，在马路上不紧不慢地行驶，黎宗文驾车，蔡慧娟坐在副驾驶座上。一扭头，她居然发现张瑜居然坐在车后座上，又在朝自己甜甜地浅笑了一下。

蔡慧娟礼貌地点点头，把目光转向左侧，问黎宗文："就我们三个人吗？"

"不止，还有呢，八个人。"

"还有哪个人？"

"黎青山、黎小满、设计部、营销部、公关部经理，加上后面的小张，还有我们两个，一共八个人，号称'八大金刚'！"

看得出，黎宗文今天心情非常好，话也偏多。

不出所料，车内又爆出一阵开怀大笑。

阳光透过车窗挥洒进来，金灿灿的，车内弥漫着温馨的气息。三个人不再说话，都各怀心事，在憧憬着自己的幸福和未来，想象着一切未知却有可能实现的事情。

车窗外，白龙江清流滚滚，浩瀚西下。江岸林立的高楼，路上络绎不绝的车流，彰显出这座城市日益崛起的生机与活力。

第二十六章

这年秋天，天气格外晴朗，天空也格外高远，瓦蓝瓦蓝的，清亮得如同水洗过一般。偶尔几朵白云飘过，轻盈得如漂浮在海面上的棉絮，一缕缕，一朵朵，千姿百态，如同童话里的世界，可爱极了。

最近，黎家喜事多多，主要是他们三兄妹，都有各自的好消息。

老大黎宗文企业不断壮大，事业辉煌，爱情美满，康华家具厂除了原有的办公家具、联邦椅生产，还增加了儿童床生产业务。说起儿童床，那是蔡慧娟提出来的思路。本来，黎宗文多年一直以办公家具生产为主，以联邦椅生产为辅，包括弟弟黎宗武也是如此。外人不由得感叹，黎氏兄弟二人在性格和志趣上大相径庭，但在创业初期却有着太多异曲同工之妙，无论主打产品，还是经营思路与风格，都有太多相同或相近的地方。

老二黎宗武也有大喜事，在他那个"相好"兰姐的倾力投资下，他在城西工业区新建的厂区即将于下个月八日破土动工了，六百多亩的厂房面积，在南溪商界是罕见的，消息传来，引起了南溪政商界和媒体界强烈的关注。

这些年，黎氏兄弟走的都是政府路线，尤其是黎宗武，官场朋友越来越多，乡镇、科局室、县级单位、企事业单位、学校医院等，他都不乏朋友和熟人。他性格豪爽，热心肠，肯帮人，有求必应，"爱好"又广泛，吃吃喝喝，打猎游泳，打牌喝酒，甚至户外运动野炊等他都喜欢，出手又大方，一到结账买单，人家想付款，他冷不丁早买了单。

慢慢地，黎宗武豪爽之名在南溪县传开了。

名气一大，自然结交了不少志同道合的朋友，无论政商界还是社会上的，对他来讲，可谓"有朋自远方来，不亦乐乎"。

由于关系好，也由于行业相同，兄弟两人会互相整合资源，推介圈子，说白一点，就是互相介绍朋友认识，来来往往，或电话联络。特别重要的事就一起上门拜访。那些都是目标客户，也就是领导，需要采购办公家具的说得上话的领导。这年头，涉及财务问题，只要金额不是特别巨大，一般都是一把手说了算。

一次，黎宗文和蔡慧娟吃饭，蔡慧娟慢悠悠地想着心事，突然冒出了一句："宗文，你说咱们结了婚，有了孩子，孩子是单独睡，还是跟大人一起睡呢？"

宗文正在低头喝汤，一边想着生意上的事，一听乐了，昂起脸问她："嘻！你怎么突然问这个呢，不是还没结婚吗？还早着呢。"

说完又低下头，慢慢用调羹喝着汤想事去了，他那副模样，如沉思中的科学家一般，仿佛永远有想不完的事情。

蔡慧娟觉得受了冷落，瞥了他一眼，想说什么又忍住没说。她也随手舀了半碗汤，两个人都不说话，各人喝各人的。突然间，蔡慧娟心里颤抖了一下，她在暗暗问自己，像黎宗文这种"工作狂"，究竟适不适合自己？

其实，人在江湖，身不由己，所谓"在商言商"，企业在扩大，事也不断多了起来，他已经不是以前那个山村里的小木匠了。

想想以前，多好啊！做了吃，吃了玩，玩了睡，体力上累点，但脑子没负担，拿得起，放得下，轻轻松松。

哪像现在，满脑子都是事，生产、销售、招工、贷款，与各部门处理关系……一年到头，从早到晚，忙个天昏地暗，总有操不完的心，忙不完的事。

最近，黎宗文老是在纠结，在反反复复揣摩，关于要不要上新产品的事，经过和黎青山、黎小满和营销部几个人多次开会研究讨论，有了比较明确的思路，新产品有两个目标，一个是餐桌，一个是儿童床。

也许是某天无意中自己泄露了一两句，在纠结，在犹豫究竟要不要新上餐桌和儿童床项目。

不经意间，蔡慧娟留心到了，她心里在暗暗帮自己琢磨，在默默地谋划，反反复复盘算着这个项目的利与弊、潜力与利润、前景与风险。

一般企业的新上项目，首先头疼的是资金问题，对康华家具厂来说，情况有点特殊，这里资金不是什么问题。涉及多方面原因，主要有两点：一是客户回款快，拖账的少，平日里关系运作维护得好，领导大笔一挥，个把月就到账了。二是银行关系处理得好，这些年通过持续不断的努力，结识了不少金融界的朋友，贷款融资方便，比如上次认识那个城西信用社的主任李南方，已成了自己的铁杆兄弟。

黎宗文忽然想起了老家那个木器厂项目，自己已经有一段时间没有去了，那儿生产椅子腿和桌面板，平时是黎青山的表弟肖大庆在管理。

肖大庆二十出头，不要看他吊儿郎当的，管理工人有一套，搞企业也有两把刷子，康华木器厂厂子不大，但生意一直还不错，基本上处于满负荷状态。

本来为了兑现当初的诺言，木器厂在李南方那儿开了一个户，资金流水也往工商银行走，这其实是一种人情，支持朋友的需要。但搞了一两个月，出现一个问题，那儿离县城三四十里，工商银行网点不下乡，钱必须往城里网点送，虽然有时办事可以顺带，但总不需要天天进城吧？天长日久，肖大庆不干了。

这天下午，他打电话给黎宗文诉苦："跑不了，来来回回七八十里路，老板，这都纯粹没事找事？嘿嘿！我好歹是一个厂的厂长，又不是邮电局送信的，每天跑这么多路，辛辛苦苦，这不多来的事？"

他问能不能另立门户，干脆把账户搞到农村信用社去，那儿就近相熟，办事也方便，省去了许多车马劳顿之苦。

有一句话，他没有说出口，枫林坳信用社美女多，两三个柜员都很漂亮，嘴巴子又甜。一进门，大堂经理杨甜甜带着笑脸迎上来，肖老板肖老板的，叫得比亲爹还亲，叫得他心里甜丝丝、暖融融的，当然也有一点点想入非非了，毕竟，男人"本色"嘛。

除了杨甜甜，黄丽也是个美人坯子，瓜子脸，白脸蛋，身段苗条，一双眼睛水汪汪的，特勾魂。

但肖大庆对她敬而远之，知道她是曹德贵的未婚妻，两人早睡一块了，就差肚子还没搞大。

这曹德贵就是枫林坳出去的，这两年一边开家具厂，一边搞工程，镇里还有一个废品收购站，城西还开了一个酒店，实力不小，名头也是响当当的。

不管是在老家枫林坳，还是新家南溪县城，他都是吆五喝六横着走的人物，到哪儿都带着三五个奇形怪状吹胡子瞪眼睛的小弟，不是光头就是长头发的，要么就胳膊刺青的，一看凶巴巴的瘆人，你敢去招惹他的女人？那是山老鼠往灶膛里窜——纯粹找死！

电话那头，黎宗文皱起眉头，当即否决："不行！君子一言，驷马难追，朋友之间，讲究的是诚信，做生意必须真诚实意，言而有信，不能虎头蛇尾弄虚的，跑，继续跑！要不这样，一个月补你三百差旅费，总可以了吧？"

肖大庆眼珠子一转，赔着笑脸："嘻嘻！老板，三百少了点，四百五，可以吗？油钱贵呀，一天十五块钱，差不多，赔本的买卖，我总不能干吧？我家里也有老婆小孩要吃饭呀。"

黎宗文一锤定音："可以，四百五就四百五，钱不是问题，但事情务必给我办好啊。

"还有，厂子生产的事，你要给我管好来，二三十号人马堆在那儿玩可不行，我要的是产品质量，认真点，质量第一！

"另外，消防方面，你们一定要注意安全，要经常走走看看，多检查，细心点。厂区不能燃放烟花爆竹，不能乱搭乱接电线。车间一定不能抽烟，预防为主，杜绝隐患，千万不要马马虎虎，厂里到处堆满了刨花木屑子，都是些易燃物品，不是开玩笑的！"

肖大庆笑歪了嘴："OK，OK，没问题，一切全包在我身上，我办事，你放心。"

黎宗文心想，好小子，初中没毕业，还 OK，OK，什么东西?! 居然跟我油腔滑调，摆起个谱，讲起"洋文"了。

他笑了笑，忙说："那好，你能，搞得好，年底有奖，搞不好，出了岔子，我拿你是问，炒你鱿鱼！"

咔嚓！挂断电话，心情爽快极了，他转身到厂里四下溜达着，一边走，一边哼起了家乡小调《木匠师傅》——

> 祖祖辈辈做木匠，辛辛苦苦日夜忙。
> 一家老小要吃饭，子女还要进学堂。
> 走村串户日头晒，东奔西跑夜风凉。
> 热天晒得汗嗒嗒，冬下冷风呜呜响。
> 食了几多冷水饭，睡了几多灰寮房。
> ……

办公室的员工听着，引起了一阵小小的轰动，女人抿着嘴偷偷地笑。男人笑过之后，你看我，我看你，窃窃私语。

当他走过大厅前台时，接待员张瑜瞅着他眼都直了，而后，又不禁叹息了一声。这段时间，黎宗文与蔡慧娟你来我往打得火热，要么就躲在办公室里煲电话粥，一聊老半天，聊得眉飞色舞、喜气洋洋的。办公室的门虚掩着，大家从走廊过时往门缝里可以清晰地看到里面，看得见黎宗文拿着手机在里头来回走动的样子，甚至聊天内容都可以听得到一两句："慧娟，我想你了。""你想我吗？""我太想你了，真的！"

每当张瑜"偶尔"经过那里时，那一两句火辣辣情话传进她的耳朵，她心里针扎一般难受，脸白得像窗户纸，眼泪在眼眶里打转。回到前台，便坐在那里一动不动，傻愣上好一阵子。

这一刻，黎宗文哼着木匠歌兴高采烈地从面前走过，她心里又咯噔了一下，以为他在跟女友蔡慧娟又煲了一阵电话粥，如此兴奋。

她屏住呼吸，静静地听着，似乎又不太对劲，因为老板压根唱的不是情歌，不是哥呀妹呀，情呀爱呀，死呀活呀之类，而是乡下老家普普通通的《木匠师傅》。这首歌很多人都会唱，包括她哥哥张龙生。哥哥也是个木匠师傅，经常一边干活一边哼唱着，耳朵夹支铅笔，手上拿把角尺，一边唱，一边描描画画。

桌上电话机骤然响起，张瑜急忙接听。黎宗文又转回办公室和车间那边去了，那首《木匠师傅》还没唱完，在断断续续地飘散。

说实话，大家都不得不承认，老板黎宗文的歌确实唱得不错，音色甜美，声情并茂，咬字也准，听起来颇有些音乐天赋。

这黎宗文为什么这么高兴，员工们一打听，原来近日这个木匠世家喜事连连。上文讲的老大就是老板黎宗文新上了儿童床项目，机器一响，黄金万两，凭着兄弟俩的名声和平日里撒钱吃喝结交下的人气，"宝宝乐"牌儿童床一上市就销路红火，不到一个月的工夫，除了本县城乡市场，隔壁安南、盛宏两县都拿下了经销商，局面迅速打开。

"宝宝乐"这个名字就是蔡慧娟取的，当初黎宗文绞尽脑汁想了好久，想继续用"康华"两个字做商标，因为他的办公家具和餐桌都是用的这两个字，厂名也是"康华"，他觉得比较能让人记住，毕竟，"康华"品牌已经用了四个年头了，从枫林坳一开业，那个木器厂就一直叫康华木器厂，这边南溪的家具厂也叫康华家具厂，南溪人都熟悉和乐意接受它。

这两年，"康华"产品也投放了不少南溪电视台热播电视剧的片尾广告。晚上黄金时段的，并且还有广告词，几乎耳熟能详，妇孺皆知——"办公家具，首选康华，康华办公家具，成功人士选择！"

广告一上电视，又是一阵轰动，茶余饭后，街头巷尾，从办公楼到政府机关，关注度刷刷刷直线上升，业界纷纷评论，黎宗文，这小子，年纪轻轻，有思想，看看这广告词，单刀直入，一针见血，真绝了！

有人说，黎宗文牛逼，他懂得心理学，你想想，这年头，谁愿意被人看扁，公然让自己成为"不成功"的人士？

就在老大黎宗文企业风生水起之时，老二黎宗武势头更猛，这是个不鸣则已，一鸣惊人的角色，被父亲称为"莽张飞"，黎宗文，曾被称为"赵子龙"。

父亲黎广发是一个"三国"迷，以前的一个夏夜，大约是十五年前，父亲和三个孩子一边乘凉，一边聊起了"三国"里的英雄人物，诸葛亮、周瑜、曹操、孙权，等等。

黎宗武听得眼睛一眨一眨的，冷不丁，笑嘻嘻插一句："爸，你说我像'三国'中的哪个人？"

黎广发想了想，不假思索道："莽张飞，勇猛善战，但很鲁莽！"

宗文和宗英一阵哄笑，妈妈在边上摇着扇子也笑了。

黎宗武不服气，一指黎宗文："那他呢，他像哪个人？"

父亲眼睛眨了眨，冲口而出："赵子龙！足智多谋，稳打稳扎！"

黎宗武傻眼了，看看哥哥，黎宗文咧了咧嘴，一脸得意的笑容。黎宗英昂起笑脸，不认识一样看着大哥，上看下看，打趣道："嗯，看起来，是有点像哟！"搞得宗文哭笑不得。

"那她呢，她像哪个人？"

黎宗武指着小小的妹妹黎宗英，故意为难他父亲。

他也略略知道，"三国"里几乎没什么女人，都是一大帮子打打杀杀的大老爷们，那是叔叔黎广胜一次聊天时告诉他的，他一直记得死死的。

他幸灾乐祸地看着一脸懵懂的父亲，心想这下难住你了吧？省得你整天说我是莽张飞，这下好，你才是莽张飞了，不打自招，嘻嘻！

足智多谋的黎宗文也挠头了，你总不可能说妹妹是貂蝉吧。女人中，"三国"只有一个貂蝉有名，但貂蝉嫁了好几个老公，一说出来，不被精通"三国"的父亲骂死才怪呢。

"穆桂英！"

一个稚气的女声打破了现场的沉默，大家抬头一看，黎宗英仰起红扑扑的小脸，一副自信十足的样子。众人一起嬉笑，笑她自不量力，笑她牛头不对马嘴。

宗英恼了，嘟着小嘴，小辫子一甩，扭身进去了。

十五年时光匆匆而过，在黎宗文征战商场顺风顺水时，黎宗武果然如莽张飞一般猛打猛冲，在南溪商界异军崛起，势头相当地猛。而今，黎氏兄弟事业顺遂，都成了当地赫赫有名的人物。

这年夏天，老三黎宗英也大学毕业了，她回到了老家枫林坳，等待分配。回家前，她想在南溪县城逗留个两三天，到大哥、二哥那里去看看，看看他们的家具厂搞得怎么样了。

哦，还有慧娟姐，好久不见面了。

这些日子，听说她在南溪电视台做起了主持人，过得挺不错的。

这么久不见，真的好想念她呀！

第二十七章

那天下午，当黎宗英风尘仆仆地来到康华家具厂，出现在大哥黎宗文面前时，宗文几乎认不出她了。差不多一年不见，宗英高了不少，人长了一大截，加上穿着高跟鞋，一头秀发披散下来，更显得亭亭玉立的姿态，看得他眼都直了。

"怎么啦？哥，不认识我啦？"

宗英调皮地对着哥哥笑，快人快语的性格依然如故，甚至比以前有过之而无不及，只是语气神情比以前成熟了许多，眼睛大大的，皮肤白白的，嘴唇红红的，活脱脱一副淑女的形象。

"宗英，你变化好大啊，小时候哪里是这样子，人又黑，又瘦，头发又黄，晒干了的松毛一样……"

"切，切，打住，什么'松毛一样'，你这个人，怎么说话呢，太损害我的形象了吧？"

黎宗英看着边上站着的张瑜，窘得脸都红了。

张瑜是过来向黎宗文汇报工作的，她已经不是大堂接待员了，最近由于表现出色，被众口一致推荐为办公室主任了。

"切，还形象——嗯，你这形象，你形象很好哇，漂漂亮亮，一表人才，亭亭玉立，很不错哇！"

黎宗文本来想贬损她几句，开开玩笑，但一转头发现张瑜站在旁边，微笑着，就话锋一转，干脆吹捧她两句。吹得黎宗英心花怒放，一脸灿烂的笑容，张瑜也咪咪地乐了。

"张瑜，你说是吗？这是我妹妹黎宗英，呃，你说说，你们两个哪个漂亮？"

三个人穿过大堂，顺着廊道朝办公室走去，说着话就到了。宗英累了，把包递给哥哥，哥哥愣了一下，想伸手接，张瑜代劳了，麻利地接过，塞进了边上一个文件柜里。家具厂自然有行业优势，自己的橱橱柜柜添置得比较齐全。

　　"不用说，自然是宗英漂亮，我们哪有什么漂亮？从小干农活长大，普普通通的农村女孩一个……"

　　张瑜在接过提包那一刻，嗔怪地白了黎宗文一眼，那眼神满含深意，带着求而不得的幽怨哀愁的意味。

　　黎宗文也不傻，听出来张瑜话中有话，只是装傻充愣，嘿嘿干笑了两声，低着头找烧水壶，找来找去找不着，心不在焉的样子。

　　"这不是吗？你好像有什么心事？在想什么呢？"

　　张瑜看着转来转去找不到就在办公桌上放着的烧水壶的黎宗文，简直纳闷极了，心想平日间他都挺灵敏的一个人哪，最近好像心事重重的样子，显得越来越"迟钝"了。比如报告文件写好，交给他了，他塞进抽屉里，第二天还来催，催得她都哭笑不得，心想年纪轻轻，怎么会这样子呢？

　　今天看他又故技重演，忍不住训斥了他一句，彼此熟了，也没把他当什么老板了，就普通朋友熟人一般，说话随便得很。

　　她知道黎宗文也不会怪，他也是挺随和的一个人，你太拘谨了，他反而不高兴，或许会说你两句："怎么啦，我又不是老虎，很可怕吗？"

　　"张姐，我哥是不是在想你了哟？嘻嘻嘻！"

　　喝着张瑜端上来的热茶，黎宗英跷着二郎腿，笑嘻嘻地开起了玩笑，想拿面前的两个人开涮一下。

　　黎宗文脸红不语，轻微笑了下，张瑜却脸色顿变，甩了黎宗文一眼，咯噔放下烧水壶出去了，搞得宗英一头雾水，她以为自己玩笑开坏了，惹得这个女孩子生气了。

她眼巴巴地望着对面办公桌后面端坐着的哥哥，怯怯地问："哥，她怎么啦？不是嫌我玩笑开大了吧？她是不是生气了？"

"是，生气了。但你玩笑没开坏，她是既高兴又生气，嘻！"

"哦！哦！我明白了，我明白了，你们两个！嘻！太复杂了！——"

"怎么啦？你明白什么啦？我们两个可没什么啊？你不要胡思乱想，回老家去又叽叽喳喳乱说一通。"

"哈哈哈！我没说你们有什么，恰恰相反，正因为你们没什么，她才生气呢，我的好哥哥！"

"那就好，那就好！"

黎宗文忽然想起了一件事，他着急地问妹妹："宗英，你和那个曹德望的孙子最近怎么样了？还有在谈吗？他人在哪里？回来没有？"

宗英被他连珠炮般一问，问得个蒙头转向，又嫌他不讲名字，偏偏要说"曹德望的孙子"，让她想起了许多窝心的事，不由得翘起了小嘴，没好气地回了声："我们很好，我对感情是很专一的人，哪个会去朝三暮四，勾三搭四，我没这个闲工夫！"

宗文被她呛得说不出话来，静静地想了一下，理直气壮地笑着反问道："妹妹，你这什么意思啊？难道哥哥我是'朝三暮四''勾三搭四'的人吗？"

他后面那句话没说出来，我就一个蔡慧娟都一波三折，到现在都不知费了多少周折，要不是她和曹文瀚搞"内斗"，曹文瀚主动退出，自己恐怕女人的手还没摸过呢，还什么"朝三暮四"，要真能那样子就好了，说明我黎宗文有实力，有魅力。

想到这里，他神情有几分黯然，眼皮低垂了下来，并轻轻地吁了口气。办公室出现短暂地沉默，黎宗文在看一份财务报表，黎宗英一边喝茶一边低头想着什么，眼睛一眨一眨的，很专心的样子，大约是估摸单位分配的问题。

这可是件大事情啊！单位的好与坏、工资的高与低，关系到一生的命运走向，所以她天天提心吊胆的，有时候晚上睡觉都挂念着这件事情。这次从学校回来，来这里之前，她先去了一趟南溪县劳动局，到劳动就业股问了一下，一个四十多岁的股长接待了她，男的，戴个眼镜，斯斯文文，看起来很和善的样子，聊起来也是龙游老乡，姓曹，好像也是曹家庄的人。曹股长站在文件柜前，东翻西翻，查了一下资料，说还没开会讨论，第一批大学毕业生出来了，但翻来翻去，厚厚的一沓子表格上，却没有找到"黎宗英"的名字，第二批又还没开始。

他看到对方着急，就问宗英："你自己想去哪里？你得先告诉我，到时我跟局领导说说，看有没有效果。当然还要开会通过，要领导做主，我只是敲敲边鼓，至于有没有用，他们听不听就不知道了。"

宗英刚才还眉飞色舞的，这一问把她问蒙了，一下子答不上来，不是她脑子反应不行，而是这个问题太重大、太突然了。她嘴巴张了几下，说不出话来，关键时刻，她显然非常谨慎，不敢轻易说话表态。

"你家里是做什么的？家庭条件怎么样？还好吧？"

曹股长岔开话题，随意问了一声，他问这些并没有深意，只是看到宗英坐在那里尴尬，就随便转换了一个无关紧要的话题，想让气氛活跃起来。毕竟他是一个中年男人，黎宗英是一个长相漂亮的年轻女大学生，气质好，形象好，自己有空跟她聊聊天也是一种放松，一种无法言说的精神享受，但这种话没有哪个男人会吐露出来。

"木匠师傅，我家里是做木匠的，爸爸、两个哥哥都是做木匠出身的，家里几代人都是。"

宗英聊到这些熟悉的话题，话匣子一下打开来了，她滔滔不绝地聊了些家族的历史，以及"木匠世家"的来历，洋溢着一脸自豪的神情，听得对方一愣一愣的。

显然，曹股长非常感兴趣，他一边听一边点头称赞，这种倾听的态度，对讲述者也是一种莫大的鼓励。

"咦，你怎么对做木匠那么感兴趣呢？"

宗英停止讲述，冷不丁地问了一句，她觉得一个正儿八经的工作人员怎么会对辛辛苦苦流大汗的木匠行业那么感兴趣，这似乎是件不可思议的事情。

"因为我进单位前，也是做过三年木匠，为了生活就得劳动，所以我们这个单位就叫作'劳动局'。"

曹股长像煞有介事的表情让黎宗英看起来怪怪的，忍不住哧哧笑了起来，这一笑，脸蛋红扑扑的，看起来整个人又更美了。曹股长瞥了一眼，心里跳了几下，舒坦极了。

告别之前，曹股长建议宗英就到家具产业局去，这是一个新开设的单位，需要一批年轻干部，再则，"可能以后对你哥他们也有帮助"。在前面的交谈中，他已经得知了她两个哥哥都是办家具厂的，故而热心地建议宗英。

宗英一听，很有道理，跟自己的家族行业也互相关联，当即满口答应了。两个人热情地握了一下手，宗英就出去搭了一个出租摩托来到哥哥黎宗文这里。

此刻，两个人面对面坐着，正各怀心事，无话可说，办公室静悄悄的，壁上的石英钟刷刷地走。走廊上传来轻微的脚步声，"笃笃笃"，门响了三声，随后张瑜进来了，两兄妹一抬头，纳闷极了，一刻工夫，她居然换了一套白颜色的连衣裙，刚才的是灰色衬衣深蓝裤子，正经严肃的样子，现在整个人飘飘逸逸，充满了"仙气"，把黎宗文眼都看直了。

"哇！张姐，你好好漂亮啊！"

黎宗英从沙发上跃起，站在张瑜面前左看右看，像是不认识一般，看得张瑜都不好意思了。

她偷眼看了黎宗文一看，见对方也在远远地站着瞄着自己，就红着脸讷讷解释说："我那衣服穿了一天了，感觉有点热，就去换了套裙子，穿起来凉爽一点，这天太热了。"说着她用手扇了两下风。

原来，屋里的人光顾着说话，墙头的电风扇居然都没开，确实感觉有点热，毕竟这是酷热的七月天气，暑假暑假，顾名思义，自然是热死人的季节了。

"老板，宗英来了中午怎么安排呢，要不要通知食堂那边炒几个菜，还是……"

张瑜知道黎宗文这个人比较节俭，一般不是特别重要的客人，他会安排在小食堂就餐，除非重量级人物才会带到外面餐馆酒店里去吃。现在张瑜是办公室主任了，这些日常事务都要她去安排，但很多事情她又做不了主，只是上传下达，奉命行事而已。现在，他妹妹来啦，但张瑜心里七上八下，思来想去，她搞不清这个黎宗英究竟是"重要"，还是"不重要"。

她不好定夺，干脆由着黎宗文自己去决定，反正他掏钱，他爱上哪儿就上哪儿去。

黎宗文沉吟了下，就说："去外面吃吧，就是人少了点。"

他看了妹妹和张瑜一眼，意思是我们才三个人，怎么吃？他马上又说："叫上黎青山、黎小满两个吧，这也才五个人，还是少了点。"

张瑜也了解黎宗文这个人，他虽然不太经常上馆子吃饭，但一吃就有规格要求，人数少了不行，至少得排满八到十个人，按他的意思这样吃起来才热闹才有氛围，人少了冷冷清清吃得没劲。

黎宗英疑惑地问大哥："咦！你没叫二哥吗？我在你这里坐了这么久，我以为你早安排好了呢。"

她的意思，大哥你也太不会办事了，兄妹三个大半年不见了，我大老远从省里回来，你肯定应该叫上二哥一起吃个饭，再叫他带一两个朋友，还有慧娟姐。还什么人不够，真有意思，你还什么大老板，不就一个电话的事吗？

其实，她哪里知道，就前几天，宗文和弟弟因为一些小事在电话里拌了几句嘴，宗文当时心情不好，宗武好像也比较烦，二人一言不合，就在电话里吵了几句。宗文听得不爽，咔嚓挂了弟弟的电话，兄弟俩好几天没联系了。

要是以前，至多隔一天就电话、短信或上门来走动，因为他们不但是兄弟，还是同行。既是做家具厂的同行，也是木匠师傅的同行，还一个中学小学读的书。这样算起来，共同点一大把，自然话题也多。

作为大哥，又挂了老二的电话，他哪里好意思一下子又去"骚扰"他，那他做大哥的脸面何在？但这些都不可能对妹妹说，一说出来，宗英自然训你一顿："都兄弟俩，你们吵什么吵，有话就不会好好说吗？你作为大哥就不能让着宗武吗？你又知道他那直性子，说话直来直去，你跟他计较做什么？传回老家去，又让爸妈操心！"

黎宗文对妹妹黎宗英是太了解了，简直是她肚里的蛔虫，她一张嘴就猜得出会说什么话，有哪些论调与措辞，与其在张瑜面前丢脸，不如装傻充愣，不说的好罢。

黎宗武怎么办？马上要打电话给他，可怎么张口呢？该死，上次自己不会忍着点，跟他怄什么气，嘻！搞得现在尴尬极了，难堪极了。"

上次是什么事呢？

原来，黎宗文听到一些风言风语，说黎宗武脚踩几只船，一边跟杨玲打得火热，正谈着恋爱，一边又和一个香港富婆黏黏糊糊，保持着暧昧的关系，他感到事态严重，忍无可忍，就索性打了个电话给弟弟，想探问证实并规劝一下，毕竟他认为自己是木匠世家出来的，祖祖辈辈都是老实本分的手艺人，赵本山讲的，从来没有人犯过生活作风方面的错误（其实他太公黎三元就犯过，只是时间久远了，很多人淡忘了而已）。

"宗武，听说你跟了一个女人，那个香港富婆……你们之间是怎么回事？你要注意点影响嘞……"

孰料，他踌躇再三，话一出口，立马引起黎宗武的强烈反弹。

黎宗武很不高兴，冲口就打断："你听哪个讲的？你知道什么?! 我们是生意上的合作伙伴，接触多一点是很正常的，你不要疑神疑鬼，没事找事啊！莫非你做生意从来不接触女人吗？……"

"你什么态度，我问一下不可以吗？"

"没影的事，你问这个有意思吗？"

黎宗文尴尬至极，一时气冲上来，咔嚓挂了电话。

临出门前，黎宗文看着妹妹有点质问的表情，无奈地摸出了手机，手机一掏出来，刚想拨号，却手机响了，看看，正是黎宗武的电话，看来他已经知道宗英过这儿来啦。

应该是宗英刚才发了信息给他，刚才看到妹妹坐在沙发上拨弄了一阵手机，肯定是在联系南溪的一些亲戚朋友，告知他们我黎宗英回来啦，有点向全世界庄严宣告的味道。

妹妹这人就这样，从小做事雷厉风行，果断大气，如果没猜错的话，将来，她一定是块做领导的好材料。

祝福你，宗英！看来，我们黎氏这个木匠世家终于要咸鱼翻身，走向辉煌了。

耶！——

宗文激动地接打了弟弟的电话。

"哥，宗英来啦，是吧？"

听起来，黎宗武全然忘记了以前的不快，语气如春风一般温暖，夏天一般火热。

"是，看不出，你消息还挺灵通的啊？刚来不到半小时呢。我正准备打电话给你，一起出去吃饭。你过来了吗？"

"我没过来，我现在过塔脚下曹天生那儿，晚上就到那里去吃饭吧，毕竟是老熟人了，照顾一下他生意，再说他那里也不错，风味醇正！"

"是不错，环境也很幽静，你先过去，订好位置，我们一会儿就过来。"

"你们总共几个人？我好点菜。"

"你们几个？我这边六个人吧，厂里五个，等下还要去接一个人。"

"那就八个人，我，还有杨玲，加上你们六个。你还要去接人哪？那得抓紧，不要搞得太晚了，你是去接蔡慧娟吧？"

"没错，你怎么那么会猜呢？你小子是间谍啊？呵呵！"

"这有什么，我是谁呀？孔明在世，周瑜重生，足智多谋，神机妙算，整个南溪县就没有我不知道的事。"

黎宗武一边开车，一边眉飞色舞地神吹海侃，不过确也有几分真实性。杨玲坐在副驾驶座，明艳的面孔如三月的桃花，投过来一阵阵羡慕而崇拜的眼神。

黎宗文站在大堂中间接打电话。黎宗英悠闲地坐在沙发上翻看手机短信，张瑜站在边上焦急地等待。

黎青山和黎小满从廊道里匆匆走了出来，风尘仆仆的样子，神情有些疲惫，头上还沾着些灰，看来是刚从车间里钻出来。他们都认识黎宗英，因为是村里从小玩到大的老熟人了，一见面，都激动地喊了一声："宗英妹妹，你从哪里冒出来的？""宗英妹妹，你从哪里掉下来的？"

几字之差，效果迥异，第一句是黎青山说的，平淡无奇，等同于套话，宗英睁大眼睛，应了一声，并没多大反应。

第二句是黎小满说的，怪里怪气的味道，逗得黎宗英咯咯地笑。她佯装生气，眼一白，反问道："什么'掉下来'?! 我是陨石啊？好你个小满哥，每次一见面就拿我开心。"

"妹妹，这你就不懂了，天上掉下个林妹妹，你没看过《红楼梦》吗？"

黎小满一脸无辜，脑子灵光一闪，干脆来了个脑筋急转弯，慌忙解释道。

这一说，反而逗得宗英开心极了，张瑜也在旁边笑。黎青山不服，用右手食指点点黎小满："纯属狡辩！"

嘿嘿！黎小满咧着嘴，走到了大厅门口，侧身随意地站着，得意地吹起小调。

黎宗文打完了电话，看了看他们几位，问道："这么开心呀？"

而后，大手一挥："走，吃饭去！"带头大踏步出去了。

树荫下停着两驾车，一黑一白两驾车子出了厂区大门，朝着门前的大道悠然驶去。黑色的是黎宗文的桑塔纳2000，白色的是黎青山的夏利，上个月刚买的。

第二十八章

看起来只有五个人，开两部车是多余的，前面那部车坐了三个人，后面那部车坐了两个人，都是空荡荡的。

但黎青山心里有数，肯定坐不下，因为半路上黎宗文还得去接一个人，并且是一个重量级人物，所以不等黎宗文吩咐，他就开上了自己的新车子。

果然，黎宗文看见他去发动车子，也没说什么，径直开着自己的桑塔纳走在了前头，顺着东山大道朝塔脚下方向疾驶。

平日里，黎宗文开车不紧不慢，挺稳重，今日好像比较着急，比平时快了许多，一拐上主干道就提速，至少有一百二十公里，搞得新手黎青山有点赶不上趟。

眼看着双方车距愈拉愈大，他有些着急了，心想你请我吃饭却死命跑，我还要不要吃啊？正干着急，正猛踩油门想赶上去，黑色车却突然减慢了车速，慢悠悠地似乎在等待他们。

夏利车心急火燎地赶上去，桑塔纳又加速了，朝着前面的南溪电视台方向刷刷地跑去。

南溪电视台在东山路 66 号，那个年代房子还不高，马路边的房子才五层，贴着暗黄色的瓷砖，五楼是演播大厅，就是蔡慧娟上班的地方，为了隔音，窗户一律镶嵌着厚厚的天蓝色双层玻璃，围墙边种着几排高大的白玉兰和罗汉松，白玉兰枝条舒展，长满了巴掌大的绿叶，罗汉松笔直高挺，一棵棵超出了屋顶，往空中伸展。

蔡慧娟是一个爱美的女孩子，办公室的窗台种上了几盆水仙和三角梅，此刻，很巧，三角梅和水仙都开花了，花花绿绿一片，看起来很美。

无奈，芬芳的水仙长不过三角梅，三角梅霸道地往四楼伸展下去，猩红色的花儿挂满了枝条，只是大树的阻隔，马路上的人看不见，只有院子里的人才能欣赏到这些风景。

当黎宗文将车子停在电视台大门前的台阶下时，蔡慧娟恰好从大厅内轻快地踏了出来，兴奋得小跑的感觉。

只见她略卷的披肩长发，上穿天蓝色短袖职业装，下穿海蓝色短裙，裙子恰巧遮住了膝盖，露出一双秀丽修长的小腿，小腿被一双薄薄的肉丝袜罩住，若隐若现，更透露出青春女性的魅力。脚下是一双闪亮的黑色女式小皮鞋，走起路来，咯噔咯噔地响。她右肩挂着一个白色小包，走路时，腰肢微微扭动着，婷婷袅袅，感觉挺有范。

小心翼翼走下最后一个台阶时，一抬头，她灵动的目光定住了，脸上绽放出灿烂的笑容。因为透过后车窗玻璃摇下的空隙，一张熟悉得不能再熟悉的面孔露了出来，她上前两步，大声打起了招呼：

"哇！宗英，怎么是你啊？你什么时候回来的？"

"我昨天下午回来的，慧娟姐，你怎么变得这么漂亮了？要是在马路上，我都不敢认你了。"

"真的吗？"

蔡慧娟心花怒放，故作镇定的样子，眼睛朝驾驶座上的黎宗文望去。黎宗文透过车窗，眼神炙热而多情，面上露出按捺不住的幸福感。

上周，他们刚到县城最繁华的南门商业街转了一圈，分别买了几套新衣服。晚上在江边鱼馆吃饭时，两人甚至商谈起了结婚的事情，比如添置家具家电，重新装修房子的事情。蔡慧娟一点意见也没有，微笑着频频点头，就是感觉话不多。

黎宗文以为她害羞了，也没放在心上，一门心思沉浸在对婚后生活的幸福憧憬和甜蜜中。

"真的，一点不骗你，不信，你问问我哥。"

黎宗英走下车来，站在蔡慧娟面前左看右看，乐呵呵地笑，又扭头冲着车上端坐不动的哥哥喊叫起来：

"哥，快下来呀，坐在那里发什么呆，没看见慧娟姐来啦?!"

声音之大，让蔡慧娟受宠若惊，不好意思起来。

蔡慧娟暗暗拉了一下宗英的白衬衣下摆，宗英没反应，继续一副天真快活的样子。这场景，看得车上静坐着的张瑜酸涩不已，但脸上依然挂着不太自然的浅笑，因为她此刻的身份是黎宗文企业的办公室主任，不容许她表现出任何吃醋和不快乐的神色来。更何况人家蔡慧娟和黎宗文是老关系了，高中时就青梅竹马，情深意笃，自己认识他还没几个月，要想横刀夺爱是不可能的，也不现实，除非……除非对面这个美艳的女主持人自己退出，但看两个人干柴烈火的样子，这又怎么可能呢？她不由得长叹了一声，脸上的笑容渐渐凝固了，恢复到了平时工作那份不冷不热沉稳干练的状态之中。

就在张瑜胡思乱想的一刹那，刚刚打开车门想下车的黎宗文又恢复坐姿端坐着，因为一个电话声急切地响起。

开始没在意，以为是黎宗武催吃饭的，就迅速地接听了。不料一听很纳闷，居然是工行行长李南方打来的，他心头猛然一惊，顿时有一种不祥的预感，因为平时李南方极少打他的电话，一般是自己打给他，比如贷款一类，其他也没有多少联系。平日里，彼此都忙，有些小事如续贷、支付利息之类，手下财务人员会对接，不需自己劳神。

"南方，有事吗？我正想出去吃饭呢，城西塔脚下，你是不是一起去？我们有一段时间没见面了，一起喝一杯，聊聊天，怎么样？"

"唉！宗文，我没时间跟你去吃饭了，我得抓紧赶下南州市去，明天一早得去市分行说明情况，我被人举报违规贷款，刚刚被免职了……"

黎宗文一听，感觉头被敲了一棍，晕沉沉的，好几秒才反应过来，他走下车去，在路旁一棵苦楝树下转圈，急切地问对方。

"哎呀，这是怎么回事？糟糕，怎么这么巧啊?！我一份新的贷款两百万正在你们那儿做申请呢！这有没有影响？……"

"说不好，估计不好弄，前面那笔一百五十万又快到期了，我不在也许续贷有影响，新来的马行长马子建你熟不熟？"

"哪个马子建？从来没听过，他原来是哪里的？"

"县分行监察室主任，就是市分行近期接到举报，说我们南溪几个支行不良贷款太多，有滥放贷款做人情贷款的嫌疑，市县分行就联合派人来查，这马子建就是调查组成员之一，并同时接替了我的职位。"

"糟糕！这下出大麻烦了，我还等着资金上新项目呢，这可怎么办呀？"

"没办法，那你只好去找找别的银行了，我可以给你介绍一下农村信用社，你去试试吧！"

"好的，我看一下吧，谢谢你呀！南方，你多保重啊！"

挂了电话，回到车上，黎宗文一脸的凝重，满脑子乱糟糟的，心里仿佛压了块千斤巨石。没有资金，规划好的儿童床和餐桌项目就要泡汤了，还有老家龙游乡的六百八十多亩果园开发项目正在搞土地开垦，十多台挖机日夜不息，一天光烧油就至少几千块钱，还不包工人工资和其他各项支出……关键时刻，釜底抽薪，真要命！

忽然，他疑惑极了，感到非常蹊跷，早不早，晚不晚，怎么这么巧？究竟是哪个乌龟王八蛋捣的鬼?！

他感到很郁闷，回头一看，三个女人齐刷刷坐在车上等着他，脸上带着疑惑不解的神情，尤其是副驾驶座上的蔡慧娟，一见他上车，就急切地问："发生什么事了，宗文？"

"没什么……一笔贷款出了点问题……"

他吞吞吐吐，欲言又止，慢悠悠发动车子朝水西方向驶去，表情忧伤且孤独无助的样子，与平日风风火火、杀伐果断的黎宗文判若两人。

看到这些，蔡慧娟心里咯噔一下，脸色阴郁下来，一路上闷闷不乐地不说话。

宗英偶尔想活跃下气氛，没话找话插几句，却大多是张瑜在接话，宗文和慧娟两个主角都不吭声。

后来，她们两个干脆也不说话了。

车里气氛格外沉闷，如同阵雨前的天空，四个人急促的呼吸声似乎都听得见，仿佛预示着将有大事要发生，让人压抑而紧张不安。

快到水西桥时，一个电话打破了车内的沉闷，黎宗文心不在焉地接听了，他开着车一边打开免提，手机搁在操作盘上。

又一次出乎意料，黎宗武粗重的嗓门震荡在车厢内外，带着青年企业主那份不由自主的自信与果敢，隐隐透出一丝丝坚定的锐气与霸气，电话那头，传达的是一个大喜讯，激情之下，忍不住发过来分享的。

"大哥，哈哈！好消息啊，我又搞到一个大单啰！"

"哈！什么大单？看把你乐的，说话腔调都变了。"

"一千多万的业务，隔壁安南县教育局的，谈了大半年才签下来，请吃饭都花了我五六个 W，到处找人托关系出面……嗐！做生意，不容易哟。"

"拿下了？可以哇！好，祝贺你，兄弟！但哥哥要提醒你一句，生意顺利了可不要得意忘形啰。做人做事稳重点，不能骄傲自满啊！不要一不小心，又捅出什么娄子来。"

"知道，知道，我哪里会骄傲自满？做生意，还会出什么娄子？还'骄傲'，在你面前，我有骄傲的资格吗?！恐怕永远永远都没有嘞！"

黎宗文被他逗得扑哧一笑，一下子不知道说什么好，只是静静地开着车。

"咦，你们怎么那么慢哪？我们早到了，在这里等你们点菜呢。"

"我们一会儿就到，过水西桥了。你就先点菜吧，不要自己先吃了就行。"

"哈哈哈！吃不了，老大不到，我还敢吃，我有这个胆吗？"

两兄弟嘻嘻哈哈地打趣一阵，车内气氛瞬间活跃起来，三个女人接着话，七嘴八舌乱扯一气，先是从南溪的餐饮聊起，再从当地的一些风味小吃聊到著名餐馆的特色菜，聊着聊着又聊到了老家的一些事，因为他们都是一个乡出来的，老家都是龙游乡的，说起老家，表现出无比兴奋和亲切，思乡之情油然而生。

"干脆，明天我们几个回去一趟吧，宗英，你不是要回去看你爸妈吗？宗文，要不明天你送我们回去，我们四个人一起回龙游玩一下吧。"

蔡慧娟的建议得到了另外两个女人的一致赞同，她们都在等待车内那个主角发话。

黎宗文却全神贯注地开着车，没听见一样，一边开车，一边静静地想着心事。

热脸贴着凉屁股，蔡慧娟感到无趣极了，她嘟起了嘴，心里烦乱起来。这一刻，她又不由得琢磨起自己与对方性格的契合度了。上帝，看起来，这是一个没有多少情趣的工作狂人，他脑子里日夜不停地想着工作上的事情，恐怕睡梦中也是如此。

想到这里，蔡慧娟心里咯噔一下，此刻那份对婚姻期盼的激情唰一下子沉落了下来，整个心冷成了冰窟窿，拔凉拔凉的。

这一刻，她简直不知如何是好，这个婚还结不结？不结，所有的亲戚朋友都知道了，蔡慧娟离开了曹文瀚，即将嫁给高中同学家具老板黎宗文，这在朋友圈中都成了头条新闻，无人不知，无人不晓。

结，看他那个样子，以后跟他还能和谐相处吗？呆板，沉闷，心不在焉，毫无情趣，满脑子想的都是自己的生意，一点也不在乎别人的感受，跟这样的一个人过日子，也太没劲了！——显然，这根本不是自己想要的生活。

怎么办？怎么办?! 一路上，她暗暗叫苦，心底焦虑不安，百挠抓心，不知怎么办好。

"好好，可以。"就在宗英急得快跺脚之际，黎宗文忽然随口应答了一声。

"我的爸妈，不也是你的爸妈吗?"

坐在后排的黎宗英灵机一动，忽然逗起了蔡慧娟。

蔡慧娟抿抿嘴，尴尬地笑笑，笑得十分勉强，眼里透出深深的忧虑和无奈，她觉得自己和黎宗文真的不是一路人，他那种夜以继日的工作状态不是她想要的，她需要一份平稳的工作，一个安定的生活，一个有说有笑好玩的丈夫，而不是陀螺一样连轴转的工作狂。

绿树森森，河水清清，穿过白龙江垭口大坝，青山脚下显出一方白墙小院，曹天生的老木匠餐馆到了，黎宗武那辆银灰色的广州本田霸气地摆在空地中央，黎宗文只能小心翼翼地倒来倒去，将车停到一侧。

听到熟悉的引擎声，黎宗武魁梧的身躯钻了出来，头发梳得光光的，大背头，脸也胖了许多，四四方方，白乎乎的，像一个蒸熟了的大馒头。

令黎宗文诧异的是他鼻梁上竟然架了一副大墨镜，举手投足，举止沉稳，那傲视一切的神态，像极了电视剧《上海滩》里的许文强。

"操，摆什么谱！大佬一样。"

黎宗文下车一看，莫名其妙好一阵子，心里暗暗骂了一声。

正当宗文发愣的当头，身后飞出了个黎宗英，高喊一声："哥，我想死你了！"一把蹿上去揽住了黎宗武。

黎宗武挣扎着伸出右手，摘下了墨镜，眼巴巴地看着宗英，关切地问："妹子，你怎么回来的？"

"搭班车哇，这里既没有火车，也没有飞机。"

张瑜和蔡慧娟两人走了过来，好奇地看着搂在一块的两兄妹。黎宗武趁机借题发挥，嗔怪道："你这个傻妹妹，回来也不说一声，哥可以派个人来省城接你啊，切！我黎宗武的妹子还需要搭班车吗？"

他眼角一瞟，看到打扮得俏丽无比的杨玲跟出来了，便愈加得意，高声嚷道："我厂里有五部车子，六个司机，大车小车越野车都有，不要说省城，就是北京、上海都可以来接你，妹妹，只要你提前来个电话就搞定！……"

他本想继续发挥下去，却不由自主地松开了手，因为他看到步步进逼的杨玲一脸的怒火，双眼瞪得溜圆，并酸溜溜地"哼"了一声，右手攥得紧紧的，大有一触即发扇自己一记耳光之势。

危急之下，黎宗武醒悟过来，才慌了神，杨玲根本没见过宗英，她应该是误会了，看到两人公然搂在一起，心里被醋水浸泡得无法容忍。

他行动极快，趁杨玲逼近，尚未出手之际，一把将宗英拉了过去，涎着脸对紧板着脸孔的杨玲热情介绍说："来，小杨，这是你妹妹宗英。"

在杨玲面色稍稍缓和，宗英点头微笑却不知如何称呼的当口，又将杨玲推了上去："来，宗英，这是你嫂子杨玲老师，她是我们南溪一中的音乐老师，歌唱得非常好，人也长得美，号称

'南溪最美的百灵鸟'！"

这一番恭维恰到好处，让杨玲心花怒放，绷紧的脸瞬间奇迹般地舒展，如同冰封的水面化成了碧波潋滟的春天，速度之快，让人瞠目结舌。

黎宗英笑意嫣然，甜甜地叫了一声："嫂子好！"

"你好，你好！"杨玲顺势拉起黎宗英的手问，"妹子，你好漂亮啊，大学毕业了？"

"毕业了，等分配呢。"

"分到哪里去了？"

"不知道，还没分，可能会去家具产业局吧，毕竟我一家都是干这行的。"

"你们一家都是干这个的？一直是搞家具的？"

杨玲疑惑不解，扫了黎宗武和黎宗文一眼。

她想说，你们两个不是到过广东飞马家具厂打工吗？我们不是早认识吗？家里一直办家具厂，怎么又可能出去打工呢？你们究竟玩的什么鬼把戏？她脑子一下子转不过弯来，猜谜语一般。

"哪里有一直开家具厂，没那么阔气，我们一家以前都是乡村木匠，我爸我爷爷他们都是，到我们这一辈，已经是第五代人啰。"

黎宗武尴尬地挠头，相比大哥黎宗文，他不太喜欢到处宣扬"木匠世家"的辉煌历史，他是个信奉权力和实力的人，对所谓的"人文历史"兴趣度不高。

说起家族历史，他往往轻描淡写、避重就轻，实在绕不过，就含糊其词，高度概括一句："我们家一直是做家具的。"

今天，在老熟人杨玲面前没有说，因为杨玲对他可谓知根知底，广东飞马家具厂的事蒙都蒙不过去。人家是当事人，来龙去脉，一清二楚。

"木匠世家，这是我们龙游有名的木匠世家，我们很早就听说过。"

乖巧的张瑜接过了话题，一句话恰到好处，让现场气氛活跃起来，化干戈为玉帛。

"是是是，电视、报纸都报道过。"后一辆车也到了，黎青山凑过来帮腔，看到现场美女多，他非常高兴，平时严谨的样子变得眉飞色舞。

黎小满则低着个头，扭扭捏捏的样子，这是个典型的老实人。

宗文三兄妹重拾信心和勇气，个个昂起了头，大步地朝餐馆小院子走去。另外两个女人蔡、杨也感到沾光而自豪，喜滋滋地跟在了后面。

小包厢坐定，八个人中，有两位老板，四位漂亮女性，因此端茶倒水的杂活自然落到了黎青山和黎小满头上。

黎青山是厂长，也不太习惯服务别人，端过茶壶冲上水就筛了一轮，便忘了。傍着黎宗文坐着，二人又神色凝重地聊起了工作上的事情，越聊越专注，黎宗文几乎忘了另一侧蔡慧娟的存在。

曹天生夫妇忙前忙后送菜送汤进来，脸上依旧带着生意人和老乡故人惯有的客套和热情，但屋内的气氛变得格外诡异。黎宗武和杨玲坐一块，始终有说有笑，黎宗英和张瑜相谈甚欢，黎宗文和黎青山在不停地商谈"工作"，急切商讨银行李南方那边出现贷款麻烦的补救方法。黎小满不认识蔡慧娟，加上他级别最低，倒水端菜任务繁重，无暇跟哪个人搭话，再则，他明知蔡慧娟是老大黎宗文的女人，也比较拘谨，没有主动去跟她搭讪。

一顿饭下来，大约一个半小时，搞得蔡慧娟似乎成了多余的人，她默默地承受着，心里越来越失落，对黎宗文的抱怨也达到了极点。

忍受到晚饭结束时，她收到了一条短信，当时一看，吃了一惊，短信居然是已分手的曹文瀚发来的。内容很短，只寥寥两句，却极具冲击力——"慧娟，我已调回老家工作，任龙游乡派出所所长。回来吧，慧娟，我非常爱你！"

饭后，在蔡慧娟的暗示下，黎宗英、张瑜、黎小满三人坐黎青山的车子先回去了。她和黎宗文一个车子慢悠悠地走在后面。一路上，两个人都不说话，黎宗文沉沉地想着工作的事，在考虑贷款和新产品上不上的问题。

终于，蔡慧娟忍无可忍，冲着专心开车的黎宗文爆发了："黎宗文，你怎么老是这个样子？"

"哎，我什么样子？"黎宗文开着车，意外地抬起了头，看了蔡慧娟一眼，又习惯性地不说话了。

"什么样子？——说来说去，你就是个工作狂！跟你在一起，真没劲，我一点也不快乐！老实说，这不是我所想要的生活。"

"哎呀！慧娟，你怎么会这么想？我以前不是一直这样子吗？"

这时一个人横穿马路，黎宗文急踩刹车，车子吱嘎一声，才没有撞上去。情急之下，他感到很恼火，对蔡慧娟也产生了一种不满情绪。

看到黎宗文心情不好，蔡慧娟换了一种语气，诚恳但十分坚定，毋庸置疑的意味。

"以前是以前，以前是读书，是同学关系，那完全不一样。可自从我们相恋以来，我已经忍受了很久，也思考了很久。我发现，我们性格根本不合拍，职业差距也太大，没有太多的共同语言。宗文，我实在没办法接受你，干脆，我们就此分手吧，道不同不相为谋，长痛不如短痛！"

黎宗文诧异极了，但马上回过神来，痛苦地把车停在路边的一棵梧桐树下，从容地问蔡慧娟："慧娟，是我不对，光忙于工作，忽略了你，唉！那你，你真的想好了吗？"

"想好了，宗文，请你理解我。强扭的瓜不甜，分手后，我们依然可以做好同学、好朋友，你说好吗？"

黎宗文思索了一会儿，觉得木已成舟，难以挽回，就点点头，表示同意。

"既然这样，那好吧，我尊重你的选择，祝你幸福。"

黎宗文表情难堪，面色凝重地看着蔡慧娟打开车门下去了。

一会儿，她拦了一辆路过的摩的，跨上车，绝尘而去。抛下车上那个孤苦无助的男人，默默笼罩在树影斑驳的南溪街头。

"慧娟，我是爱你的，但是我是商场上的人，一天到晚忙个不停。看来，我们确实不合适，这也不能怪你。好吧，我祝福你！"

车内，黎宗文依靠在方向盘上，眼泪刷刷地滚落下来，他以为事情终究会慢慢地淡忘，两个人都会回归正常的生活，找到各自拥有的幸福。

如此一来，第二天三个女人相约一起回老家的事就不了了之了。

那天是黎宗英和张瑜两个人回去的，黎宗文临时厂里有事，加上心情不好，便没有陪她们回去，而是叫黎青山送她们回去的。

孰料，半个月后，一则令人震惊的消息传来，如同晴天霹雳，第二次打击接踵而来，几乎要把他逼疯了。黎宗文，他被残酷的现实推到了即将崩溃的边缘。

商场和情场，黎宗文，这个木匠世家的第五代子孙，在青春懵懂的创业时期遭受了致命一击，承受着空前的重压与考验。

未来之路，他又该何去何从？将如何重拾信心，继续走下去？

天地静默，乾坤旋转，整个南溪城，似乎没有人能告诉他，提示他，帮助他……

　　南溪街头，一位失魂落魄的小青年，在事业崭露头角之际，一切却急转直下，爱情、事业接连碰壁，他的人生近乎走到了生死存亡的关头。

第二十九章

黎宗文和蔡慧娟分手后，强忍着巨大的悲痛继续着自己的生活，他对谁也没有讲，包括弟弟妹妹，还有老家枫林坳的父母，将精力默默投入工作之中，维护着康华家具厂的生产与运转。

因为之前发生过多次争吵与摩擦，也确实意识到了自己职业与蔡慧娟理想生活的巨大差距，因此，"被抛弃"的黎宗文也没有太过责难和怨恨曾经心爱的女人。

他甚至想，毕竟，慧娟曾经温暖过自己，像寒夜的一簇火把，发出一阵灼热的光焰，伴我度过了那个难忘的岁月。

无论过去还是现在，她从未因双方之间学历、地位、身份的差异而疏远和轻视自己，自己还有什么不满足的呢？

所以，适当的时候，人应该学会放手，放弃也是一种度量和美德。

在失恋和孤独的伤痛之余，他学会了理解和宽容，他觉得自己是一个有理想、有大志的人，不应该为了一个女人的失去而沉沦，而陷入无止休的伤感之中不能自拔。

更不能反目成仇去怨恨曾经爱得深入骨髓的初恋情人，慧娟在他的心目中永远是完美的，美得是那么无可挑剔。爱不在，情已远，友情不应该破灭，二人应该还是永远的好同学、好朋友，还是以前那种知根知底无话不谈的好闺蜜。

一转眼，三个月过去了，黎宗英如愿地进入了南溪县家具产业局上班，成为局里家具企业发展办公室的一名年轻而又朝气蓬勃的小职员。

宗英人很聪明，性格活泼，生性又勤奋，加上吃苦上进，仅仅一个半月的工作经历，她很快成为局机关无人不知、无人不晓的业务精英。她对全县两千多家家具企业有了初步的了解和认识。对于一百多家规模化企业至少有一半曾登门拜访过，几乎都能不假思索地说出他们老板的名字以及所从事的生产类别，甚至产品的特点，优势与劣势，等等。

更令人惊奇的是，她居然能对十几家身处困境陷入泥潭摇摇欲坠的破败企业给予点拨和破解，说出个堪称专业的一二三之类的道道来。

一次，恰巧局长杨延庆路过她们办公室找主任老马有事。一进门，老马不在，其他人也出去了，单单就黎宗英在接待一个家具企业的两个老板（股东），那老板一个姓范，一个姓孙，坐在黎宗英对面愁眉苦脸的样子，原来他们企业产品滞销，已经亏损了一年多，差不多快关门倒闭了。

由于办公室没人，黎宗英发挥了马主任的角色，一边招待范孙二人喝茶，一边为他们的企业"对症下药"，利用自己走访大量企业所积累的知识与经验，细细点拨了他们一番。

她说："范老板，孙老板，你们的产品就是太老套了，必须更新款式，加强设计工艺。还有，那个喷漆也不行，光亮度不够，看起来不美观，对顾客没有吸引力……必须尽快改进工艺，提升产品质量，才能把销量做起来……只要产品改正得好，管理和营销做得好，从内部加强管理，其实你们企业还是大有希望的！"

一番话，让范孙二人茅塞顿开，愁苦的脸上露出了久违的笑颜。他们看到了自己企业光明的未来，顿时摩拳擦掌，信心倍增，整个人都容光焕发起来，准备回去大干一场，与刚进来时的垂头丧气形成了鲜明的对比。

因为半小时前，二人先去了局长杨延庆办公室，拉着个脸诉了一番苦，杨延庆那里有两个税务局的客人在谈事情。

杨延庆就客气地让他们先到企业办公室去坐坐，他一会儿过来，他风趣地说："企业困难，管理不善，产品滞销，这个都是很专业的问题，企业办的人更精通，我比较外行，说不出什么门道来，你找他们才更有用。"

那两个人咧着嘴苦笑，说："我们从乡下大老远赶来，就是为了找杨局长，还有其他重要的事找你谈谈，其他人恐怕做不了主。"

杨延庆挥手："可以，可以，你们先过去，老马他们在那边，你们先聊聊，我一会儿就过来。放心，我不会跑掉的！"

二人不好再说什么，就勉强来到了企业办。

推开门，一看，不对劲，就一个小丫头片子，二十出头，一脸文气，像个刚毕业出来的女大学生，老马他们几个老油条都不在。

于是，叹了口气，心想这趟白跑了，虽然这女孩清清秀秀看起来挺舒服的，但企业已经都生死关头了，哪个还有心思看美女？走吧，喝杯茶润润嗓子回去得了，抓紧关门处理"后事"要紧。

黎宗英人很斯文，但反应极快，嘴巴子又甜，看见来人进来，扔下书写的材料，赶忙起身，边冲水泡茶，边笑着招呼道："你们好！看样子，你们是哪个企业的老板吧？"

为首那个人说："我们是高岭镇大发家具厂的两个股东，我姓范，他姓孙，今天特意过来找杨局长和马主任的。杨局长有事，让我们先过来坐坐，他一会儿就过来。他说业务的事你们更熟悉，是这样的吗？"

他带着质疑的目光随意瞄了黎宗英一眼，心想，这不是开国际玩笑吗？杨局长啊杨局长，老马他们又不在，你让一个刚走出校门的小丫头片子帮我们"诊断"企业管理产品滞销这种问题，你这不是要我们吗？

这小姑娘，你看看，年纪轻轻，一脸的稚气，哪里还懂得什么家具生产企业管理？家具厂恐怕都没去过几个，让我们这些四十出头的老江湖去跟她聊这些专业问题，这不是很幼稚、很可笑的事情吗？这些人，干工作，简直是儿戏！

两人喝着茶，耷拉个脸，死气沉沉的样子，根本不搭理面前这个笑靥如花的小姑娘，一门心思想等杨延庆过来，好诉一番苦，争取搞一笔企业扶持资金，能救活则救活，不能救活就赶紧卷铺盖走人，他们对于这家再也不可能"大发"的厂子，基本上已经绝望了。

"哦，范老板，孙老板，记起来了，我知道你们的企业，对你们的产品和经营也有所了解。"

黎宗英看出了他们心中的疑惑，主动拉起了话题，而后单刀直入地深入剖析企业所面临的问题和症结，就是上面开头的那一番话，听得范孙二人频频点头，心悦诚服。

杨延庆一踏进来，放慢了脚步，也听出了一点门道，毕竟他管这行已经五六年了。一听，惊讶得很，心想，嘿！这小丫头行呀，说起家具产业来，居然都头头是道，开口就是一大堆专业的行话，看起来，她比办公室主任老马都不差呀！

不错哦，不错，是个好苗子，以后得培养起来，我们南溪县正大力发展家具产业，非常需要这种专业性的管理人才，干脆，到明年想办法把她挪挪位置，提拔一下吧，以发挥更大的作用吧，这叫作——"好钢要用在刀刃上"。

范老板看到杨局长来了，激动得站立起身，嘴里忙不迭地道谢："哎呀呀！杨局长，想不到你这里还出了一位高人哪，对症下药，指点迷津，把我们企业的种种症状都一一指出来啦，这下我们企业可有救了，真是太感谢你们了。"

"呵呵！感谢我做什么？我人都才过来。怎么样，和这个小黎同志聊得还可以吧?"

"不错,有水平,年轻有为啊!"瘦瘦的孙老板也忙不迭点头。

"不要小看她年轻,人家可是省城师范大学刚刚毕业回来的高才生,脑子灵光,思路清晰,厉害着呢!"杨延庆继续当众表扬,听得黎宗英脸红红的,羞答答低下了头。

"是,厉害,厉害!难怪,大学里出来的人就是厉害,比我们这些大老粗强多了。"圆头大脸的范老板对黎宗英竖起了大拇指。

"看来搞企业没有文化是不行,刚才小黎同志帮我们分析得很到位,有理有据,非常专业,把我们都听傻了,咦,小黎,你都好像做过木匠,怎么对家具行业知道得那么多哇?"

孙老板轻易不开口,一说话就切中要害处,提出了一个代表范孙两个人共同的质疑。

"嘻嘻!没有,我没有做过木匠,但我爸爸和我哥他们是做木匠的,所以,我从小这方面的事听得多,也看得多,一来二去也就熟悉了。"

"哎呀呀,这么巧啊,刚好我们也是做木匠出身的,但我们做木匠的历史没有那么悠久,像你们那种家中两代人做木匠的光荣历史我们没有,因为我们父母都是地地道道的农民,到我们这一辈才摸起了斧头把,做来做去,前几年又由木匠师傅办起了家具厂。"

范老板一听到做木匠方面的话题,显然比较感兴趣,说话的语速和语调都提升了许多,不像刚才那种一直不紧不慢的样子。

"何止两代人,他们家五代人都做木匠,是南溪县赫赫有名的木匠世家!"

局长杨延庆言简意赅,在他那带着几分沧桑磁性的话音里,简直有一种为黎氏家族做形象代言人的味道。

在范孙二人崇敬而钦佩的目光里，黎宗英青春的脸上洒满了自豪的神采，言语之间，洋溢着对自己黎氏家族历史无比骄傲和自信。

是呀！木匠世家，五代木匠人敬业奋斗的精神如同一条血缘纽带，源源不绝地传承下来，一直传到了自己三兄妹身上。作为龙游乡乃至南溪县一个充满传奇色彩的平民家族，他们没理由不为此感到自豪。

大发家具厂的两位老板怀着感激和喜悦的心情离去了。

后来，他们按照黎宗英的点拨思路，对产品进行了整改，对经营中存在的弊端进行了矫正和清除，企业很快步入正轨，到了年底已经扭亏为盈，一步步兴旺起来，成了名副其实的"大发"家具厂。

第二年春天，他们给家具产业局送来了一面锦旗，上书两行烫金大字——"关爱民生家具人，指点迷津好干部"。

那一刻，整个家具产业局沸腾了，大伙奔走相告，议论着，享受着，兴奋之情，溢于言表，个个显得无比自豪和骄傲。

那副对联不甚工整，颇有点口语化的味道，但情感真挚，体现了家具人对黎宗英和整个家具产业局干部的感激之情。

自此，杨延庆对黎宗英越来越重用，一月后，经过他的大力推荐，并在局务会上通过，黎宗英被提拔为家具企业办的副主任，并成为老马的得力助手。

在全局明眼人的眼里，老马垂垂老矣，反应迟钝，又没什么文化，明年即将退休，年轻有为的黎宗英无疑是办公室主任的不二人选。

家具产业办是局里最重要的部门，产业局又是县里的重要部门，显而易见，黎宗英这个副主任分量不轻。

自此，南溪县家具产业局内，一颗新星正冉冉升起。

消息传回到老家枫林坳村，引起了一阵小小的轰动。因为黎家庄很久没人当官了，扳着脚指头，数来数去，也数不出个一二三来，除了种田佬就是木匠师傅，要么就是圩上开店卖杂货的小老板，还有就是远赴广东进厂打工，过福建背树挖煤推板车的产业工人。

这些年，黎家庄的人一直很憋屈，你想想，算起来，人，比曹家庄多得多：官，比曹家庄少得多：老板，也没有蔡家庄那么大。

虽然黎宗文、黎宗武兄弟几个做生意冒了些尖，但生意也不算特别大，属于发展起步阶段。同比之下，蔡家庄更牛，据说蔡大旺透露，他们那儿的人，在外省搞房地产的都有。

但蔡家庄人，终归还是喜欢搞文化。村庄内外，像蔡大旺这种戴副眼镜摇头晃脑的半人半仙比比皆是。

对于搞家具这种"小生意"，他们都不屑一顾，根本提不起兴趣。广东那个蔡长茂是个例外。

说起来，蔡长茂还是黎宗文、黎宗武兄弟的领路人，枫林坳家具产业的开山鼻祖。

那一天，清明前后，天空下着下小雨，道路泥泞，干不了农活。黎氏祠堂，吆五喝六，凑了一堆打麻将玩纸牌刮白扯淡的闲人，闹哄哄的。

一边打牌，一边闲扯，说些村庄的趣闻轶事，顺带扯起了"当官"的天，洋洋得意，津津乐道的。

数来数去，有人调侃道："不错哟，你们黎家庄就出了一个领导，还是个'大领导'呢。"

那人好像是曹家庄人，仗着自己村庄有点"背景"，领导多，牛皮烘烘的，眼神斜着看，对黎家庄人不屑一顾。

黎家庄人不解地问："大领导，哪一个呀？"

心想哪有什么"大领导"？我怎么不知道呢？你哄鬼啊?！

"黎广胜呀，枫林坳村的会计，哦，还兼了一个乡里的家具办副主任，不就是个'大领导'吗？嘻嘻！"

那人喝了点酒，摇头晃脑的，喷着满嘴酒气，说相声一般有劲。

旁人看着对面坐着的黎广胜，不住地碰他胳膊肘。那人盯着纸牌，目不斜视，满嘴跑火车，刹都刹不住。

牌桌对面原来坐的是阿庆，黎广发前面那家做金银首饰的人。不知什么时候换成了黎广胜，他刚刚进来找个人，站在后面看了一下。阿庆好像是喝茶多尿急上厕所了，便让广胜做了替补。

黎广胜笑嘻嘻地刚坐下，稀里哗啦摸到一手好牌，正在插牌，准备露一手。不料，席面上话锋一转扯到"当官"上去了，又碰到一个满嘴跑火车不看场合的愣头青。

那人偏偏没看到阿庆换成了广胜（也许看到了，无所顾忌，故意调侃他的），嘻嘻地嘲讽一通。

这货哪壶不开提哪壶，惹得旁人一阵哄笑。

黎广胜窘得面红耳赤，脖子都气歪了，他腾地站起，牌一扔，呼啦一声连牌桌都掀翻了。

满地狼藉，在旁人惊愕的目光中，他干脆拿出乡干部的派头，昂起头颅，眼一瞪，环视一圈，冷冷地大吼道："看什么看？！村里有规定，这里禁止赌博了！——你们懂不懂？！啊？！"

见没人敢吭声，他觉得很得意，昂着头，背着双手，哼着小调一摇一摆地走掉了。

所以，这次黎宗英的提升，职位虽然并不高，但象征意义很大，对于整个家族，乃至整个黎家村，都有着扬眉吐气翻身做主人的历史性意义。

他们看到昔日"敌对"的曹家人，乃至中立的蔡家人傻眼时，忍不住要炫耀一番："瞧瞧，风水轮流转，我们黎家村也出领导了，还要出大领导呢，曹家人，咱们走着瞧吧！"

气得曹家人干瞪眼，蔡家人干笑不已。

因为蔡家人和黎、曹两族都姻亲甚多，历史上，蔡氏人少力微，在村中属于"弱势群体"，没有话语权。在蔡氏老人和一些文化人的谋划下，他们就干脆学习汉朝皇帝采取和亲政策，不断地将女儿嫁给曹黎两族，借助血脉纽带拴住三方的感情，以为本族在村中立足，免受两大姓氏欺负，并谋取利益最大化之大政方略。

此"和亲"之风，一直流传了数百年，到近些年仍然方兴未艾，没有终止的迹象。

显然，黎宗英升官，黎家村人乐坏了，比自己当官还要兴奋，这叫作"邻舍当官，人人喜欢"。随着黎宗英在政界的崭露头角，意味着黎广发这个木匠世家，乃至整个黎家村一股新兴力量的崛起。

第三十章

那年秋天，在伤感和低迷中挨过了几个月，每日忙碌于车间生产和新产品的开发，黎宗文在情感的伤痛中稍稍平复了几分，蔡慧娟的阴影已显得朦朦胧胧，暂时搁置到了记忆的深处。不料就在国庆节那天，黎宗文接得一个令他震惊、令人难以置信的消息，力道之猛，差点把他击倒。

当消息传来时，黎宗文坐在办公室里，刚刚接过张瑜递上来的一份文件。他拿起笔正想签字，突然接到弟弟黎宗武的电话，电话里声音急促不安，充满了焦灼与愤怒。

"哥，你在哪里?!"

"我在办公室，怎么啦?"

"办公室，办公室，亏你还坐得住！你把我们家的脸都丢尽了！"

"什么脸都丢尽了? 发生什么事了? 莫名其妙！"

"好好好！我莫名其妙，你出来看一下，临江大酒店，你赶紧出来看一下，出大事了，你马上在整个南溪县就要出名了，你自己过来看看，究竟是我莫名其妙，还是你莫名其妙?!"

"临江大酒店，那不是胖子阿四开的吗? 那里发生了什么事?"

"你少啰嗦，叫你出来你就出来，半小时到，我在大门口等你，如果半小时不到，我就带人进去砸场子了，我实在受不了了！"

最后一句，黎宗武几乎是歇斯底里的吼叫，声音隔着话筒震得黎宗文耳膜嗡嗡地响。他恼怒地挂断了电话，脸色因愤怒而涨得铁青。

临江大酒店，国庆节，黎宗文脑子乱糟糟的，始终理不出一个头绪。他在办公室里来回踱步，烦躁不安地转了两三圈，仍然想不出一个所以然来。

办公室主任张瑜惊恐不安地站在那里，问又不好问，手里捧着那份仅有两张纸的小文件，如同捧着一份镇国之宝，尴尬至极，她进也不是，退也不是，眼巴巴地望着烦躁不安的老板。

她手中是一份写了两天反复修改成稿刚刚打印出来的全厂规章制度。她拿着自己精心书写的成果，本想在老板面前露一手，却被一个电话当头打断，高兴劲头被冲得七零八落。顿时，她脸上挂上了冰霜，噘起了小嘴，一副委屈的神态。

黎宗文拿起桌上的车钥匙急匆匆要出去，走到门边转身交代张瑜：“你拿去叫黎厂长签一下吧，我有急事，马上要出去一下。”

张瑜文静地点点头，看着黎宗文火急火燎的样子，翕动嘴唇欲言又止，终于说了一声：“你开车小心一点啊。”

黎宗文看了她一眼，注意到她紧张不安的样子，无疑是在替自己担心，他感激地“嗯”了一声，一股暖流涌上心头。

他启动院子里大枫树下的那辆上海大众，轻踩油门，一个呼啸把车开出了门前的大道。快到中午了，因为是国庆节，天气又晴朗，街上车流人流明显比平日多了起来。

黎宗文娴熟的车技让他在车流中如鱼得水一般顺畅前行，加上恰到好处地抢过了两个绿灯，仅仅二十分钟就赶到了白龙江边的临江大酒店。

那是南溪一家极为有名的大酒店，融餐饮住宿宴席为一体，一到好日子，结婚娶亲嫁女的特别多，这是一个生意红火的繁华去处，成为很多南溪新人喜结良缘的理想场所。

黎宗文最近碰到比较多的烦心事，第一是银行信贷变卦的事，由于工行水西支行行长李南方的被查调离，搞得他新上的项目非常被动，整个贷款融资计划被彻底打乱。

　　一切只得从头再来，弄来弄去，搞了一个多月，他另辟蹊径和农村信用社打上了交道，成功贷到了三百万，终于把儿童床和餐桌项目开发出来了。

　　刚刚松了一口气，生意也有了起色，恋人蔡慧娟又跑路了。这段时间，他整个人蔫蔫的，几乎是强打精神硬着头皮投入工作，好歹厂里运作正常，生意也蒸蒸日上，日渐红火。

　　一路上，一边开车，他陷入无边的思绪之中，往事如烟，一缕缕在心头飘过，如同过电影一般。唉！这真是按下葫芦浮起瓢，人生啊，怎么就这么多烦恼和不顺呢?！

　　这不，刚刚消停片刻，黎宗武一个电话又搅得翻江倒海，他似乎看到了什么对自己对整个家族具有冲击性的大事件，那会是什么事呢? 千头万绪，一片茫然，黎宗文一路上都想不明白。

　　车子在离酒店大门三四十米开外一堵围墙边停下了，透过车窗玻璃，他看到酒店门外摆着几个大花篮，还有气球门，边上簇拥着一帮人，喜气洋洋的，像是在办什么喜事，应该是一对新人在举办婚礼，里头还隐隐透出来录音机洪亮的喜庆高亢的乐曲声。大门外客人三三两两走进来，一边向新人祝贺道喜。那对新人侧着身子，背向这边，加上距离有点远，根本看不清楚是谁。

　　一下车，车门刚关上，只见黎宗武急匆匆跑过来，后面紧跟着两个人，黎宗文定睛一看，原来是一向在广东飞马家具厂打工的堂哥黎大龙和表哥蔡志辉。

　　"宗文，你车子好漂亮啊！"

　　"欸！你们怎么回来啦? 不在蔡长茂那里干啦?"

　　"干腻了，想回家里找点事做，总不可能外面打工一辈子吧?"

蔡志辉笑笑，没说话，黎大龙回了一句，代表了他的意思。边上，他在点着头，随后开玩笑补了句："就许你做老板，就不许我们回乡创业？"

　　"好啊，创业好，以后我们大家一起创业！又可以聚在一块喝酒聊天吹牛了……"

　　黎宗文脸上舒展出了难得的笑容，时隔多年，五兄弟终于重逢了，这里四个，加上早先回来在自己厂里做厂长的黎青山，枫林坳五虎上将到齐了。

　　忽然，他后悔刚才出门太匆忙，怎么没有叫上青山一起出来？要是青山得知大龙、志辉两人回来创业的消息，那又会多么的高兴啊！盼星星，盼月亮，自己和宗武、青山三个终于盼到这一天了。

　　话音未落，黎宗武上前两步，冷着个脸当头打断："大哥，还创业，创你个鬼哟！有钱又怎么样，嘻，丢脸哪，你快把我们全家的脸都丢尽了！唉，你呀你！我怎么说你好呢？！"

　　黎宗武一番话，噼里啪啦，犹如半空中扔下了一颗大炸雷，震得大家目瞪口呆的，三个人纷纷把目光投向了恼怒的黎宗武。

　　"怎么啦？发生什么事了？"

　　大龙，志辉不明就里，惊讶极了，赶忙问询起来。

　　黎宗武却绷着个脸，不说话，扭扭脖子，晃晃头，眼光时不时朝酒店那边瞄几眼，一副气咻咻的样子。

　　"宗武，你吃错药了？当着大龙、志辉的面大喊大叫什么？真是活见鬼，我丢什么脸了？我偷了还是抢了？"

　　黎宗文压着火气，把弟弟拉到一旁，低声训斥道。他觉得弟弟今天实在反常，说话语无伦次，是不是脑子搭错了哪根线？

　　在黎大龙、蔡志辉诧异的目光问询中，黎宗武勉强冷笑了下，忍住满腔的怒火，抬手一指："走，走，我们过去看看吧，就全都明白了！我这里不想说那么多，太丢脸了！"

不由黎宗文分说，宗武拉着他往酒店门口走去，大龙、志辉搞不懂，只好傻傻地跟了过去。

那边乐曲声越发高亢起来，人气也越来越旺，祝贺声、问候声此起彼伏，汇成一道欢乐的海洋。

莫非结婚的人跟自己有关吗？黎宗文心里突然升起一种不祥的预感，心口咚咚咚地跳动起来，但立马冷静了下来，心想：别人结婚关我什么事？你黎宗武真是狗拿耗子多管闲事，最多也是蔡慧娟结婚而已。再说，她结婚不也正常吗？我们早已分手几个月了，难道分了手，人家就没权利恋爱结婚了吗？黎宗武，你个这人呀，真是太可笑了！

黎宗文对弟弟生着气，突然想起他还不知道自己和蔡慧娟分手的事，不由得暗暗叫苦，后悔自己嘴也太严实了，怎么不早说呢？要不然，也不至于搞得这么难堪呀。

不觉几步脚就到了酒店门前，抬头一望，顿时惊呆了，一对新人穿戴整齐，男的一身藏青色西服，胸前别着一朵花。女的满头花饰，脸上化着淡妆，身上穿着红色大花旗袍，俏丽的脸蛋，苗条的身段，那不是蔡慧娟是谁？她边上是最让黎宗文恐惧的"老对手"——曹文瀚。

蔡慧娟站立在曹文瀚身旁，露出幸福的笑容，在新娘服和头饰的映衬下，全身上下光彩照人，美艳极了，几乎让人睁不开眼。

刹那间，三双眼睛交会出激烈的火花，一对新人几乎异口同声喊出了自己的名字——"宗文""黎宗文"。

同样的惊讶，仅仅一字之差，前者是新娘叫的，后者是新郎叫的，含义却大相径庭，情感也千差万别。一个是满怀深情的纠结和羞愧之意。另一个是带着复杂兼有排斥的应付和客套，甚至还有几分戒备心理，心想，咦，你小子怎么来啦？——妥妥的情敌一个，再说，我也没请你呀，你过来干吗呢？

曹文瀚表情复杂，瞟了黎宗文一眼，又偷看了蔡慧娟一下，想看看她婚姻现场见到"老情人"，会是何反应。

蔡慧娟意外之下，居然收敛了笑容，她预感到宗文有可能是有备而来，今天他不整出点事来，也许不会善罢甘休。

想到这里，刚才的幸福感一扫而空，心口怦怦狂跳起来，充满了担忧。

黎宗文一团火气噌地蹿上胸膛，盛怒之下，他几乎要晕厥过去，天哪，真没想到，原来面前这个千娇百媚的新娘居然是蔡慧娟，那个英俊帅气的新郎居然是曹文瀚。

真是活见鬼了！蔡慧娟跟自己分手没几个月马上就以闪电般的速度恋爱结婚了。恋爱结婚倒也罢了，居然又回头去找那个分了手的曹文瀚，如此去而复返，不是直接叫自己难堪，等于打了自己一记沉重的耳光吗?！

"呵呵！原来你们今天结婚啊？慧娟、文瀚，好歹我们同学一场，结婚这么大的事，怎么也不说一声呢？早说了，我也好给你们准备些贺礼，难道你们认为我黎宗文落魄到连一份礼品都买不起吗？是不是，蔡慧娟？莫非，连你也是这样认为的?！"

"宗文，不是这样的，你误会了，因为我们以前……今天现场熟悉的同学又太多，所以，我和文瀚就没有邀请你，请你不要见怪啊。"

"宗文，我们想结了婚再私下邀请你吃个便饭，咱们三个老同学聚一聚，也更有氛围，更方便交流，你千万不要误会啊。"

好事好头，大庭广众之下，不好吵吵嚷嚷。平日，曹文瀚性格是比较强悍的。此刻，鉴于场合，以及各方面考虑，却强忍着怒火，拧个笑脸上前跟黎宗文赔话。

其实，这不是他一贯的风格，他个子比对方高半个头，由于长年的运动健身，体格也比对方健壮得多。此外，他还是龙游乡派出所所长，本身就执法人员，只要稍微"灵活"一点，随便给黎宗文他们扣顶"寻衅滋事""扰乱社会治安"的帽子，黎宗文今天很可能会吃不了兜着走。

边上，黎大龙、蔡志辉差不多明白过来，因为他们虽然在广东，但周围的熟人经常会通过书信电话透露一二，每年节假日他们也有几趟回来，家中父母亲人甚至朋友伙伴也会说起他们三个的情感故事，所以，他们早已知晓个大概，心里暗暗地着急。

黎大龙暗暗给黎宗文使眼色，劝他赶紧离开，不要做出这种不合礼仪的事情来。蔡志辉在后面不停拽宗文衣角，被宗文反手拍打了下，只好作罢。

"蔡慧娟，你这不是要我吗?! 没错，我们是分手了，按理说你恋爱结婚嫁人，这些我都管不着。但是，我问你，世界上这么多人，你不嫁，你为什么偏偏要嫁给他?!"

黎宗文气急之下，伸手一指曹文瀚，顿时将曹文瀚惹毛了。他考虑到新婚大喜，一腔怒火，再次强压下去，绷着脸，软中带硬地上前劝道："宗文，有什么事我们以后再说，看在老同学的面子上，今天你要么高高兴兴进去喝杯喜酒，要么就帮忙招呼一下客人，其他事我们以后再聊吧，好吗?!"

宗文见一贯强硬的曹文瀚今天居然低三下四求自己，不觉愣住了，刚想说什么，只见几个老同学从里面奔出来，是章鱼、鱿鱼、带鱼他们几个，"怎么回事? 宗文，你们怎么不进去喝酒呢?"

宗文转念一想，决计打道回府，要不然今天脸丢大了，好歹自己在南溪商界也是一个有头有脸的人了，犯不着这么当众闹事，传出去对自己名声不好。再说，人家一个派出所所长，你闹下去只能自找麻烦，人家随便挂你一条莫须有的罪名，你都得在拘留所蹲上个十天半个月。

"好! 我们走吧。曹文瀚、蔡慧娟，祝你们两个幸福! (这辈子，我再也不想看到你们了!)"

最后那半句话在心里打转，思前想后，话到嘴边强咽了下去。

黎宗文一跺脚转身离去，并且越走越快，身后留下一片叽叽喳喳的议论声，还有哄笑声。他气得脸通红通红的，窘迫极了，难堪极了，但一刻也没有停留。上了车，带上黎大龙几个人静悄悄地离去了。

慢悠悠开上不到二百米，他又把车停在路边，痛苦地把脸伏在方向盘上，一动不动。车上另外三个人面面相觑，不知如何是好。

坐在副驾驶上的黎宗武吓坏了，他伸手轻轻推了推他哥，担心地问："哥，你怎么啦？没事吧？"

匆忙间，黎宗武把自己的车都遗忘在临江大酒店对面停车场了，跟他们火急火燎地跑了出来。这会儿，他才记起来，急着想下车走回去，一看大哥那样子又很不放心。

"宗文，你怎么啦？人不舒服吗？""要不要上医院看一下？"

坐在后排的黎大龙和蔡志辉看到了也很紧张，纷纷探过头来观察，却不知如何是好。

黎宗文缓缓抬起头，双手耷拉在方向盘边缘，眼神定定地盯着前方，脸上一点血色也没有，整个人几乎虚脱了的样子，目光空洞，黯淡无神。

"嘻，你这样子不行，还是我来开车吧，你坐后排休息一下。"

黎大龙下了车，把疲软无力的黎宗文扶上车，坐在了后排座上。

蔡志辉一边伸手来拉，一边摸摸他额头，自言自语道："不烫啊！又没有发烧。"

忽然，他明白过来，无奈地叹息了一声，安慰道："宗文，你要想开一点，女人嘛，哪里都有，不要太当回事，没必要！"

黎宗武吩咐二人照顾好他大哥，就下车回酒店了。他说开上车他后面赶过来，一起到哪里吃个饭，其他的事吃了饭再说。

今天上午十一点多，黎宗武他们三个本来是出来想去临江大酒店吃饭的。大龙和志辉远道归来，好久不见，他很高兴，兴冲冲地想为他们接风洗尘，再叫上宗文、青山好好聊一聊，来个枫林坳"五虎上将"大聚会。不料一到酒店门外，抬眼看到门口那些新婚景象，黎宗武差点把肺都气炸了，他还以为蔡慧娟没同大哥分手呢。

要不是考虑大龙、志辉在场，还有宾客当中有不少熟悉的商界客户，考虑自己在当地商界的名誉地位，按以前的脾气，他早要怒吼一声，上前大吵大闹一番了，哪怕厮打一顿也在所不惜。

毕竟，今非昔比，自己是有身份的人了，两千多万新厂区的投资在媒体炒作之下，已经在南溪商界掀起一波又一波的热潮，黎宗武的形象被打造得无比高大伟岸，成了南溪城乡小有名气的大老板、知名人士。

就在他挺冲动的一刹那间，一个声音猛然让他冷静下来，一个甜美的女声从他耳畔飘过："咦，你看看，那个不是黎宗武吗？看起来好像哦，是不是？"

伴随着一缕浓烈的香水味，带着青春女性特有的气息，让他兴奋不已。

他猛一转头，见身边走过来两个年轻女子，既时尚又秀气，一个红衣服一个绿衣服，都是一看就很"爽"的那种货，她们应该是来酒店赴宴的吧？

红衣女子立住脚步，用右胳膊肘碰了碰绿衣女子，用那种想低又低不下去的奇怪声调问对方，那感觉，她其实想故意想让面前这个衣冠楚楚的男子听见，好借机搭讪一番。

"是，是，没错，我在电视上见过，飞鹰厂家具老板，我朋友朋友的朋友哟！"

黎宗武一听，心花怒放，满脸乐开了花，抬起右手朝两位少女一挥："嘿！"对方也纷纷嗲声嗲气："嘿！"

红衣女子故作矜持，微微一笑，扭扭捏捏的样子。绿衣女子则更直白得多，歪着脸看黎宗武，眼睛一眨一眨，表情丰富多彩，开始暗送秋波了。

黎宗武正欲跟二位佳人做进一步"深入友好"的交流，却听到台阶上一声喊，她们"唉"了一声，匆忙进酒店去了，留下目瞪口呆的黎宗武，瞅着她们远去的美丽背影。

喊话者转过身来，原来是曹氏公司的老板曹德贵，枫林坳的老熟人，也是当地家具行业的新贵。

曹德贵叼着一支烟，穿着一身银灰色西服，小平头，四方脸，嘴唇上留着一撇小胡子，黑眉毛，大眼睛，目光锐利，表情严谨，脸上浮现着唯我独尊和志得意满的神情。

看起来，这小子近来还混得不错，生意兴隆，财源茂盛。

黎宗武经常从朋友口中听到他的名字，也知道他搞了不少产业，除了传统的家具、工程建设，还新搞了一家酒店，收废站委托手下光头在管，酒店则委托他的得力干将黄毛在管。

黎宗武还知道，曹德贵的实力已经不在自己之下，他也知道自己和大哥宗文正在冒尖，一副满不在乎的表情。

可想而知，经常有枫林坳老乡背地里提到他们几个人。曹德贵听多了，很烦，心想：哼，黎宗文、黎宗武两兄弟，你们算个屌啊？原来不就是一个乡村小木匠吗?! 老子走南闯北风风火火做生意的时候，你们还在走村串户讨饭吃，挑着木工担子起早摸黑，一身臭汗，累得跟死狗一样，还老板，在我面前，摆什么谱?!

光头和黄毛都是他的两个铁杆兄弟，唯曹德贵马首是瞻，曹德贵说一，他们不敢说二，曹德贵叫他们撵鸡，他们不敢打狗，纯粹铁三角一个。

最近很巧，黎宗武老是在一些重要的社交场合偶遇他，吃饭时要么隔壁包厢，要么同一桌，要么就大堂或酒店门口打个照面。

　　彼此虽无深交，但招呼还是有打的，这叫作皮笑肉不笑，面和心不和。因为他们心里都明镜似的，都是一条道上混的，虽然互不服气阳奉阴违，不到关键时刻万不得已，谁也不想去得罪谁。这次，他应该是来参加曹文瀚婚礼的。

　　这次两个娇滴滴的小妮子一下子被他喝走了，还冷着个脸招呼都不打。黎宗武感到颇为不爽，就淡淡地挥了一下手，快步走开一段路，转身给黎宗文打电话了，后来就发生了开头那档子事。

　　当时，很多人根本想象不到，多年以后，这两个人之间，还会扯出来一大堆乱七八糟匪夷所思的事来。

　　唉，女人啊，女人！都是女人惹的祸。有时候，金钱和美女都不是什么好东西。

第三十一章

枫林坳村北部，有一座高山，名叫白羊山，那是整个村庄乃至龙游乡的一道屏障，山势绵延五六公里，东西走向，主峰羊公垴高 812 米，为全县第三高峰。枫林坳口乃极为险要之处，那里山势陡峭，怪石嶙峋，夹杂着密密麻麻的竹子和枫树，仅有一条羊肠小道攀缘而上，最窄处两块大石巍然耸立，黑森森的，一丈多高，如巨人手掌一般夹在一起。石缝中间宽不过一尺，勉强容得下一个成年男子通过，稍胖些的要侧身挪动，方能通行，真可谓"一夫当关，万夫莫开"。

当年，黎宗文的爷爷黎昌贵就是凭借这里方圆数十里崇山峻岭和密布的森林坚持了三年游击战争，直到后来，解放军渡江南下，方带领全体队伍下山，一举攻克了南溪县城。

其实，准确地说，南溪县城是"不战而屈人之兵"，国共两党仅仅在水东观音渡打了一仗，国军南溪县县长兼保安司令曹德望一看势头不对，就改弦易辙，急匆匆宣布起义投诚了。

独立团三年燃烽火，观音渡一战定乾坤。南溪县顺利解放，黎昌贵后来成了南溪县第一任县委书记，曹德望起义有功，被任命为南溪县第一任县长。当年的两位老对手握手言和，成了并肩作战、和平建设的同志和战友，听起来，这本来是多好的一件事啊！

但是，人世间很多事偏偏不尽如人意，人性的狭隘，利益的诱惑，名位的纠葛。水面无风偏起浪，行船又遇顶头风。

以上种种，最终导致二人反目成仇，也导致了黎昌贵命运多舛，降职丢官，黯然返乡重拾旧业做起了乡村小木匠，最后在一个风雨如磐之夜醉酒落水而亡，黎家也从辉煌的巅峰跌入黯淡的低谷。

……

往事依稀，日月轮回，一眨眼，爷爷黎昌贵也去世二十三年了。但他的英雄事迹还有跌宕起伏的人生在枫林坳内外广为流传，经久不衰，深深植根在南溪人的记忆深处，也成了整个黎家人的荣耀与伤痛。

这天傍晚，古木丛生的枫林坳口慢悠悠走来了一位年轻人，那人衣着朴素，一脸淡然而落魄的忧伤之情。他凌乱的头发，嘴上毛茸茸的胡须，那走路的姿态和神色，显出一副愤世嫉俗的样子，显然是被人打击和伤害过，但他那两撇紧锁的八字眉，还有犀利敏锐的眼神，分明在告诉我们——我不会服输，我迟早会站起来的！我一定要早日下山，回到属于我的战场去重整旗鼓，找回我们黎氏家族曾经拥有过的梦想与荣光！

没错，此人就是黎宗文，黎氏这个木匠世家的第五代长房子孙。自从那天在曹文瀚和蔡慧娟新婚现场回来后，连续几天不苟言笑、郁郁寡欢的，整个人瘦了一圈，他厂里的人包括黎青山、黎小满，甚至最亲近的办公室主任张瑜也都怯生生的，不敢去打扰他。

一天到晚，他哪儿也不想去，关起门闷在办公室里，静悄悄坐着发呆，要么就是在办公室里走来走去，厂里的事都是黎青山和张瑜在处理。外面有客人来，他也事先交代，一律做挡驾处理，就说"老板身体不适，不便见客"。大事交黎青山处理，小事交张瑜处理，技术采购上的事交黎小满处理，整个公司凭着多年来制定的规则，勉勉强强沿着既定的轨道平稳前行，没有什么大的起色，也没出什么乱子，就这样，一直延续到了今日，已经足足三十六天了。

黎宗文是第四天离家出走的，离开前，他召集上面三人开了一个十五分钟的小会，他略略交代了一下厂里的重要事项，而后，郑重其事地告诉他们说："我最近心情不好，也感到身心疲惫，想回到老家枫林坳山上去住一段时间，休养一下，散散心，也顺便思考一些事情。我不在期间，厂里的事全权委托厂长黎青山负责，小满和张瑜要尽力辅佐好，你们三个齐心协力，把厂子管好。我走以后，厂里一定不能出了什么大乱子。别人问起，你们就说我出差了，任何人不能告诉他我的去向，免得无事生非，招来不必要的麻烦。"

青山、小满二人看着黎宗文严肃的样子，不敢多问，只是诺诺连声。

张瑜心知肚明，看着日益消瘦的黎宗文，眼泪挂在眼眶里，一句话也说不出来。

她知道这次蔡慧娟嫁曹文瀚的事对黎宗文的打击之大，因为各种讥笑和冷嘲热讽在朋友圈和企业界如风一般席卷开来，甚至厂里有些工人也背地里嘀嘀咕咕。黎宗文在车间和办公室走来走去，这些不可能听不到。就是听不到，也明显能感受到员工们不自然的表情，还有遮遮掩掩疑惑探询的目光。

思来想去，他觉得只有一条路——避祸，一走了之，人走是非散，去一个僻静杳无人迹的地方躲上一阵子，到那时候，再回来，这些流言蜚语自然风平浪静，烟消云散了。

这叫作"时间可以冲淡一切"。

在一阵短暂的思索之后，他第一个想到了老家的白羊山，还有那个古木参天的枫林坳口，那是祖辈生活战斗过的地方，他要顺便回去瞻仰和缅怀一番。

阔别那里，一晃已经十五六年了，一直想回去看看，却总是忙于生计，未能如愿。这次，终于可以满足心愿，故地重游了，多好的事啊！干脆，关闭手机，去过一段与世无争、与世隔绝的"野人"生活吧，那也是非常有趣的。

此刻，三十六天过去了，黎宗文心情恢复得差不多了，满山秀色也欣赏得了无遗漏，想想，时过境迁，流言蜚语也消失得差不多了，他打定主意，决计要悄然下山了。

他坐在一块平整的大石头上，看着远方的鸡公山沐浴在夕阳的金晖里，那满山苍翠的树木如同金黄色的毛羽，遮蔽得严严实实。山势昂首翘尾，气势雄伟，像极了一只阔步啼鸣的大雄鸡。

宗文忽然想起了山下是蔡家庄，外婆和舅舅都是那里人，还有表哥蔡志辉，原先的老板蔡长茂。

想起蔡长茂，他呵呵地笑了，想起了他在飞马厂里追杨玲的事，继而又想起了杨玲看自己那温柔灼热的眼神……杨玲和弟弟宗武怎么样了？应该没什么变故吧？他们两人可不能再像自己和蔡慧娟那样子了，想到这里，他又不由自主地喟叹了一声，忙把心事抽回，缓缓地立起身来，沿着山间小路不紧不慢地走去。

远远近近地看着四周色彩斑斓的枫树林，一树树，红得像火，夹杂着一些斑驳的杂色，如同一幅宏大唯美的山水画卷，沿着山脊远去，消失在视觉尽头。

哦，家乡真美啊！黎宗文瞭望着壮美的群山，由衷地发出一声感叹。

不知不觉，走到一丛小竹林前，黎宗文伸手摘下一片竹叶，含在嘴里，用手指捻捏着，咿里哇啦，吹起了那首熟悉的《木匠师傅》——

祖祖辈辈做木匠，辛辛苦苦日夜忙。
一家老小要吃饭，子女还要进学堂。
走村串户日头晒，东奔西跑夜风凉。
热天晒得汗嗒嗒，冬下冷风呜呜响。
看了几多冷脸色，睡了几多灰寮房。
……

"吹得好啊！宗文，你看谁来啦?!"

身后一阵杂沓的脚步声让美妙的吹奏声停歇了下来。黎善庆的声音又尖又细，那拗口的土话夹杂着枫林坳特有的乡土气息，听起来却是那么亲切，让黎宗文不由自主停下脚步，转头去看。

"大哥，你好悠闲呀，每天在这里游山玩水，过着与世无争的日子，简直赛过活神仙了。"

黎善庆身后站着两个人，一个是黎宗武，一个是黎青山。

黎宗文脸色有些尴尬，他想想自己不辞而别消失在这大山深处，本以为弟弟会责怪，一见面，自然代表全家数落一通。不料他却抢先嘻嘻哈哈打起趣来，伴随着几个人轻快愉快的笑声，一下子把气氛活跃起来。

"是呀，这阵子太累了，就回到家乡来隐居，寄情于山水之间，远离喧嚣的尘世，这未尝不是一种人生的境界和追求。"

"哟哟哟，看不出哦，宗文，你什么时候变得这么有文化了，讲起话来文绉绉的，一套一套，听起来像个大学教授，倒不像过去那个抢斧头把的乡村小木匠了。"

黎青山弯下身子，上上下下打量了黎宗文一番，故作惊讶地乐和道，这一下，逗得大伙更是一场大笑，包括黎宗文自己。

"大学教授不敢当，大学生倒是货真价实的，我已经拿到南江省职业学院家具制造专业函授大专学历了。"黎宗文掏出手机晃了晃，解释说，"下午刚刚收到了短信，从今天开始，我就是正儿八经的大学生了!"

他挺直腰板，目光炯炯地眺望着远方，那唯我独尊的神态，已经恢复到了一个家具业主深谋远虑，驰骋商场，运筹帷幄之中，决胜于千里之外的那份坚毅和自信了。

随后大家东拉西扯逗乐了一阵，说些家乡近来的变化，还有生意场上的一些趣事，看得出，大家都在有意无意制造一种轻松的氛围，给了黎宗文一个台阶下。

一伙人沿着崎岖的小路朝高崟背走去，在不知不觉间，黎宗文，这个饱经沧桑的汉子已经在筹划下一步的行动了。

　　一个多月的隐居生活宣告结束，时光冲淡了一切，也洗刷了一切，在故乡这片灵山秀水的抚慰下，他的情绪平复如初，已经把以前难堪的记忆抛到九霄云外。

　　拐过一个平坦的山坳，树木更加茂盛起来，枫树、木荷、楮树、酸枣树，随处可见。树下长满了茅草和矮灌木，弯曲的小路几乎被杂乱生长的野草所湮没。

　　黎宗文和黎青山走在后头，一边小声地交谈，前者在问后者一些厂里的事情，毕竟离开好长一段时间了，一个企业肯定每天都会发生不少的事情，大大小小，零零碎碎。当然，也会有不少新的变化。

　　黎宗武走在中间，东张西望，一副好奇的样子，也许是好多年没上山了，山上的景色吸引了他，尤其是那一片片七彩斑斓灿若晚霞的枫树林，激发了他极其浓厚的兴趣。

　　突然他收住脚步，一拍大腿，懊恼地喊叫了一声："哎呀呀！可惜了，太可惜了，我怎么不把杨玲带上来呢？她是城里长大的，看到山里的美景，一定会高兴坏了！"

　　"那你怎么不带她来？现在后悔有什么用？"

　　黎宗文昂起头，又恢复了大哥的姿态，开始教训起小弟来了。

　　宗武呵呵一笑，抓了抓头皮，突然把诡谲的目光转向前头的黎善庆，手一指，抵赖道："他都没有邀请我，我哪里好带那么多人来，到善庆古家蹭饭吃呀？"

　　黎善庆憨厚一笑，眨眨眼，咕哝了句："吃饭，嘻嘻，小意思。"

　　他眼睛死死地盯着前头一丛干草，那里摇摇晃晃，似乎有什么东西在动，还发出一阵叽叽咕咕的鸣叫声。

一个黑乎乎的东西蹿了出来，越过小路向对面山坳谷底逃去，那里荆棘密布，灌木杂草丛生，小竹子也不少，是小动物藏身的天然之所。

几乎同时，善庆一个虎跃，瘦小的身躯像炮弹一样弹射了出去，直扑那团游动的黑影。

"野鸡，快抓呀！""抓野鸡呀，快点！别让它跑了！"

黎青山尖厉的声音急骤响起，把左顾右盼的黎宗武吓了一跳。他反应好快，也立马高喊一声，窜了出去。在刺耳的喊叫声中，三个人同时夹击，滚倒在了草丛中。

听到有野鸡，黎宗文在思索中猛醒，在条件反射下，也随后飞了出去。四个人先后在草丛中乱蹿乱掐，把一团芦箕茅草压得七倒八歪，如野猪拱过的白菜地一般。最后，还是山里长大的黎善庆技高一筹，把一只肥硕的老野鸡给拽了出来，高高举起给大伙展示。

四个人加快脚步，准备回去吃红烧野鸡了。在胜利的喜悦下，脸上尽是灿烂的笑容。

宗武和青山又争吵起来，一个说要炖，营养好；一个说要炒，味道香。黎善庆脸一扭，眼一睁："听我的，不要争了，一半炖，一半炒！"

三个人齐声叫好，口水刷刷刷流了出来，仿佛一大盘香喷喷的红烧野鸡味道扑鼻而来。

下了山坳那道坎，上了一个斜坡，穿过一片松树林，看到一处向阳的山坡地，四周长满了桃树、梧桐树、苦楝树、毛竹，还有几丛野芭蕉树。十来座土坯房错落有致，映现眼帘，枫林坳最偏远的一个生产队——高崇背到了。

黎善庆新修的砖瓦房也有五六年了，看起来依然很新，白灰抹的墙，深灰色的瓦片。尤其是暗黄色的杉木门窗，一眼望去无比亲切，那都是宗文兄弟自己打造的。

一走到跟前，踏上门前的土坪，几只鸡来回地觅食，一只小黄狗摇头摆尾迎上来。矮屋子应该是厨房，冒出一缕缕的青烟，带着松枝燃烧特有的香气。

一股熟悉的气息勾起了太多的记忆，想起那年在他们家建房造屋打造门窗凳桌的情景，劳动的场景一页页翻过，充满了辛酸而又幸福的滋味。

善庆妈妈笑吟吟迎候在屋门口，屋前的石灰坪上早早摆放着几把靠背老竹椅，半旧的长条茶几上搁着一个白色大茶壶，还有五六个小玻璃杯，中间是一大盘干食，一边是番薯干，一边是干花生。

"婶子，好久不见了，平时有空怎么不出枫林坳来聊呢?"

黎宗文一看到善庆妈妈那副老实朴素的样子，心里顿生几分好感，又想起她已经守寡，才四十几岁。善庆爸爸是四五年前在福建挖煤塌方压死的。可怜的人，她鬓角已比上次多了不少白发，额上皱纹也添了几道，但脸上依旧带着乐观和善的笑容。这是一个十足的山里人，纯朴厚道，坚强不屈，矮矮的个子，平常的相貌，那茁壮生长的姿态，像极了山坡上最为常见的一棵矮松树。

"宗文，宗武，你们到底回来了，日子过得好哟，五六年了! 青山，你都十几岁时候见过，跟你姆妈来这边作烧（砍柴），十多年了……还聊，冇空，善庆他爸爸过世后，家里里里外外都靠我一个人，一大堆的事，累都累死了，哪里还有空出去聊!"

"善庆呢，他不是在家吗? 怎么不干活呢?"

黎青山出门好多年，对老家的情况非常陌生，他瞅着黎善庆，不解地问，仿佛有点质疑他的劳动观念，是否整天在山外溜溜达达不顾家?

都是一个祠堂的，打小又认识，彼此说话直来直去的，没有太多的修饰和顾忌。

"哪里不干活?! 我在圩上干泥工，租了间小屋子，平时就住圩上，个把礼拜回来一次，大山翻来翻去麻烦透了，累都会累死！"

他不安地看了他妈妈一眼，心急火燎地解释起来，说完又低下了头，默默地想着心事。

众人笑笑，四下里看了看，枫林坳口在前方高耸入云，挡住了外出的通道，四面环山，树木葱茏，到处沟沟坎坎，出行是极为不便。但也不是一无是处，毕竟幽静，空气也格外清新，柴火烧草方便极了，你看看，那屋后一大片郁郁葱葱的松树林，单是树下划拉划拉松毛枯枝，烧水做饭就足够了。门前阶檐下塞满了一大捆一大捆的枯松枝松毛，永远也烧不完的感觉。

有空时，逢上圩日，高崇背人还会挑着柴草出枫林坳或圩上去卖，游家串户地问。价格很实惠，七八块钱一担，小家小户可以烧上三四天，在枫林坳很受欢迎，助长了不少"懒人"，比如黎广胜的老婆肖金妹之类。

黎善庆匆匆给几个人倒上茶水，带头吃些干食，眼看太阳西斜，他一骨碌起身，吩咐妈妈端盆热水过来杀鸡，自己匆匆进厨房找菜刀去了。

那只野鸡被野藤捆扎得紧绷绷的，在土坪边缘咕咕地叫，看到善庆握刀步步逼近，也许意识到危险临近，扑棱棱地挣扎着。小狗好奇，凑过去瞧，又汪汪地狂吠了两声，为它主人呐喊助威。

夜幕降临，在黎宗文他们一顿神吹胡侃中，堂屋里飘来了红烧野鸡的芳香。野鸡终归被红烧了。可以想象，善庆妈妈是一个做饭理家的好手。时间紧迫，为了快些赶，善庆也一直在厨房里忙忙碌碌，进进出出，充当下手。

饭点已过，堂屋里亮起了昏黄的煤油灯。饭菜上桌了，包括那一大盘野鸡肉，幽幽地冒着热气，发出一阵诱人的香气。

大家围坐在方桌上，喝着米酒，嚼着美味的野鸡肉，气氛又活跃起来。

三十六天的隐居生活宣告结束，在这里度过最后一个夜晚，明天，黎宗文将和黎宗武、黎青山一块下山了。

这段时间里，为了陪宗文，善庆耽误了许多泥工活，损失了不少钱，宗文看了他们母子一眼，又看了一眼黯淡空旷的堂屋，心里不禁一阵酸涩。

他突然停下筷子，问黎宗武："你带了多少现金？有没有千把块钱？借给我用一下。"

大伙一愣，目光看了过来。宗武也搞不明白哥哥什么意思，但并不多问，掏出腰包点了一下，爽快地说："有，还有多嘞，一千六百多。"

他眼睛眨了眨，意思在问，够吗？

"好，先拿一千五吧。"

宗文接过钱，庄重地起身，双手递给善庆妈妈，诚恳地说："婶子，善庆，我在这里住了一个多月，实在麻烦你们了，这是伙食费，弥补一下吧，不知道够不够。"

"哎呀呀！吃个粗茶淡饭，还要什么钱，大家都是自己人，这怎么行呢？"

善庆母子挺客气，死命推辞。

宗文走过去，把钱硬塞到了善庆妈妈手里，故作严肃地说："春花婶子，收下吧，不收钱，那我们以后就不来了。"

善庆妈妈叫李春花，她傻傻地看善庆，征求意见。

善庆一甩下巴，干脆地说："那好吧，收，收吧，难得宗文哥这么关照我们。"

善庆妈妈端起酒壶殷勤地给三人筛酒，善庆也筛上一碗。他端上酒碗，犹犹豫豫站了起来，先是祝宗文宗武生意兴隆，心想事成，再祝大家吉祥如意，发家致富。

而后，他咧咧厚厚的嘴唇，终于鼓起勇气，试探着问："宗文大哥，那个干泥工挺辛苦，也赚不了多少钱，我想在圩上开个店，专门卖你厂里的家具，你说可以吗？"

"可以啊！怎么不可以？你早说呀！"

黎宗文一听，正中下怀，兴奋地叫了起来。

他本来就想扩大销售市场，这几天一直在思考这件事。刚才山路上，他和青山落在后头，也是在商量急于扩大市场的事，善庆这番话正说到他心坎上了。

"我没有那么多本钱……"

善庆想了想，又挠头了，眼巴巴地看着宗文和他妈妈，不好意思的样子。

宗文一笑，干脆地说："没事，货我可以先赊给你，将货出山，卖了再付款。"

黎善庆眼睛立马亮了起来，有点手足无措的样子。半晌，他反应过来，指着桌面那盘野鸡肉，连连招呼："快吃！快吃，多吃点，你们几个，全部消灭掉！"

说完，自己夹起一筷子做示范，咯吱咯吱，大嚼起来。

其余人说笑着，也将筷子雨点般落在那盘鸡肉上。善庆妈妈一脸喜色，端起酒壶绕着桌面给几个年轻人筛酒，嘴里说着祝福的话。

"善庆古，还有我的呢，我一块赊给你，你可以同时卖我们两家的货！这样，你不是更赚钱吗？"

"哎呀呀，那太好了，那太好了！"

正当黎宗文觉得品种有些少，略感到有些遗憾时，黎宗武粗重的嗓音响起，可谓是恰到好处，瞌睡碰上枕头。

当天晚上，几个人在楼上打地铺。下面铺着厚厚的干稻草，软绵绵的，屋外虽然刮着呼啸的寒风，屋内却暖洋洋的。

在另外两个人呼呼大睡时，熟睡中，黎宗文却嘟哝着说起了梦话："曹文瀚，你别太得意啊，我以后不会放过你的！……"

第三十二章

一晃，又过了五六年，那年夏天，厂里办公室，黎宗文在认真地看报表，突然接到弟弟黎宗武的电话，听起来挺急。

"哥，那个，有个事，你能不能帮下忙？"

"什么事？你说。"

"带我去见一个县领导，你跟他熟，我不熟。"

"哪个县领导？你这个人，让我说你什么好呢？有事了就打个电话，没事你从来想不到你哥哥，人影都看不到一个。"

"嘿嘿！打虎亲兄弟，上阵父子兵嘛，我们就兄弟两个，又没有其他人，不找你找哪个？再说，你都是我们家最有办法的人，嘿嘿！"

"好！算你会说，油嘴滑舌的，你是我哥，好吧？"

"嘻嘻！哪有，哪有！"

能说会道的黎宗武一时语塞，又是一副得意忘形的样子，飘飘然的味道。

"你具体要找哪个人？不要东拉西扯的，有事说事，我看看方不方便。"

"曹文瀚！主管家具产业的常务副县长，有些事就要他才能搞得定。"

"什么，你找曹文瀚？！"

黎宗文简直不敢相信自己耳朵，前些年两个人因为蔡慧娟的事情搞得疙疙瘩瘩的。但毕竟是多年的同学和朋友，又是一个村庄的发小，关系深厚，共同点很多，慢慢又关系"正常化"了，但一码归一码，自己从未想过厚着脸皮去求他办什么事。

自从曹文瀚去年春天提拔为常务副县长后，又恰巧分管家具产业，二人因工作关系，开会、走访、学习、培训经常碰面，联系渐渐多了起来。后来，居然鬼使神差地重新成为无话不谈的铁杆兄弟和好朋友，这在朋友圈和同学群中成了佳话，成了南溪县"相逢一笑泯恩仇"的经典故事。

但同学归同学，朋友归朋友，自己从没有登过他的门，也没有求他办过事。一想到蔡慧娟嫁给了他，黎宗文心里总是残存了一丝阴影。你要他去上门找曹文瀚，那是万万不可能的，打死也不会这么干。

"他不是你老同学吗？这两年你们不是混得很熟吗？你不是在县里领导层面很吃得开吗?!"

听到电话那头大哥沉吟不语，黎宗武急了，连珠炮一般地发问，有点气恼的冲动，看来这件事他是有备而来，志在必得。

黎宗文也不问他啥情况，就直接说自己有难处，表示没办法上门去找他。这种事办公室也不好谈，人多眼杂，容易泄密。

"你是怕见蔡慧娟吧？唉，都过去式了，男子汉大丈夫，老记着那么点事干吗？有必要吗?! 人要往前看，往前走，世界上美女多的是，何必老惦记着一个蔡慧娟。"

"不是，也不是这个事……"

"大哥，有空你去北京、上海走走，那里的小妞不知多漂亮。我上个礼拜到北京出差，回的时候顺道去了一下上海……啧啧啧！那街头，真是美女如云哪！……"

"行了，行了，你是聊工作，还是聊女人？你不是说要找曹文瀚吗？具体办什么事？快说，别废话那么多，没事我可挂电话了！"

黎宗文很不爱听，心想，扯淡，北京、上海美女多关你什么事？你以为你是乾隆皇帝，满世界游山玩水去选妃啊？

"有事，有事，我想新上一个家具项目，县里每年有一大笔家具产业创新扶持资金，我想争取一下。曹文瀚能出面的话，那笔资金就十拿九稳了。"

"哦，搞下来有多少钱？"

"至少有上百万……你还没听到这个事吗？"

"听说了一些，这个事不好弄，上头还要有人打招呼才行。曹文瀚权力大，但他一个人未必能搞定。这个事非同小可，最后签了字，还要过班子会的。上面还有个老二，县里二号人物，曹文瀚未必做得了主。"

"你傻啊？二号人物是挂名的，他一般不管事。现在，全县上上下下都在大搞工业园区建设，项目铺天盖地，几千万几个亿的大项目多的是，管都管不过来。这区区个上百万的事，算个毛啊？还不是曹文瀚自己去敲定！"

"那好，既然你这么肯定，我就约他吃个饭吧。其他的事你自己去处理，我不再参与过问，成与不成，就看你的本事了！"

"没问题，我自有办法。饭我来请，不用你破费。你介绍我们见面就可以了，到时看我眼色，再帮忙说说好话，敲敲边鼓就可以！"

"好好好！你自己看着办，但我要提醒你一句啊，不要自作聪明，到时捅出什么娄子来，收不了场啊！"

"能捅出什么娄子？你当我是三岁小孩吗？支持企业发展创新，那不是上层工作应尽的职责吗？难道我黎宗武的企业不在搞技术创新吗?! 放心吧，哥，我做事自有分寸！"

"好！那就好，周六晚上，临江大酒店三楼风景独好包厢见面吧。"

"行，行！OK，OK！"

"谢谢大哥！问候我大嫂，大嫂张瑜她最近身体好吗？还有我那侄儿志高，最近有没有长高？

"嘻！这小鬼头，太好玩了，每次一来就死命缠着我讲故事给他听，我都快成故事大王了，哈哈！过段时间我来看看你们吧，最近实在太忙了，脱不开身，太想我那小侄子了。"

"没事，他们都很好，你做好你的事就行。好，那就这样吧，我要去车间看一看了。"

"好好好，正好我也要出去办点事，挂了啊，哥！"

"嗯！"

两天后。

黎宗文刚把那份文件塞进抽屉锁好，张瑜牵着儿子志高就推门进来了。张瑜头发微卷，透露出几分成熟少妇的气质和风韵。

她扫视了整个办公室一眼，那是当年做办公室主任时养成的习惯，因为办公室主任除了日常接待和文件处理，还要兼管办公室的收拾打理，所以一进来就四下扫上一眼。

小志高读幼儿园小班了，一周回家一次，此刻，一看到爸爸，立马挣脱妈妈飞奔了过来，欢快地喊了声"爸！"而后抱住了宗文的大腿。

宗文蹲下身子，一把抱起了他，在他红扑扑的圆脸上亲了又亲，又慈爱地摸摸他的头，点点头说："像，志高，长得真像我啊！"

边上，张瑜害羞地白了他一眼，骂道："废话，不像你还像哪个？又不是野种！"

志高耳尖，扭过头去看他妈妈一眼，不解地问："妈妈，什么是野种啊？"

张瑜走过来收拾清洗茶几上的杯子，心不在焉地抬了一下头，敷衍道："不知道，问你爸爸去吧，你爸可是个情场老手呢，他什么都懂呢。"

志高疑惑地看了他爸一眼，懵懵懂懂又不敢问。

黎宗文脸上的笑容僵住了，缓缓把志高放在地上，在老板椅上坐下，瞥了妻子一眼，不紧不慢地问："你这话什么意思啊？张瑜，谁是情场老手？"

房间里气氛霎时紧张起来。

张瑜直起腰身，站在办公桌对面，仗着自己比坐着的丈夫高一个头，居高临下地怼了一句："没什么意思，就是发现有些人旧情难忘，脸皮特厚，做事偷偷摸摸、鬼鬼祟祟的，隔了七八年还经常跟老情人联系啊！"

"你胡说八道，好你个张瑜，我跟哪个老情人偷偷联系了？你给我说清楚！"

黎宗文心中窝火，噌地站了起来，怒问这位曾经昔日的下属。

他心想，你张瑜有什么资格管我？当年要不是你死乞白赖地缠着我，我会要你吗？你身高没有蔡慧娟高，学历、长相、气质一样没有蔡慧娟好，你凭什么教训我，我不就是昨天为了黎宗武的事跟蔡慧娟打了一个电话吗？怎么一下子就被你侦察到了？真是活见鬼！

张瑜看着黎宗文轻蔑的眼神，知道他心里在想什么，心里更加不服气。心想，好啊！黎宗文，结婚没几年，你居然瞧不上我了，我张瑜好歹也是一个堂堂正正的大专生，你黎宗文是什么？你不过是高中生，一个乡村小木匠而已，不过这几年做家具赚了两个钱，你很牛吗？你摆什么架子？我要让你知道我的厉害！

"哼，你别狡辩，昨天下午你在这里打电话，隔着门缝，我都听得清清楚楚，两个人聊得甜甜蜜蜜的，你以为我是傻子？"

一听到这里，黎宗文更加恼怒起来，咆哮道："好啊，张瑜，你居然天天监视我，成天疑神疑鬼的，你什么素质啊？你是我身边的间谍，还是卧底？！"

张瑜一听，脸色由红转白，黎宗文的一番话像炮弹一样击中了她。愣了两秒钟后，她刷地揭下胸部康华家具厂的长条形红色厂徽扔给丈夫，跌坐在沙发上哇哇地哭，一边哭，一边不停地诉说：

"好你个黎宗文，我死心塌地跟了你五六年，一直拖拖拉拉不愿办结婚手续，孩子都三岁了，我催了你几百次，直到去年春天才勉勉强强跟我去民政局办了结婚手续，一个正式的仪式也不搞。我就像小猫小狗一样跟了你。现在，刚刚结婚才一年多，你就旧情复发，勾勾搭搭的，你太不尊重我的人格了，我受不了了，我也是人，我要跟你离婚！"

最后一句是咬牙切齿喊出来的。由于愤怒，张瑜脸色扭曲得有些吓人。

小志高吓得哇哇直哭，站在空地上无助地看着怒目相向的父母。

门半掩着，几位员工听到动静，在门外探头探脑。

"看什么看？工作！"

员工一溜烟跑了。

一阵脚步声响起，黎青山带着黎大龙、蔡志辉踏了进来。

"咦！嫂子，你怎么哭了？"

黎青山看到坐着抹泪的张瑜，小心翼翼地问。

张瑜不答，继续嘤嘤哭泣。他再看到板着脸孔的黎宗文，顿时明白了几分，刚想说和一番，又觉得措辞艰难，便转换了话题。

"宗文，我们车间那台机床坏了，前几天就不对劲，吱嘎吱嘎地冒杂音。我说检修一下，黎小满很固执，说没事没事，先用几天再说，说什么要赶一批货，哦，是安南县教育局的办公橱柜和档案柜。"

"接到外县的大单了？教育部门一定有上千套吧？"

"两千多套。"谈起工作，黎宗文脸色缓和了几分，抬手招呼他们坐，又看了张瑜一眼，意思你不泡个茶啊？张瑜抹着泪，抽泣着，根本不理睬他。

"这么多啊，几十万块钱哟！有吧？"

黎大龙惊奇地睁大了眼睛。

黎宗文微笑点了下头，他走过去稀里哗啦自己洗杯子，烧水泡茶。又瞥了张瑜一眼，觉得她坐在对面很碍事，抽抽搭搭，茶也不泡。

"嚯，大生意，还是你黎宗文厉害啊！"

蔡志辉也吃惊地扶了扶眼镜，他比在广东时胖了一些，脸庞更大更白皙了，由于多年练书法看书看字帖，眼神里透露出知识分子的儒雅气质。

"不算大，五十多万吧。"

黎宗文轻描淡写地回了一声，满脑子打转转，在急剧思索对策。

这台德国产埃马格大机床价值三十多万，里头部件很复杂的，拆装都要好几天，厂里的修理工根本搞不懂。得等广州的代理商派人来，一时半会怕都修不好。糟糕，早不坏，晚不坏，偏偏这个时候坏了，这可怎么办好？

"就这样，赶就赶出事来了。刚才我查了一阵子，主轴承断了，里面控制系统也出现了问题。"

这边在谈工作，那边张瑜坐在沙发椅上抹泪。她一看无趣，就牵着小志高出去了。

等她出去后，黎青山在边上数落黎宗文："怎么回事？两夫妻又吵架了？对嫂子好一点，在家里可不能摆大老板的架子哟！"

"别理她，就她事多，整天疑神疑鬼的，太招人嫌了！"

黎宗文一提到张瑜就皱起了眉头。他岔开话题，向大龙、志辉发烟，志辉挥手，大龙接了一支，吱吱地抽了起来。

前台服务员进来泡上了茶水，倒好后看了黎青山一眼。

黎青山手一挥，意思你去忙吧，这里我会处理。

服务员退出，顺手把门带上。

"你们的生意怎么样？还行吧？"

黎宗文缓缓从沉思中回过神来，礼貌性地问起了对面喝茶抽烟的大龙、志辉二人。

二人相视而笑："还行吧！""马马虎虎！"

他们分别说了一句笼笼统统的客套话。

黎宗文忽然转回去，把办公桌上一份重要文件锁进抽屉。而后重新坐到了茶桌前，并给三个人倒了一杯热茶，给二人提了一些生意上的建议，并说了一些鼓励性的话，毕竟他做生意比较早，也有这个资格。

茶桌旁笑声融融，气氛重新活跃起来，大家东拉西扯，说起了飞马家具厂打工的旧事。

这是昔日在广东飞马家具厂被老板蔡长茂称为"枫林坳五虎将"的其中四人，另外一个是黎宗武。

说起生意，其实，几个人心里很清楚，真正的大佬是没有到场的黎宗武。

自从去年秋天他的飞鹰家具厂搬迁到新厂址后，规模扩张了十几倍，已经从当初的实木家具开始往软包家具扩张了，并且快马加鞭地与朋友在商量合伙搞大酒店的项目。

"这个人，野心越来越大，准备搞多元化了。"

聊起黎宗武，黎宗文不置可否地笑骂了一声。在他心目中，黎宗武这个大老板，只不过还是当年跟着他翻山越岭去上门做木匠的跟屁虫而已。

由于背后有贵人相助，他这些年就像坐了直升机，屁股都快冒烟了。

与之相比，大哥黎宗文则稍显"滞后"，老家的果园已经挂果，但投入了八百多万。要加上日常开销，人工费，化肥农药，打水井，建水池，拉管子之类，总投资估计超过千万了，嘬嘬！

这两年卖果仅仅一百多万，离回笼本金还相差太远。果园的投入严重拖累了主业家具业的发展，黎宗文为此很是苦恼。

昨天又打电话来，他突然问起了老家果园的事。一听宗文说起现状，大为吃惊，情急之下，居然教训了他大哥一番：

"大哥，你有问题，你当初怎么会去想到搞这种项目？！见效太慢了，老牛拉破车一样，五年都回不了本。要是我，鬼才会去搞这种项目，种果，种果，你别被政府忽悠了。"

"什么叫忽悠？爱搞不搞，又没哪个强迫你。果业只是我的一个副业，慢慢来吧，我也不指望它一下子能发财。"

"大哥，我和老鳖想合伙搞一个大酒店，正在选址呢，要搞就搞南溪一流的，不能比临江大酒店差。欸，哥，你会参加吗？要不你来做法人代表，占股百分之四十？我们各占百分之三十，我们和老鳖，三个股东。"

"我哪有钱？你今天投资这个，明天投资那个，你哪来的那么多钱，你不会搞什么歪门邪道乱集资吧？那可会搞出事来的哟。"

"切！还集资，我要钱渠道多的是，我朋友很多，兰姐，她家里几十个亿，她老公，世界有名的大画家，一年卖画七八个亿，还有七八家文化公司、房地产公司、投资公司，还参股了影视公司。还有桂姐，嘬嘬，她老公是香港大富豪，房地产、银行、船运公司大把，啧啧啧！比兰姐还有钱哪！……"

"得了得了！有空再聊吧，我有事，一会儿要出去见一个客户……"

黎宗文听他这个"姐"，那个"姐"，感到有点腻烦，又不好说什么，便找个由头挂了电话。

挂前，黎宗武还在关切地问询大哥："要不要介绍她们认识一下？做生意嘛，要广交朋友。"

黎宗文哭笑不得，硬生生回了一句："我的朋友都是男的！"

黎宗武语塞，嘿嘿干笑两声，便挂了电话。

……

黎宗文从回忆中回过神来，无奈地朝三个人笑笑，感慨了一声："好，宗武昨天给我打电话了，也说了你们的情况，你们都发展得不错，我也放心了，唉！"

想到自己的层层麻烦事，他不由自主慨叹了声，又皱紧了眉头。

广东回来后，黎大龙搞起了根雕生意，在城南桂花巷开了一家"阿龙根雕艺术馆"，请了一个师父，带了两个徒弟，搞起了树根收购、设计、加工、制作、销售一条龙服务，生意做得有声有色，虽不像黎宗武那么得意，也不像黎宗文那么焦虑，小日子过得颇为滋润。

前两年，他娶了曹文瀚的妹妹曹文娟，也就是龙游乡最早搞家具厂的曹桂生的小女儿。

早些年，曹桂生是瞧不上黎广胜一家的，虽说是做木匠的同行，算起来还是师兄弟，都是黎宗文爷爷黎昌贵的徒弟。

前些年，曹桂生倒运木材小赚了一笔，便开起了家具厂，一步步富了起来。黎大龙的爸爸黎广胜一直做个穷困潦倒的小木匠，家里空荡荡的，缺吃少喝。儿子大龙又没考上大学，一直流落在外打工，回家都很少。

只是后来，黎广胜时来运转，先是混进村里做了个小会计，后来又赶上龙游乡办起了家具产业办公室，他蹭外甥林文海的面子挤进去做了个靠边站的副主任。再后来踩了狗屎运，又恰巧主任曹德贵挪用了一笔不大不小的公款出了点事。黎广胜趁势在乡长书记面前，还有家具产业局领导面前烧了一把火，把曹德贵挤了出去，自己顺理成章坐上了家具办主任的位置，村里会计也还兼着。

当年的枫林坳小木匠摇身一变成了乡村二级干部，加之这些年县里大力发展家具产业，龙游乡成了五个骨干家具产业乡镇之一，兴办了大坝堖家具加工区，黎广胜成了举足轻重的人物。每到晚上七点一过，拎小麻袋上门办事的夜游神影影绰绰，不在少数。随着生活条件的改善，他老婆肖金妹麻将也不打了，樟树下的小店也不开了，转让给隔壁的花喜鹊了，专门在家理财兼搞搞"接待"。

眼看着黎广胜家境的不断改善，曹桂生触动不小，来了个一百八十度大转弯，对黎大龙和曹文娟的事由反对变为支持。

在他的助力下，两个年轻人迅速公开了恋情，从恋人变为了夫妻。

宗文的表哥蔡志辉更文雅，仗着自己书法方面的那点子"造诣"，趁势扩大了文化产业，成立了"南溪光辉文化传媒有限公司"，经营广告制作、字画收藏销售等相关业务。

有了钱，他最近换了一副新眼镜，金丝边的，透亮透亮，加上人白白胖胖，挺有范。一走到街上，腰杆一挺，很多人都以为他是哪个局的局长，新上任的。

久而久之，蔡志辉被人叫成了"蔡局长"，人胖、脸大、肤白，眼镜又彰显儒雅。叫来叫去，局长的帽子甩都甩不掉。

蔡志辉开始还会"谦虚"一下，不敢当，不敢当。稍后，渐渐地，就默许了，反而成了一种习惯，一种待遇，一天没人叫就瘆得慌，有一种失落感。人家一叫就条件反射，他立马挺起胸膛，昂起个脸，精气神弥漫全身，眼珠子透出晶亮晶亮的光，一副准备上台训话的派头。

蔡氏家族，乃至整个蔡家庄，文化人多，他们都有一个崇文尚学的传统，也有从政入仕的愿望。

但想法终归是想法，自古以来，这个目标几乎很难实现，整个枫林坳村逐渐形成了"黎氏崇商、曹氏崇政、蔡氏崇文"的大格局。

第三十三章

周六晚上，临江大酒店三楼风景独好包厢，黎宗文兄弟和曹文瀚独处一室，正闲聊着什么有趣的话题，整个包厢洋溢着热烈友好的气氛。

菜上齐了，服务员退出，黎宗武特意关上了房门，向对面坐着的大哥使了一个眼色。黎宗文会意，拿起桌上的五粮液给桌上三只高脚玻璃杯倒满，而后，擎起酒杯向曹文瀚敬酒。

"文瀚，这两年你干得不错！官运亨通，步步高升，让老同学面上也有光，你是我们老家枫林坞人的骄傲。来，我敬你一杯，祝你百尺竿头，更进一步，早日由常务副县长晋升为堂堂正正的曹县长。为了你早日高升，我们干一杯！"

边上黎宗武也随声附和，他站立起身，热情洋溢地说："是呀，是呀，文瀚哥，你已经是我们老家鼎鼎有名的人物了，乡亲们都沾你的光，希望你步步高升，在官场上春风得意，顺心如意，早日当上县里的书记县长，我们这些小兄弟也好跟着你混口饭吃，这叫作'共同富裕''共同发展'嘛，来，我先干为敬了！"

话音未落，黎宗武一昂头，一杯就瞬间干了，他把杯子倒置给对方看，表示自己已经不折不扣完成了任务。

曹文瀚听了一左一右两兄弟的恭维，满脸喜色抑制不住，觉得自己三十多岁就高居常务副县长之职，不要说是在老家龙游枫林坞，就是在整个南溪县、南州市，那都是凤毛麟角出类拔萃的，他没理由不感到骄傲和自豪。

二十世纪九十年代末到二十一世纪初，由于家具产业的兴起，南溪县综合实力不断增长，人口也不断膨胀，常住人口达五十多万，外来人口二十多万。由此想象，作为县政府的二号人物，县里除了县委书记、县长、副书记，可以说就数这个常务副县长了。

　　何况他还负责主抓家具产业工作，南溪县本是家具产业大县。目前，家具企业已突破三千家，这"主抓"二字可不是随随便便画上去的，意味着相当的责任和权力。

　　曹文瀚少年得志，在南溪广场混得风生水起，其权力之大、分量之重，可想而知。

　　但权力大，就意味着责任大。责任大，就意味着风险。风景独好包厢这顿酒局成了他们人生的一道坎，后来发生的事急转直下，深深地伤害了两个人和一个家庭，也由此改变了整个家庭的轨迹和命运走向，尘埃落定，木已成舟，结局让人悔恨，一切终究不可挽回。

　　……

　　一年以后，黎宗武行贿事件曝光，曹文瀚锒铛入狱。曹家遭遇突变，陷入困境。

　　黎宗文愧对蔡慧娟，他觉得曹文瀚的悲剧纯粹是因自己造成，他时常感到深深的内疚，还有无尽的痛悔，思来想去，决心助其一臂之力，向她赎罪，以求得心理的安慰。

　　……

　　曹文瀚出事后，蔡慧娟请了长假在家休养，整日郁郁寡欢，身体一天天消瘦下去，双目无神，头发花白，呈现出与年龄极不相称的衰老和憔悴，当年的青春和美貌不复存在。

　　她窝在家中，极少与人交往，家中非常凌乱，桌椅、橱柜、电器上落满了灰尘，拖鞋、玩具、衣服扔得到处都是，根本无心打理。

整日在沙发上傻坐着，痴痴地回忆，脑子里一点一滴放电影一样回忆起往昔的美好时光，大学时光、电视台时光，成为副县长太太的时光……那时，曹文瀚上任以后，家中车水马龙，经常是高朋满座，前拨客人未走，后拨客人又拎着东西来敲门。

　　可是现在，女儿上学后，家中鬼影都不见一个。

　　自从文瀚出事后，大家都躲瘟疫一样，躲得远远的，包括一些近亲和原先亲密的老部下。倒是被自己伤害过的老同学黎宗文来过两三次，每次来拎一些自己喜欢吃的东西，还有给孩子的玩具，公仔和大猫熊之类。

　　一个酷热的午后，知了在屋外的苦楝树上烦躁地鸣叫，鸽子扇动翅膀的声音在屋顶上呼呼响起。黎宗文又来了，高大的身躯静静地走了进来，他走路永远是那么稳，不紧不慢，正如他一贯做事的风格。

　　蔡慧娟看到昔日的恋人，干坐着一句话也说不出来，只是默默地流泪，最后轻轻地啜泣着，哭得眼睛红红的。

　　黎宗文是一个不太善于表达的人，一看到这种场面，平日里精干老练的人竟有些手足无措了。他傻傻地坐在蔡慧娟面前，低垂着头，轻声地叹着气，眼眶红红的，眼泪在眼窝里打转，强忍着不掉下来。

　　蔡慧娟哭过一阵，感到心里舒服多了，就眼睛看茶桌，想起身给宗文倒杯茶。

　　宗文心明，一把伸手把她按住，说："我来吧，在你这里，我又不是什么客人。"

　　当黎宗文将两杯热气腾腾的茶水端到面前，她恰好感到有些渴了，轻轻抿了两口，抬起头，盯着黎宗文看，看得黎宗文不好意思起来。他嫣然一笑，问："干吗这样看着我？"

　　蔡慧娟也笑了，她暂时忘却了自己家里发生的不幸，试探着问对面那个男人："当年我突然离开了你，你不恨我吗？"声音怯怯的，鼓起勇气的感觉。

"我为什么要恨你？我一点也不恨你，真的。"

"宗文，你最大的优点在哪里，你知道吗？"

"最大的优点，我最大的优点是什么？"

"宽容，通达。"看着黎宗文惊奇的目光，她有些不自然，装着低头喝水，来掩饰内心的窘迫。

"如果当年换作是我，也许也会这样做的。每个人都有权利选择自己的爱情和人生。恰恰相反，当时，我也太急于想成功了，一心扑在工作上，忽略了你，慧娟，我该向你说声对不起……"

"别说了，宗文，你再说下去，我就更无地自容了。"

"忘却过去吧，你不能再这样消沉下去，我希望再看到当年漂亮活泼、优雅知性的蔡慧娟，看到我心目中的女神重新站起来。"

"对不起，宗文，你的女神蔡慧娟已经死啦，彻彻底底消失了。真的，嘻！我的青春和梦想都不在了，永远地被命运埋葬了……"

"这……慧娟，你？"

"放心，我会好好活着的。等家里收拾一下，过两天就回到台里去上班。为了许多像你一样关心我的朋友，我也要振作起来，我不能辜负了你们的一片好心，哦，上午宗英也来过了。"

"宗英也来了，她一个人吗？"

"和她老公曹明海，嗯，那桌面上的两罐进口奶粉，还有一大包红富士就是她买的。"

宗文看了一眼桌面，轻笑了下，表示对宗英为人处世的肯定。

"宗英已经是家具产业局的办公室主任了，听说干得挺不错的，我真为她高兴呀。宗英以后一定有出息，你看她，做事认真，浑身上下充满活力，脑子聪明，很有思路，讲起话来，一套一套的。"

"呵呵！这么说，她比你这个电视台女主播还能说啰？"黎宗文存心逗她乐，突然话锋一转。

"咯咯，那肯定，她比我强多了。"

黎宗文无言以对，默默地喝着茶。蔡慧娟过来添加茶水，被他抬手挡住。

"我得走了，公司里还一大堆的事，两个客户还在等我呢，外地来的。

"刚刚黎小满发短信来了。这两天黎青山也请假，他老婆马上要生了。非常忙！唉，像我们这样的人，苦命累命，真的非常忙。每天忙忙碌碌，累得像死狗一样……"

"嘻！你总是这样忙，可要注意身体啊。我听宗英说你老是熬夜，那可不行，时间一长，容易熬出肝火来……"

"好，我知道了，我没事。倒是你要多注意身体，文瀚不在身边，你要照顾好自己。"

"我会的，谢谢你，宗文。"

刚起身，手机铃声响起。

"我得走了，黎小满又来电话了，这个催命鬼！——小满，我在外面办点事，马上回。好好好，你让客户等我一下！"

第三年的夏天，天气非常燥热，蝉在树枝上无止休地鸣叫，叫得人更加烦闷。黎宗文也与张瑜离婚了，儿子志高归自己抚养。张瑜分得一百二十万巨款之后，义无反顾地寻找她的旧爱新欢去了。

由于忧伤过度，蔡慧娟身体急剧恶化，患上了肝硬化腹水。黎宗文经常来看望她，并认识了她妹妹蔡琴。

那天在县人民医院住院部，午后两点多钟，黎宗文拎着几罐新西兰进口奶粉，还有两盒冬虫夏草、一大盒红富士匆匆踏进病房，却发现里头静悄悄的。

蔡慧娟服过药，打完了吊瓶，已经疲惫地睡着了，身上盖着洁白的床单，面容苍白，嘴唇干燥，头发乱乱的，发出轻微的鼾声。

一个五六岁的小女孩趴在床边也睡着了，宗文知道那是蔡慧娟的女儿小玉，正在上幼儿园，看起来比自己儿子志高高一些，穿着天蓝色的校服，扎着两条小辫子，脸红红的，像自己刚买的大苹果。

令人诧异的是病房里有一个美丽女孩坐在折椅上背对着自己，乌黑的头发，背影像极了当年的蔡慧娟，这人是谁呢？

正当黎宗文疑惑之时，那人听到脚步声响，猛一回头，露出一张粉嫩好看的瓜子脸，二十一二岁。

她跟蔡慧娟长得很像，但气质和神态又略略有所不同，相比蔡慧娟的矜持深沉，她似乎更加活泼、外向、开朗。那女子看到手提东西的黎宗文，不由自主地露出了笑容，两只乌黑的眼眸子闪出敏捷智慧的光芒。她站立起身，顺手接过了对方手上的礼物，放在桌上。

正当黎宗文和蔡琴急促不安之际，蔡慧娟和小玉都相继醒来，她在蔡琴的搀扶下坐了起来，问候了宗文后，把脸转向那女孩，介绍起来。

"这是我妹妹蔡琴，在上海读大四，回来实习了，还没找到单位。"

原来，蔡琴大学读大学回来，一直在医院照顾姐姐。

"小蔡，如果你不介意的话，可以到我们厂里去，我们的办公室主任刚好离职了，去了广东，嫁给广东人了。"

三人笑笑，蔡慧娟说"好啊好啊"，把目光转向妹妹，双眼充满了殷切的期待。

蔡琴思索了下，就点头"嗯"了一声，表示同意。而后，她补充了一句："过段时间吧，等我姐身体好起来再说。"

　　黎宗文一愣，忙说："那是，先把你姐照顾好，以后随时来都可以。"

　　黎宗文第一眼看到她时，心里就咯噔了一下，深深被她的美貌气质和得体的举止所吸引，觉得她哪方面都不亚于当年的蔡慧娟。忽然，他想起老家人对蔡秋生两个女儿的高度评价——聪明、美貌、上进、学业优异，都是极为优秀的女子，谁娶到谁有福气。

　　后一段时间，大约两个月，黎宗文几乎每隔两天就会过来看看，经常碰到蔡琴，慢慢两人有了话题和交流。从开始的关于蔡慧娟的病情，一步步拓展开来，延伸到社会生活、经济文化领域。后来黎宗文发现自己和这个相差十二岁的小姑娘有一种心有灵犀、相见恨晚的感觉。他不禁喜出望外，在与张瑜解除婚姻关系之后，封闭多时的感情之门终于打开了。

　　在长久的相逢中，黎宗文爱上了蔡琴，但又不便言说，内心非常纠结。

　　蔡慧娟病情恶化，临终前，她将二人的手搭在一起，并把自己的独生女儿小玉托付给了他们，而后，满含着泪水，心有不甘地离开了人世，蔡琴和小玉哭得昏天黑地，黎宗文眼眶也湿润了。

　　等黎宗英夫妇匆匆赶来时，只看到裹着白布的蔡慧娟被小推车缓缓地推向了太平间。

　　黎宗英哇的一声，眼泪扑簌簌流落下来，蹲在过道上，用双手捂住了脸。曹明海摘下眼镜，反复地拭擦着眼眶，一脸的悲戚。

　　哥哥宗文牵着小玉出现在身后，后面跟着满脸泪痕的蔡琴。

小玉挥舞着双手，用她那充满童真的语调高喊了一声："妈妈！"

声音在医院四壁久久回荡。

好在一切都过去了，在蔡慧娟的撮合下，黎宗文迎来了属于自己情感和事业的春天，一步步从低谷走向了高峰。

蔡琴毕业于上海工商管理学院，聪明干练，性格果敢，有极高的经商天赋，成为黎宗文的高参。

蔡慧娟走后不久，黎宗文和蔡琴一起爬上了南溪城外的仙女峰，登上峰顶的宝塔寺，面对着清流滚滚的白龙江，蔡琴灵光一闪，大发宏论：未来，家具制造、房地产、果业将成为南溪县经济的"三分天下"。

后来，蔡琴的"宝塔寺宣言"被媒体翻出来，惊呼为南溪版的"隆中对"，蔡琴被誉为南溪商界的"诸葛孔明"。

蔡琴嫁给了黎宗文，从此他如鱼得水，业务不断扩大，企业红红火火，一年后，康华家具厂更名"康华家具制造公司"，开启了新的航程。

……

2022 年 1 月 26 日

（原书名：《木匠世家 第二部·青春与梦想》）